Baudelaires Werke
Band 1

Charles Baudelaire

Biographische Einleitung, Novellen, Dichtungen in Prosa

Übersetzt von Max Bruns
als der erste Band von
Charles Baudelaires Werken
in deutscher Ausgabe

Abi Melzer Verlag

Gesamtherstellung: Kösel, Kempten
Printed in Germany
ISBN: 3-8201-0062-8

Dieser ersten deutschen Ausgabe der Werke Baudelaires ist zum Zweck gesetzt, die gesamte moralische Persönlichkeit eines Mannes zu repräsentieren, der bislang, zumeist nur als Lyriker genannt, mehr oder weniger ausschliesslich nach der Sammlung seiner Jugendgedichte Les Fleurs du Mal *und darum häufig einseitig und unzulänglich beurteilt ist. Der erste Plan dieser Ausgabe kündigte vier Bände an: 1) Die Novellen und die Kleinen Dichtungen in Prosa, eingeleitet durch eine biographisch-ästhetische Abhandlung über den Dichter; 2) Die künstlichen Paradiese; 3) Ästhetische Schriften über Literatur und Musik; 4) Ästhetische Schriften über Malerei und bildende Kunst. Zunächst erschien der zweite, dann der dritte Band; der vierte muss des Gesamtregisters wegen bis zuletzt verbleiben. Heute nun, da Band I dem Publikum übergeben wird, geschieht es doch ohne die ästhetische Abhandlung, die ich plante: er wäre sonst zu umfangreich geworden. Es wird also dieser Essay in einem besonderen Bande erscheinen, dem wahrscheinlich noch eine Übertragung der Tagebücher des Dichters beigegeben sein wird. Freunde peinlicher Genauigkeit mögen noch wissen, dass im vorliegenden Bande etwa die letzten zwanzig Kleinen Dichtungen nebst dem Epilog von Max Bruns übertragen wurden. — Das Fehlen der* Fleurs du Mal *in dieser Ausgabe ist hier und da gerügt; doch sind sie aus demselben Grund hier nicht zu finden, aus dem auch die Verse Edgar Poes in Baudelaires französische Poe-Übertragung nicht mit eingeschlossen sind: „Eine Übersetzung von solchen Gedichten kann ein schmeichlerischer Traum sein — doch aber eben nur ein Traum.“ Ein sprachliches Wunder kann k e i n M e n s c h in einer anderen Sprache ‚nachmachen‘; denn Wunder schafft der Dichter nicht, was man auch rede —: sie geschehen mit ihm. Wie aber Stéphane Mallarmé die Gedichte Poes in eine poetische Prosa übertrug und so die ‚Lücke‘ in Baudelaires Poe-Ausgabe nach Möglichkeit füllte, so wird auch Baudelaires Jugendwerk wohl als Ergänzung dieser Bände noch erscheinen, also in einer Form, in welche der Dichter ein paar der ‚Fleurs du Mal‘ ja selber nachmals umschuf und die er später statt der Versform nur noch angewendet hat. Mehr kann der Übersetzer nicht versprechen.*

M. B.

Charles Baudelaire

(1821—1867)

ICH LIEBE DIE WOLKEN . . .
DIE EILENDEN WOLKEN . . .
DORT DRAUSSEN
DIE WUNDERBAREN WOLKEN . . .

Charles Baudelaire

Am 10. Februar des Jahres 1758 reichte der Landmann Claude Beaudelaire aus Neuville-au-Pont der Witwe Marie-Charlotte Dieu am Altare die Hand.*) Das Paar muss in leidlichen Verhältnissen gelebt haben, denn der einzige Sohn, François, (geboren am 8. Juni 1759) erhielt eine gute Erziehung, anscheinend in einem Seminar, worauf er dann, 1780 etwa, als Repetitor ins Colleg Sainte-Barbe eintrat. Von hier aus ward er durch Protektion zum Lehrer beim Herzog von Choiseul-Praslin bestellt, und im Hotel Praslin hatte und benutzte der junge Erzieher reichlich die Gelegenheit, die Umgangsformen der guten Gesellschaft sich anzueignen, so dass später seine Witwe über ihn schreiben konnte: „Er war in jeder Beziehung ein sehr distinguierter Mann von erlesen feinen, durchaus aristokratischen Manieren. Als die Revolution ausbrach, entfaltete er einen tadellosen Charakter; er war heroisch. Das ist mir von seinen alten Freunden aus jenen Tagen versichert. Zwanzigmal hat er sein Leben für den Herzog und die Herzogin in die Schanze geschlagen.“ Dafür hat sich der Herzog dann auch erkenntlich gezeigt und hat ihm, als er selber unter dem Direktorium und dem Konsulat

---

*) Die Angaben über Baudelaires Voreltern hat Eugène Crépet mit Fleiss zusammengetragen und in dem 1887 von ihm herausgegebenen Bande *Oeuvres posthumes et correspondances inédites de Charles Baudelaire* in einer einleitenden Studie mitgeteilt. Crépets biographische Studie ist wohl die gewissenhafteste, reichhaltigste Arbeit über den Dichter.

wieder seines alten Ansehens genoss, eine hohe Stelle bei der Verwaltung verschafft. 1801 war François Beaudelaire ‚secrétaire de la commission administrative' und ‚controleur des dépenses du Senat'; 1804—1814 Bureauchef bei der ‚administration et police intérieure' (mit einem Jahresgehalte von 10000 Frcs). Danach scheint er sich aus dem Staatsdienste zurückgezogen und seinen künstlerischen Neigungen gelebt zu haben; denn er war nicht nur ein grosser Freund der Malerei und der Skulptur, er malte auch selber, und manches Gouache- oder Pastellbild an den Wänden seiner Zimmer bezeugte sein Talent. 1803 heiratete er eine Mademoiselle Janin, und ward nach vierzehn Jahren Witwer (1817). Doch schon im nächsten Jahre vermählte sich Baudelaire (so hat er sich seit jener Zeit etwa geschrieben) zum zweiten Male: seine Gattin ward Caroline Archimbaut-Dufays, die verwaiste Tochter des Offiziers Charles Dufays und seiner Gemahlin, der Dame Louise-Julie Foyot-Lacombe. François war damals 59, Caroline 23 Jahre alt! Dieser Ehe entspross am 9. April
1821 1821 — es war im Todesjahre Joseph de Maistres — Charles-Pierre Baudelaire, der nachmalige Dichter und Träumer, der am 7. Juni getauft ward — als „Sohn" — so sagt die Taufurkunde — „von Joseph-François Baudelaire, Maler, und Caroline Dufays, seiner Gattin".

Seines Vaters hat Baudelaire stets mit Pietät gedacht; von ihm erbte er den hohen Adel der Gesinnungen, von ihm den unzerstörbaren Hang zum Schönen. Oft führte der Vater den Knaben im Luxembourg-Garten spazieren und zeigte ihm die Statuen dort, und im eigenen Hause machte das Mobiliar im Stile Ludwigs XVI. und der mannigfache Schmuck der Pastelle einen tiefen Eindruck auf des Kindes äusserst erregbare Imagination; und darum wurden die Bilder „seine grosse, seine erste Leidenschaft".

1827 Schon mit sechs Jahren — am 10. Februar 1827 — verlor Baudelaire den ritterlichen, edlen Vater, und im

Jahre darauf, am 8. November 1828, vermählte sich 1828
die Witwe in zweiter Ehe mit dem Oberstleutnant im Regimentsstabe **Aupick**, der damals in Lyon in Garnison stand. In Lyon besuchte Charles das Kolleg, und
in seinen Tagebüchern findet sich die Notiz: „Nach 1830 1830
das Kolleg von Lyon, Schläge, Kämpfe mit den Professoren und den Kameraden, drückende Melancholien"; und an anderer Stelle: „Gefühl der Einsamkeit, seit meiner Kindheit, trotz der Familie und vor allem inmitten der Kameraden, — Gefühl ewig einsamen Schicksals. Und dennoch ausgesprochenste Liebe zum Leben und zum Vergnügen." Und wenn der Knabe von der Zukunft träumte, so träumte er sich bald als Offizier, bald als Schauspieler, bald als den Papst: Macht zu haben über Menschen und in Glanz und Pracht und Rausch und Schönheit zu leben, war also schon in frühesten Tagen sein Ideal, in jenen Tagen, da noch dem Knaben die Einsicht verwehrt war, dass höherer Macht als alle jene zusammen der Dichter gebietet, dass reichere Pracht, als jene umgibt, den Dichter überall begleitet.

1836 ward sein Stiefvater als ‚état-major de la place 1836
de Paris' in die Hauptstadt berufen, und hier bezog Charles das Kolleg Louis-le-Grand. Aupick musste wohl grosse Hoffnungen in ihn setzten, denn er stellte den Knaben dem Leiter der Anstalt mit den stolzen Worten vor: „Ich habe Ihnen da ein Geschenk gemacht; er ist ein Schüler, der dem Kolleg zur Ehre gereichen wird." Es scheint, die Lehrerschaft war bald schon anderer Ansicht; denn wenn Charles auch in den nächsten Jahren sich Preise um Preise errang,
so ward er doch am 21. April 1839, inmitten des 1839
Schuljahres, vom Kolleg entlassen. Der Grund ist lange unbekannt gewesen. Neuerdings gibt Féli Gautier*)

---

*) **Féli Gautier**: *Charles Baudelaire*. — Eine Biographie, die mit Baudelaire-Porträts, Facsimiles und anderen interessanten bildlichen Beigaben reich versehen und 1903 im Verlage der Zeitschrift *La Plume* erschienen ist.

zu verstehen: Man hatte die ungewöhnliche Leidenschaft des Knaben, die ihm glühende Freundesbriefe in die Feder diktierte, in schmählicher und verhängnisvoller Weise missdeutet; hatte den schon als Knaben für einen Pervertierten halten wollen, der als Mann stets mit so energischer Verachtung über die ‚baladins‘ (die ‚Pickelhäringe‘, die zotigen Knoten) vom ‚dritten Geschlecht‘ sich geäussert hat. So früh hat sich pöbelhafte Einsichtlosigkeit an der Psyche dieses Menschen vergriffen, der ihr verhasst sein musste, weil er nicht gewöhnlich, weil er rätselvoll war; denn nichts ist solchen verhasster als das Rätsel, nichts ihnen rätselhafter als Sensibilität, — nichts ihnen gewohnter, als stets mit schmutzigen Verdächtigungen bei der Hand zu sein.

In diese Zeit des ersten Märtyrertums fallen die ersten literarischen Versuche Baudelaires, von denen wir wissen. Er las damals mit Vorliebe Sainte-Beuve — den er stets mit Vorliebe las — und André Chénier; natürlich auch Byron; und als er im Sommer 1839 mit seinem Stiefvater von einer Reise in die Pyrenäen wiederkehrte, brachte er schon Verse mit heim, die tiefe Empfindungen in schöner Form aussprachen.*) „Wenn Baudelaires Vater“ — schreibt wiederum die Mutter des Dichters — „seinen Sohn hätte heranwachsen sehen, er hätte sich gewiss nicht seiner Berufung zur Literatur widersetzt, er, der die Literatur so leidenschaftlich liebte und der einen so reinen Geschmack besass.“ Anders war's mit dem Stiefvater, der inzwischen zum ‚maréchal de camp‘ befördert war und nun dank seiner

---

*) Die folgende Übertragung einiger Verszeilen aus jener Zeit wird dem Reichtum der dichterischen Anschauung kaum gerecht; so konzentriert sind die Alexandriner geformt:

Auf ewigem Eis, aus Flimmerlicht gemauert,
auf Bergen, wo der Wind die Spur verweht,
auf schroffen Felsen, wo der Schwindel lauert,
im See, drin keusch der Tag zur Rüste geht,

zu Füssen mir, zu Häupten — rings nur Schweigen:
man will sich bergen vor dem weiten Raum;
in ewige Ruhe ewige Berge steigen,
es steht die Luft, und alles ist hier Traum.

hohen Stellung und seiner Freundschaft mit dem Herzog von Orleans dem reich begabten Charles eine glänzende diplomatische Karriere zu ebnen hoffte. „Aber welche Enttäuschung für uns, als Charles sich allem widersetzte, was man für ihn tun wollte, als er mit eigenen Flügeln fliegen und Schriftsteller werden wollte! Welche Ernüchterung in unserem bislang so glücklichen Familienleben! Welcher Kummer!“ Da hier die Mutter von einem „so glücklichen Familienleben“ erzählt, muss man wissen, dass in Charles wegen ihrer zweiten Heirat stets die Galle kochte! „Mit einem solchen Sohne wie ich lässt man das ‚Wiederheiraten‘ bleiben!“ Das war seine Ansicht, und erst in der letzten Zeit seines Lebens vermochte er sich mit der Mutter wieder auszusöhnen.

Nun aber folgt ein offener Zwist in dem „bislang so glücklichen Familienleben“, und dies vor allem ist die Zeit, in welcher Charles sich seine intimen Kenntnisse der Weltstadt aneignete. Er entfaltete die ungeheuer vielseitige Tätigkeit eines passionierten Nichtstuers, ward ‚libertin par curiosité‘ (Le Vavasseur), besuchte verrufene Orte, studierte emsig die Armut, das Elend und das Laster, liebte eine „fuchsrote Bettlerin“, eine „scheussliche Jüdin“ und ich weiss nicht, wen sonst noch, und gab noch auf Jahrzehnte hinaus den Feuilletonisten jeglichen Genres kostbaren Stoff zu den geschmackvollsten Phrasen, von einer „üppigen Blüte auf schwefelfahlem Sumpfgewässer“ etwa, Phrasen, mit denen natürlich nach übereinstimmendem Urteile aller, die es nicht wissen müssen, das Wesen des Dichters „auf den Kopf getroffen“ wird. Und da das erwähnte Urteil der Schulmeister von anno 1839 bislang nicht allgemein bekannt geworden war, so haben die meisten ‚Wohlunterrichteten‘ — so nannte er selbst die ‚Psysopathologen‘! — die ‚perversen Stigmata‘ Baudelaires in jener Zeit finden zu müssen vermeint. Die ganze Pose und Posse eines Dichters, der bisweilen freudig seine Aureole fahren liess, um sich gemein machen zu können mit gemeinem Volke und ganz nach Belieben niedere Handlungen zu begehen, hat man ihm wirklich auf das Wort geglaubt. Dass er einen wehrlosen armen Bettler unbarmherzig verprügelte, hat man für wahr gehalten. Dass er einen Glaser mit Fusstritten sechs Treppen hinabstiess und ihm seine arme zerbrechliche Habe dabei in Scherben zerklirrte, hat man als biographische Notiz mit ernsthafter Miene zum besten gegeben.

Übrigens täuschte er die Leute inbetreff seiner Persönlichkeit erwiesenermassen mit Absicht; sie in höchstes Erstaunen zu versetzen, sie zu verblüffen, war ihm Genuss — ein Genuss, der in der Geschichte des Genies bekanntlich nicht vereinzelt dasteht und interessant genug wäre, um einmal eine monographische Behandlung zu verdienen. Nach Baudelaire ist „die Verblüffung eine der feinsten Formen des Vergnügens". Warum nur ist sie's? George Rodenbach*) hat darauf eine Antwort versucht: Der Dichter habe sich rächen wollen dafür, dass er unverstanden und allein durchs Leben gehen musste. Damit wird die richtige Lösung schon berührt sein, die, um ganz gefunden werden zu können, zuvor wohl eine Psychologie des Dandysm nötig machte; denn sollte dieser Hang zur Mystifikation nicht ein Zug sein, der in direkter Korrespondenz mit des Dandys oberstem Grundsatz steht: „Nil admirari"? So sind denn auch die tausend Anekdoten dieses Genres, die über ihn kursieren, zumeist von ihm selber in Umlauf gesetzt. Grenzenlos schien manchmal seine Düpierungsucht. Ein laut geführtes Gespräch mit Freunden in einem Restaurant begann er im gleichmütigsten Tone mit den Worten: „Damals, als ich meinen Vater gerade ermordet hatte..." Grenzenloser — hier möcht' ich mir diesen Komparativ wahrhaftig einmal erlauben — ist aber die Bereitwilligkeit, mit der solche Fiktionen als Wahrheit aufgenommen werden, und ich kann mich

*) Rodenbach, *Le tombeau de Baudelaire*; erschienen in der *Revue de Paris* vom 1. Juni 1894.

des Verdachtes nicht erwehren, dass solche Bereitwilligkeit oftmals von böser Absicht zeuge, zumal sie vor allem bei Leuten angetroffen wird, deren erstes Interesse nicht der Wahrheit, sondern ihren vorgeblichen ‚wissenschaftlichen Theorien‘ gilt; nur allzuoft sind solche ‚Theorien‘ nichts als menschenfresserische Fetische der Ruhmsucht. — Einer der intimsten Bekannten Baudelaires, Asselineau*), stellt dem Dichter dieses Leumundzeugnis aus: „Er war einer jener seltenen, sehr seltenen Menschen, in deren Nähe man täglich leben kann, ohne einen Augenblick die Langeweile kennen zu lernen. Seine Tugenden waren intim und geheim; übrigens verbarg er sie aus Schamgefühl, oder aus Stolz verkündete er nach aussen hin das Gegenteil. So hatte er zu Feinden stets nur Leute, die ihn nicht kannten. Jedweder, der ihn kennen gelernt hatte, liebte ihn.“

Also „par curiosité“ erforschte er die Mysterien der Grossstadt. Es war eine unwiderstehliche Neigung in ihm, das Ungewöhnliche zu studieren, und studieren nenne ich es mit besonderer Absicht, denn diese Neigung war vollkommen intellektuell. So hat er ja auch an sich selber die Wonnen und Qualen der ‚künstlichen Paradiese‘ studiert. „Ich liebe“ — heisst's auf Seite 262 dieses Bandes — „ich liebe leidenschaftlich das Mysterium, da ich stets die Hoffnung habe, es zu entwirren.“ Über dem Leben wollte er stehen. Schön war er damals wie ein Gott und stets gekleidet — sagt wiederum Le Vavasseur — wie ein Sekretär der englischen Gesandtschaft. Über seine körperliche Erscheinung, über sein Kostüm in jenen Tagen sind wahre Hymnen geschrieben; sie hier wiederzugeben, fehlt mir der Raum.

In diesem ungebundenen Leben lag ohne Zweifel einiges Glück, lag mancher tiefe Reiz für ihn. „Der einsame, versunkene Wanderer schlürft einen tiefen

*) Charles Asselineau: *Charles Baudelaire; sa vie et son œuvre.* (Paris, Lemerre, 1869.)

Rausch in dieser Weltgemeinde“ (Seite 135 dieses Bandes). Aber natürlich war es ein Leben, das niemandem weniger gefallen konnte als dem General. Und endlich ward denn im Familienrate ein Entschluss gefasst: Man setzte die Summe von fünftausend Franken aus, um Baudelaire eine Reise tun zu lassen, auf dass er Gelegenheit fände, „fern von Madrid darüber nachzudenken“, ob er zum reich soldierten Diplomaten, ob zum elend bummelnden Versemacher berufen sei. Demnach
1841 schiffte sich Charles Ende Mai 1841 mit dem souveränen Gleichmut des Dandy in Bordeaux auf einen Segler nach Calcutta ein.

Diese Reise war ihm nötig — und nötig war ihm dann wohl auch die verhältnismässig schnelle Rückkehr — als Dichter ihm nötig: so sah er, zauberhaft schön wie flüchtige Visionen, die Inseln Mauritius und Bourbon, sah Ceylon, sah die Gestade des Ganges — und nahm tief in der Seele das Heimweh nach der Sonne mit sich, nach dem weiten, „ungeformten, formenreichen“ Wasser, nach im Geleucht verschwimmenden Horizonten, nach würzig duftenden Blumen und Blattgewächsen, nach grossen, schlanken, anmutvoll sich wiegenden Frauenleibern, die schöner noch als Blumenkelche duften, nach dem Geschrei vom Lichte trunkener Vögel — nach dem, was dort nicht war, wo er dann später je sich aufgehalten hat — nach Schönem, Idealem, Fernem —. Dort lernte er auch — ich sagte es schon eben — die dunkelhäutigen Frauen schätzen, die eine Düftemischung von Rosen und Muskat und Opium in tief berauschend feinen Wogen aus sich strömen. Auch Théophile Gautier*) meint: „Ohne tiefer als schicklich in das Privatleben des Dichters eindringen zu wollen, kann man doch annehmen, dass er während dieser Reise jene Liebe für die schwarze Venus kennen lernte, der er zeitlebens einen Kult bewahrte.“

---

*) Théophile Gautier: *Charles Baudelaire*. Dieser biographisch-ästhetische Essay, 1868 geschrieben, leitet die französischen Baudelaire-Ausgaben (Calman Lévy und Alph. Lemerre) ein.

Die nicht wussten und auch wohl nicht wissen konnten, was Baudelaire von Mutterleibe an schon war und ohne jeden Widerruf auch bleiben musste, erwarteten nach seiner Rückkehr (im Februar 1842) 1842 begierig seine Entscheidung über das, was er ‚werden‘ würde! Die Stunde seiner Grossjährigkeit war nicht mehr fern: der Dichter nahm sein Kapital von 75000 Franken und richtete sich auf eigene Faust sein Leben ein.

Eine Spanne glückseligen Lebens war das noch, wiederum erfüllt von tiefen Schwelgereien in der Einsamkeit und in der intensivsten aller Einsamkeiten: in der Menge; erfüllt von Eleganz und erlesenster Schönheit bei sich daheim; erfüllt von Kameradschaft und Verkehr mit geistvollen Männern und schönen Frauen, zumal in den intimen Räumen des berühmt gebliebenen Hotel Pimodan, im ebenso berühmten ‚Club des haschichins‘; Arbeit und Genuss würzten sich gegenseitig in diesem Leben. Er liess sich Victor Hugo vorstellen, von dem er aber schon damals nicht enthusiasmiert und stets mit einer gewissen Reserviertheit sprach; schloss in bizarrer Art — wenn der Bericht den Tatsachen entspricht — mit Balzac Bekanntschaft, dessen exaltiertes Lob er anstimmt, so oft er Gelegenheit findet; ward aber vor allem der treue Freund, ja, „Schüler“ Gautiers, dem er die „Fleurs du Mal“ gewidmet hat. Und da ich eben seiner Freundschaften gedenke, so seien noch genannt: Sainte-Beuve, Asselineau, D'Aurevilly, Flaubert.

Langsam entstanden die ersten „Fleurs du Mal“, derer im Jahre 1843 zweiundzwanzig geschrieben waren. 1843 Zwei Jahre später sah Champfleury bei Baudelaire einen druckfertigen Manuskriptband Gedichte. Und 1850 zeigte der Dichter seinem Freunde Asselineau „das Manuskript des Buches, das „Les Fleurs du Mal“ betitelt werden sollte, zwei Bände in Quart, kartonniert und vergoldet“. Zur Herausgabe entschloss der sich ungern, der später doch mit seinen Manuskripten — ich möchte sagen: hausieren gehen musste.

Die Lektüre des still Geniessenden war damals Maturin, Lewes, Mathews; auch Shelley, Byron, Richardson und Bulwer. Wie er über Scott dachte, ist leicht in der „Fanfarlo" nachzulesen (denn niemand wird verkennen, dass Samuel Cramer, übermütig karikiert, in vielen Beziehungen — ich sage nicht: in allen — der Dichter selber ist). Englische Vorbilder liebte er. Wie lernte er bald De Quincey, den ‚Opiumesser', lieben! Dort fand der Dandy in ihm seine Nahrung. Aber auch etwas Priesterliches war in Baudelaire; es trat mit den Jahren mehr und mehr hervor — in seinem Kostüm, in Haltung, Sprache und Gebaren. — Und sind sie schliesslich nicht fast in jedem grossen Künstler vereint, der sinnenfrohe Weltmann und der kontemplative Diener Gottes? — Darum las Charles Baudelaire neben seinen Engländern in jener Zeit Sanct Augustin und Tertullian. Schon die lateinische Sprache allein hatte es ihm angetan; auch Petronius und Juvenal waren ihm genussvoll. Das Kirchenlatein aber beherrschte er so vollkommen, dass er in diesem Stile die Liebesode ‚Franciscae meae Laudes' zu schreiben vermochte, die, einer gebildeten Modistin gewidmet, in den „Fleurs du Mal" zu finden ist.

1845 bis 1847 Die „Fanfarlo" ist im Januar 1847, der „Junge Zauberer" im Februar 1846 zum erstenmal veröffentlicht. Und schon hatte Baudelaire 1845 und 1846 zwei „Salon"-Berichte erscheinen lassen, den „Bildern" also, seiner „ersten Leidenschaft", geweiht; und es hatte sich gezeigt, dass er ein Kritiker von feinstem ästhetischen Takt war und von einem technischen Verständnis, das er dem steten Umgange mit Malern dankte. Damals zählte Fernand Boissard zu seinen Freunden, der im Klub der Haschischisten den Vorsitz führte, und den ich später noch erwähne. Vor allem aber ging er bei Delacroix viel aus und ein; und da ich kaum noch die Gelegenheit finden werde, Constantin Guys zu nennen, sei auch er schon hier genannt, Constantin Guys, der Zeichner des vollen Lebens und des charakteristischen Prunkes unserer Zeit: der militärischen Uniform, der eleganten Karossen und Lackgeschirre, der Mondänen und ihres eigenartig reizvollen Toilettechics, des Dandys, welcher nach Baudelaire „die höchste Inkarnation der Idee des Schönen“ darstellt (III, 155). Für Guys hat unser Dichter nachmals eine monographische Abhandlung geschrieben: „Le peintre de la vie moderne“ (1863).

Wohl das meiste, was Baudelaire in seinen ästhetischen Abhandlungen über die Malerei vorträgt, verdankt er den Anregungen Delacroix', wie er selbst auch freimütig bekennt. Zum Überfluss beweist es ein vergleichender Blick in die Tagebuchblätter des Malers (die neuerdings auch in verdeutschter Auswahl erschienen sind). Natürlich sind Delacroix' Notizen reicher an technischen Details, dafür aber Baudelaires Ausführungen so grosszügig umfassend, so übersichtlich disponiert, und dabei noch in einen so reichen, kostbaren Stil gewandet, dass ich sie als den Katechismus der Malerei-Ästhetik betrachte. — Die Bibliographie der wesentlichsten Schriften des Dichters über Malerei ist diese: „Salon de 1845“; — „Salon de 1846“; — „Exposition universelle 1855“; — „Salon de 1859“; — „Quelques caricaturistes français“; — „Quelques caricaturistes étrangers“; — „L'œuvre et la vie d'Eugène Delacroix“; — „Le peintre de la vie moderne“.

Als er die ersten „Salons“ veröffentlichte, kündigte er gleichzeitig noch diese Werke an: „De la peinture moderne“; — „De la caricature“; — „David, Guérin et Girodet“; — „Les Lesbiennes, poésies“; — „Le catéchisme de la femme aimée, romans physiologiques sur l'amour moderne“. So wirbelten die Pläne ihm im Kopfe. Namentlich über Liebe und Weib hat er immer wieder zu schreiben geplant, aber die ‚romans physiologiques' beschränken sich doch schliesslich nur auf einige der „Kleinen Dichtungen in Prosa", die man wohl hierherrechnen darf; sie geben Porträts von Maitressen und Einblicke in das seelische Wesen einer gewissen Art von Frauen, bezeugen zumeist ‚Gansigkeit', Mittelmässigkeit, Mängel im Gefühlsleben, Egoismus („la plus grande imbécillité unie à la plus grande dépravation" heisst es im Tagebuche Baudelaires) und charakterisieren wohl in erster Linie die Erfahrungen des Dichters selber, der das Weib mehr oder weniger als ein notwendiges Übel ansah oder, in katholischem Stile gesprochen, als ein Gefäss der Sünde und die Dienerin des Teufels. Der Dienst der Buhlschaft ist ihr zuerteilt, die Kunst der Verführung ihr zu eigen, und nur soweit sie verführerisch ist, ist sie Weib; Schönheit beut sie und schenkt Vergessen — aber das Erwachen zum Bewusstsein ist trübe und fad, denn die schöne Form beherbergt eine im tiefsten Grunde gemeine Seele, und eines geistigen Mannes Gefährtin vermag die schöne Bestie nie zu sein. „Ich habe mich stets gewundert, dass man den Frauen den Zutritt in die Kirche gestattet. Welche Unterhaltung können sie mit Gotte haben?" fragt Baudelaire in seinem Tagebuch einmal. Seine Ansichten über Weib und Liebe, die er in ein Werk also nie zusammengeschlossen hat, sind ganz dieselben, die nach ihm der inbrunstvolle Rops in der fast analytisch kühlen Form scharf geätzter Radierungen zum Ausdruck brachte: in dessen Darstellungen vom Weibe herrscht stets der Geist der Baudelaireschen ‚Sexualkritik'.

Und nun muss ich den Namen Jeanne Duval nennen; denn diese war die Frau, die ihn so oft in Himmel hob, in Höllen stürzte; sie die Verführerin, die Dienerin Satans, der böse Genius, der sein Lebensschicksal durch Lust und Unheil zerrte. Diese Mulattin, die Baudelaire bald nach seiner Rückkehr aus Indien als Figurantin an einem kleinen Theater und Kaffeekonzerthaus kennen lernte, besass nach den übereinstimmenden Schilderungen aller, die sie kannten — des Dichters eigene sind nicht ausgenommen — nicht Verstand, nicht Gemüt, nicht irgendwelche Begabung; das aber besass sie: die raffinierten Verführungen der Wollust, den Zauber des Fremdländischen, und dann die unbegreifliche Macht der Grausamkeit. Die „Kleinen Dichtungen“ schildern sie genugsam, die infame Konkubine, die Hexe und Kröte und Spinne, abscheulich und dennoch voll unwiderstehlichen Reizes, das Weib, dessen ewige Mittelmässigkeit und Dummheit den Dichter rasend macht, indes ihr voller Haarduft ihn berauscht, indes er „an den flaumigen Gestaden ihres Nackens Vergessen schlürft in einer Düftemischung von Teer, Muskat und Kokosöl“. Sie ist wohl die Keiferin, die ewig ihn stört, mit ihren läppischen Klagen und kindischen Liebeslitaneien ihn ermüdet, sie wohl die Fresserin, deren Soldatenappetit ihn bisweilen belustigt, sie die Verruchte, „welche die Schmerzen seines Lebens durch die Niedrigkeit des ihren noch vergrössert“. Sie log und betrog, war faul und trank viel Schnaps — aber wie zwang es ihn, allein ihre Stimme zu lieben, „diese Stimme, rauh und charmant, diese Stimme, hysterisch und vom Branntwein etwas heiser“, „diese rauhe, doch so linde Stimme, wie die der Katzen, die auf den Pianos fast ersterben und seufzen wie die Frauen“! Die Tragödie seines Lebens klingt voll in einem Namen wider: dem Namen der Frau, die stets Erinnerungen und Heimweh in ihm weckte nach einem Lande, „wo das Leben sanft und tief sich atmet, wo das Glück dem Schweigen sich vermählt, wo alles schön, reich, ruhig und rechtschaffen ist“:

„Là, tout n'est qu'ordre et beauté,
luxe, calme et volupté“ — —

und die doch zugleich in die elendeste, niedrigste Wirklichkeit ihn stiess! Er hat sie später ins Spital bringen müssen, als das Delirium bei ihr ausbrach, und hat bis in seine letzten Tage sorglich ihrer gedacht, die ihm nichts mehr war als ein armes, unglückseliges Weib, und hat von seinem kargen Gelde ihr gegeben, obwohl sie selbst da noch, als er völlig verarmt war, vom Hospital aus in elender Weise ihn um Geld beschwindelte. Er besass nicht die Roheit, ein Weib zu verstossen, das ihm Gesellschaft geleistet, ihm manches Mal Vergessen geschenkt hatte.

„Vergessen!“ Das ward stetig mehr die Losung für ihn. Nicht mehr „der Zeit gemarterter Sklave“ sein! Nicht mehr des Daseins „ewige Langeweile“ spüren! Vergessen die „unheildrohenden Daten“ des Kalenders!

Denn bald waren am Horizonte seines Lebens finstre Wolken aufgestiegen. Nicht lange blieben Schönheit, Ruhe, Wohlstand und Genuss sein Teil: sein Vermögen schmolz allzu rasch zusammen, erschreckend rasch; und schon im September 1844 zeigte sich der finanzielle Ruin so weit vorgeschritten, dass ihm seine Familie einen Monsieur Ancelle, Notar in Neuilly, zum Vormunde bestellen musste, der zeitlebens so gut für Baudelaire zu sorgen sich befliss, wie das arg verringerte Kapital es nur zulassen wollte. Das ist für Ancelle verdiente Anerkennung — für Baudelaire aber will es wenig bedeuten. Es beginnt nach der kargen Frist eines Traumes von Glück die Not, die Armut, die quälende Sorge, es wälzt sich fester und schwerer ein Alp auf seine Seele, von dem sie nie wieder frei werden, von dem sie nie mehr aufatmen soll. Erdrückt zu werden von der Pein des Alltags — das war das Schicksal Baudelaires, war die rächerische Strafe für sein Verlangen nach Ruhe, Luxus, Schönheit, für seinen Irrtum, dass er, „o auch er, der arme Narr, der letzte und einsamste unter den Menschen, um Liebe und um Freundschaft betrogen, dass doch auch er geschaffen sei, die unsterbliche Schönheit zu verstehen und zu empfinden!“ Fortan blieb keine Schönheit seinen Sinnen als die der Wolken, der eilenden Wolken und ihrer wunderbaren Architekturen, keine Liebe seinem ewig quälend bohrenden Geiste, als die der Träume —.

Doch wie spreche ich von Vereinsamung und Unheil? Will ich nicht zuvor das 1848er Jahr erzählen, das Faschingjahr, die tolle Zeit der lustig fixen Ideen? Wollen wir diesen Schwank nicht noch belachen, bevor wir gelangweilt der Tragikomödie monotones Ende schauen?

Einen gewissen Einfluss, eine geachtete Stellung hatte der Dichter durch seine „Salons“ zunächst gewonnen; aber einem grossen Publikum war er doch nicht bekannt geworden. Dennoch träumte er nun den alten Narrentraum, vor dem das Schicksal den Ehrgeiz der wenigsten Dichter zu bewahren scheint: eine Zeitschrift zu gründen. Diesen Mangel an Einsicht in den eigenen originellen Wert bestärkte in ihm Champfleury, und so erschien denn am 27. Februar des Jahres 1848 die erste — und am 28. Februar des 1848
Jahres 1848 die letzte Nummer des „Salut plublic“.

Wahrhaftig, das ‚öffentliche Wohl‘ schien ihn jetzt zu bekümmern! Wollte er selbst sich jenen Leuten zugesellen, jenen „Unternehmern, die in öffentlicher Wohlfahrt machen, denen, die allen Armen raten, sich zu Sklaven zu machen, oder denen, die ihnen einreden, sie seien samt und sonders entthronte Könige“, jenen Schelmen, welche die Kunst verstehen, „die Völker binnen vierundzwanzig Stunden glücklich, weise und reich zu machen“ —? Fast scheint es, dass jenes Jahres tolles Brausen auch ihm den Kopf voll wirrer Wirbel blies; denn plötzlich trug er nun die Bluse, und in Begleitung seines revolutionären Freundes Pierre Dupont sah man den leicht Entflammten mit der Flinte auf dem Rücken in einer erregten Menschenmenge. Aber was war der Refrain alles dessen, was er begegnenden Freunden auf ihr Befragen zuschrie? —:

„Il faut aller fusiller le général Aupick!“ Soll man also von ihm wirklich denken, er sei kindsköpfig genug gewesen, phrasentrunken an jenem meist prostituierten Wort der menschlichen Sprache sich zu berauschen, das Sklaven brüllen, wenn sie's nach einer neuen Form von Sklaverei gelüstet? Ich glaube, über das Wesen der menschlichen Freiheit hat Charles Baudelaire sich kaum jemals getäuscht, und sein ganzer achtundvierziger Rausch war wenig mehr als eine etwas rächerisch empfundene Lust am Durcheinanderwürfeln ‚geordneter‘ spiessbürgerlicher Verhältnisse, war Lust am Trubel, an der Verwirrung, die vergessen macht. Auch hier fand der Poet seinen Weideplatz. In seinem Tagebuche heisst's von jener Zeit: „Ein nützlicher Mensch zu sein, ist mir stets als etwas recht Hässliches erschienen. — 1848 war nur amüsant, weil jeder Mensch sich damals Luftschlösser baute. — 1848 war nur reizvoll durch das Übermass des Lächerlichen. — Robespierre ist nur schätzbar, weil er einige literarisch schöne Sätze geschaffen hat.“ — Man merkt: Baudelaire war nie — ‚Politiker‘; aber dass man ihn damals in den Reihen der Leidenden, der Enterbten, der Armen gesehen hat, entspricht nur seinem tiefen Mitleid mit allen, die ausgeschlossen sind aus dem Reiche der obersten Göttin: der Schönheit. Denn die vollkommene Schönheit ist des Wohlstandes Tochter.

1851 1851 war er Mitarbeiter der „République du peuple, almanach démocratique“, jedoch nur literarischer Mitarbeiter; zu Ende dieses Jahres aber musste er sich zur Stellung eines Redakteurs bequemen — oder hätte ein Baudelaire das wirklich ganz mit freiem Willen und nur des ‚Ulkes‘ halber getan? — eines Redakteurs an einem konservativen Provinzblatte. Am ersten Morgen seine erste Frage, die er an ein Maschinenmädchen richtet, ist die: „Wo steht denn hier der Redaktionsschnaps?“ Wie stand sie verblüfft. Natürlich war die ganze ‚Redaktion‘ nur eine kurze Episode;

bald fuhr er mit seiner Schauspielerin nach Paris zurück. Denn eine Schauspielerin hatte er sich mitgenommen nach Chateauroux, und sie ward Anlass zu einem anderen ergötzlichen Gespräche: Als Baudelaires Geheimnis ‚ruchbar‘ ward, stellte ein Notar, der zu den familienväterlichen Aktionären des Blattes gehörte, ihn mit den schönen Worten zur Rede: „Mein Herr, Sie haben uns getäuscht. Madame Baudelaire ist gar nicht Ihre Frau; es ist Ihre Favoritin!“ — worauf der Dichter: „Mein Herr, die ‚Favoritin‘ eines Dichters ist bisweilen mehr wert als die Gattin eines Notars.“ — Das war das Ende seiner ‚politischen‘ Laufbahn!

Georges Rodenbach hat in seinem trefflichen Essai (s. o.!) zum erstenmal mit Nachdruck den Katholizismus Baudelaires betont. Diese religiösen Neigungen treten namentlich gegen Anfang der fünfziger Jahre immer prägnanter hervor: etwa um jene Zeit scheint Baudelaire der eifrige „Schüler“ De Maistres geworden zu sein, als welchen er sich nachmals selbst so gern bezeichnete. Wie seine „Salons“ zu Delacroix’ Niederschriften in unverkennbarer Parallele stehen, so seine Tagebuchaufzeichnungen und manche Seite in den „Künstlichen Paradiesen“ zu den Werken Joseph de Maistres, „dieses untadeligen Soldaten des heiligen Geistes“. Um die Analogie wenigstens flüchtig zu kennzeichnen, will ich nur betonen: den Glauben an die katholische Lehre, den erbitterten Hass gegen die sogenannte ‚Aufklärung‘ und den ‚unaufhaltsamen Fortschritt‘ des Jahrhunderts, die Achtung vor dem Adel und dem Priestertum, die Auffassung des Krieges als einer unauslöschlichen, heiligen Notwendigkeit, die Überzeugung von der ewigen Unmündigkeit des Volkes.

Aber diese Anschauungen einten Baudelaire ebensosehr mit Poe; denn nicht Joseph de Maistre allein, auch Edgar Poe hat ihn — um seinen eigenen Ausdruck zu gebrauchen — „denken gelehrt“. Ja, dieser war ihm geradezu der Heiland, dem er mit inbrunstvoller Glut sich zum Apostel angelobte. Seit 1855 hat er fast ununterbrochen an der Übertragung der Werke Poes ins Französische gearbeitet und für Frankreich die klassische Poe-Ausgabe geschaffen. Frankreich ist — wie wenigstens Ch. Morice behauptet — das eigentliche Vaterland des genialen Yankee geworden, und L. P. Betz vermutet wohl kaum mit Unrecht, dass auch in Deutschland Poe durch Baudelaires Übertragungen bekannt geworden sei. Wie unendlich weitgreifend aber der Einfluss der Dioskuren Poe und Baudelaire auf die gesamte Kunst der Gegenwart geworden ist — das lässt sich nur als unübersehbar bezeichnen; denn wo die Einflüsse nicht ganz direkt wirkten, da liefen sie indirekt in die Seelen über, und schliesslich weisen Huysmans, Rops, Verlaine, Maupassant, Mallarmé, Odilon Redon, Rodenbach, Moreau und Maeterlinck in Frankreich und Belgien; Schlaf, Scheerbart und Przybyszewski so gut wie George und Altenberg in Deutschland und Österreich; Arne Garborg in Skandinavien; Rossetti und Swinburne, die Praeraphaeliten, Oscar Wilde, auch Whistler in England — schliesslich weisen sie alle Züge auf, die vor Poe und Baudelaire sich niemals so markant gezeigt haben.*) — Wenigstens die Erscheinungdaten der Baudelaireschen Poe-Übertragung hier mitzuteilen, will ich nicht unterlassen; der Dichter veröffentlichte: „Histoires extraordinaires“: 1856 (Lévy); „Nouvelles histoires extraordinaires“: 1857 (Lévy); „Aventures d'Arthur Gordon Pym“: 1858 (Lévy); „Eureka“: 1864 (Lévy); „Histoires grotesques et sérieuses“: 1865 (Lévy).

1857 Das Jahr 1857 ist ein bedeutsames im Lebensgange Baudelaires: Nach den allersorgfältigsten typographischen Vorbereitungen, von deren peinlicher Über-

---

*) In den *„Neuen Studien zur vergleichenden Literaturgeschichte“* (Frankfurt a. M., Rütten u. Loening, 1902) hat Louis P. Betz dem Einflusse Poes auf die moderne Literatur einen ausführlichen und erstaunlich namenreichen Essai gewidmet.

wachung durch den Dichter nur die Lektüre seiner Briefe an Auguste Poulet-Malassis eine Vorstellung geben kann, veröffentlichte die Firma ‚Poulet-Malassis et de Broise' die „Fleurs du Mal“. Dass sie alsbald zur gerichtlichen Vorladung des Dichters wie seines Verlegers führten, ist bekannt; ja, zweifellos hat der Prozess gegen das Werk das seinige dazu beigetragen, es halb berühmt, halb berüchtigt zu machen, ein Prozess übrigens, dessen Sinn der Dichter nie begriff. „Wie er nachmals geschrieben hat, konnte er nicht verstehen“ — so erzählt Asselineau — „dass ein Werk von so stark pulsierendem spirituellen Leben der Gegenstand einer gerichtlichen Verfolgung zu sein vermochte. Er fühlte sich verletzt in seiner Würde als Dichter, als Schriftsteller, der seine Kunst und sich selber respektiert, verletzt durch diese Anklage, deren Ausdrücke ihn, mein Gott, mit wem auf eine Stufe stellen! —: mit den elenden Agenten des Lasters und der Ausschweifung, mit Schmutzfinken, Cynikern, mit Propagandisten des Gemeinen ... Ja, wenn Juvenal und Dante selber auf die Erde zurückkehrten, und Michelangelo, und Tizian, sie würden auf dieselbe Bank sich setzen müssen, wo auch die Verderber der Jugend erscheinen und die Verkäufer schlüpfrig gemeiner Bilder. — Als ich diese Sitzung verliess, fragte ich Baudelaire, der über seine Verurteilung ganz betäubt war: ‚Sie hatten eine Freisprechung erwartet?' — ‚Freisprechung?!' erwiderte er; ‚ich hatte erwartet, dass man mir eine Ehrenerklärung geben würde!'“

Stets hat Baudelaire seine Verurteilung — 300 Frcs. Busse wurden ihm auferlegt und sechs Gedichte des Buches unterdrückt — stets hat er sie als „un malentendu fort bizarre“ angesehen. Dass dieser Schlag ihn tief getroffen hat, kann niemanden wundern: die Brutalität, mit der die materielle Macht verheerend in das Reich des Geistes einfallen darf, hat etwas Vernichtendes; die Wehrlosigkeit, mit welcher der Künstler sein Kunstwerk der gemeinen Dummheit der Bourgeoisie zum Opfer lassen muss, etwas unsäglich Zerrüttendes. Welch einen Stoss erhält durch solchen unbesieglichen, sanktionierten Idiotismus das seelische Gleichgewicht eines Menschen, der notgedrungen herabsehen muss auf jenes Gelichter, das ihn zu beurteilen und zu verurteilen sich anmasst! — Im selben Jahre war auch Flauberts „Madame Bovary“ erschienen; auch Flaubert war vor die Schranken des Gerichts geladen, doch freigesprochen. „Flaubert avait pour lui l'Impératrice. Il me manque une femme . . .“

Wenn wirklich von einem „Missverständnis“ bei der Aburteilung der „Fleurs du Mal“ gesprochen werden darf, so beruht es natürlich wieder einmal auf der Verwechslung von Fiktion und Selbstbekenntnis: Man empört sich gegen das Spiel der Imagination des Dichters, denn man hält, was er schreibt, für autoptische Daten und autobiographische Bekenntnisse. Man begriff in diesem Falle absolut nicht, dass Baudelaire in dieser Dichtung — denn das ist mehr als schlechthin ein Gedichtbuch — „den ewigen Kampf geschildert hatte zwischen Gott, dem Menschen, dem Versucher und dem Weibe, das auch hier die Verbündete des Versuchers ist“; dass er hier „als katholischer Dichter die Liste der modernen Sünden mit einem Freimut aufgestellt hatte, den nur die Kurzsichtigen für schlüpfrig halten konnten“; dass er nicht anders handelte „wie Moses im Levitikus, wo er gewisse Scheusslichkeiten aufzählt“; dass sein ganzes Werk „ein Gewissensexamen der gegenwärtigen Menschheit“ ist (Rodenbach). Die Kunst des Dichters, durch intensive Versenkung in seinen Stoff objektiv Geschautes als subjektiv empfunden wirken zu lassen — um von dem subtilen Vorgange des Schaffens nun einmal mit so plumpen Philologenworten zu sprechen — diese Kunst trug hier dem Dichter einen schmerzlichen Erfolg ein. Huysmans, der die objektive Romanform oder den Stil des Historikers wählt, gilt als Schriftsteller mit seltsamen literarischen und psychologischen Neigungen, — Baudelaire ward etwa als Satanist und Teufelsdiener angesehen.*)

Die „Fleurs du Mal“ sind reich an Hymnen auf das Weib, und man wird sich Jeanne Duvals wohl erinnern. Doch war noch eine andere Frau, die grossen Anteil hat an diesen Liedern: Madame Sabatier. Sie muss Baudelaire um 1849 kennen gelernt haben. Ein Weib von vollendeter Schönheit und von entzückendem Geiste! Ihren wundervollen Leib hat Clesinger in Marmor nachgebildet („Frau, von einer Schlange gebissen“), „in diesem Marmor“ — schreibt Théophile Gautier — „in dem eine Fülle intensiven Lebens pulst, wie sie dem Meissel nie gelungen war und nie wieder gelingen wird“; und ihr Geist würzte die kostbaren Plauderstunden im Hotel Pimodan, in das sie oft eintrat „mit dem entzückendsten Capothütchen, das Lucy Hocquet oder Madame Baudrand je geschaffen haben, ihre schönen rostbraunen Haare noch feucht, da sie eben aus der Schwimmschule kam, von ihrer ganzen musselinumhüllten Gestalt najadegleich den frischen Duft des Bades ausströmend“. Sie und der Dichter schlossen sich eng aneinander an, namentlich seit 1852; Baudelaire schrieb ihr Briefe voll leidenschaftlicher Bewunderung, schrieb liebestrunkene Hymnen für dieses Weib. Hat sie dem schwer Enttäuschten wonnigsten Trost bereiten wollen, als sie grad in der Zeit, da man sein Buch verurteilt hatte, sich ihm dann endlich völlig gab? Nur noch in tiefere Trostlosigkeit hat sie ihn da gestürzt; denn tags darauf war die Liebe verdunstet, der Rausch verflogen:

---

*) Auch Bourget unterschätzt die objektive Bedeutung des Buches, jedenfalls betont er sie nicht ausdrücklich; und wenn er auch einerseits in den *Fleurs du Mal* gewisse psychische Charakteristika des neunzehnten Jahrhunderts offenbart findet, in welchem — allgemein gesprochen, als ‚Zeichen der Zeit‘ — Mystizismus, Geilheit und Hang zur Analyse sich mischen sollen, so trennt er doch andererseits den Dichter nicht genug von seinen Stoffen, wenn er dann wieder ihn selber „einen Mystiker, einen Wüstling und einen Analytiker“ nennt. (Vergl. *Psychologische Abhandlungen über zeitgenössische Schriftsteller;* Minden, Bruns, 1903.)

die beiden trennten sich, um nachmals nur als Freunde noch sich zu begegnen — obwohl der Dichter noch fünf Jahre hindurch seit jener Nacht in leidenschaftlichen Briefen an das Weib sich Sinn und Seele erschöpfte. Später waren sie Kameraden, und allsonntags hat dann Baudelaire bei der ehedem so ungestüm Begehrten geruhig zu Mittag gespeist. —

Eine schwere, ernste Stimmung befällt mich, je mehr ich hier von seinem Leben erzähle. Ist es denn etwas anderes als stets nur Sehnen und Enttäuschung? Ich sprach von Jeanne Duval und von Madame Sabatier, und ich sprach auch schon von den unausgeführten literarischen Plänen. Von diesen hab' ich nun noch mehr zu sagen: auch für die Bühne zu schreiben hat der Dichter geplant: ein Drama „L'Ivrogne“ — eine kosmopolitische Darstellung des Rausches in fünf Akten —, das ihn um 1853 intensiv beschäftigte; einen gross gedachten Fünfakter „Le Marquis du Ier Houzards“, dessen Stoff nach dem auf uns gekommenen Entwurf „der Kampf zwischen zwei Prinzipien in einem Herzen“ sein sollte; und weiter noch „La Fin de Don Juan“, in welchem Don Juan und Leporello als Hauptpersonen figurieren: Don Juan, bei der Langeweile und der Melancholie angelangt, sich mühend mit der unbesieglichen Schwierigkeit, eine neue Beschäftigung, einen neuen Genuss zu finden — Leporello, der stumpfsinnig zufriedene Flachkopf, der in Redensarten spricht: der Repräsentant der Bourgeoisie, vor welcher Noblesse, Ritterlichkeit, vornehmes, grossartiges Wesen ins Grab sinken! — Keins dieser Dramen ist je geschrieben — aber Verhandlungen sind um sie geführt, die manchmal bis ins kleinste gingen, und mit dem Honorar für „L'Ivrogne“ glaubte Baudelaire schon sicher rechnen zu dürfen.

Und er hat noch mehr geplant —: Romane und Novellen. Titel und vereinzelte Notizen fanden sich auch für dieses Gebiet noch in verhältnismässig grosser

Zahl in seinem Nachlass. Eine Notiz — die sich nun allerdings auf das Drama „L'Ivrogne“ beziehen muss (wenn anders es nicht zunächst als Novelle geplant war) — will ich hier wiedergeben; und warum ich gerade diese herausgreife, wird bald verständlich werden: „Der Trinker, der den Trinker lauernd beobachtet und studiert. — Nicht vergessen, dass der Rausch die Negation der Zeit ist, wie jeder gewaltsam heftige Geisteszustand, und dass also sämtliche Resultate des Zeitverlustes an den Augen des Trinkers vorüberziehen müssen, bis zur völligen Verwirrung aller Empfindungen und zur Endkatastrophe.“

Auch Baudelaire war gern berauscht, um dann den Rausch zu studieren. Wohl sah ihn niemals jemand vom Weine trunken, aber die tiefen einsamen Genüsse des Haschisch hat er ohne Frage häufig gekostet — zu häufig, als dass nicht auch ihn eine ‚Endkatastrophe‘ hätte erreichen sollen. Schon in den „Fleurs du Mal“ finden sich manche Schilderungen künstlich erzeugter Rauschzustände. Im Jahre nach ihrem Erscheinen
aber — 1858 also, im selben Jahre, in dem auch die 185
Gordon Pym-Übertragung erschien — veröffentlichte der Dichter eine psychologische Studie: „Les paradis artificiels (de l'idéal artificiel; le haschich)“,
die in der „Revue contemporaine“ erschien.*) Und 1860 186
folgte dann der Band: „Les paradis artificiels; opium et haschich,“ im gleichen Verlage wie die „Fleurs“, also bei Poulet-Malassis. Scharf und streng weist er hier die genannten künstlichen Rauschmittel zurück, jeden Grund und Scheingrund, auf den sich etwa eine Verteidigung der Gifte als Genussmittel aufbauen liesse, entzieht er den oft so windig sophistisierenden Verteidigern: nicht etwa obwohl, sondern gerade weil er selbst an den Haschisch versklavt war.

*) Alle bibliographischen Daten, die hier mitgeteilt sind, entstammen der vorzüglichen Baudelaire-Bibliographie des Vicomte de Spoelberch de Lovenjoul in dessen Werke *Les lundis d'un chercheur* (Paris, Calman Lévy, 1894).

Nicht, dass er in seinem Buche sich selber an den Pranger stellte, wie Thomas de Quincey tat, jener „Büsser, der doch immer bereit ist, in seine Versündigung zurückzufallen“; das wäre ihm wider den guten Geschmack gewesen; aber dennoch kann man leicht bemerken, dass das ganze Werk von dem Geiste diktiert ist: „Sei ein Mann und folge mir nicht nach!“ Ein erschütterndes Buch! Wohl kann die Wonnen des Haschischrausches keiner in so intensiven Tönen malen, als wer sie selbst in eigener Seele fühlte, aber eindringlicher kann auch keiner vor dem Gifte warnen, als wer empfindet, wie er entnervt zugrunde geht. Ich weiss, dass manche von mir eine scharfe Zurückweisung derer erwarten, die Baudelaires Andenken durch schmähliche Angriffe auf seinen unmässigen Haschischgenuss entehren möchten. Doch gegen solche trete ich nicht auf den Plan. In der moralischen Welt richtet sich jeder Ausspruch durch seine Form, denn überall ist die Form das Symbol des Geistes; und gegen schmutzige Geister tritt der meine heute nicht mehr auf den Plan; er ist wohl allmählich dafür zu schade geworden. Auch sind ‚moralische‘ Angriffe im letzten Grunde unmoralisch; man bleibt nicht ‚moralisch‘, wenn man ‚Moralist‘ wird: man meint, aus den Schranken des allgemeinen Gesetzes heraustreten zu dürfen und überhaupt zu können, und stellt alsdann zugleich die Anmassung und die Lächerlichkeit in ihren krassesten Formen dar. Vielleicht ist dieses Schauspiel zu traurig und zu unerquicklich, um auch nur blossgestellt zu werden. Ich will von diesen wenigen Blättern keins einem anderen weihen als Baudelaire.

Baudelaire war also Haschischist. Wer sein Tagebuch las, kann es nicht bezweifeln. Warum nur hat Gautier es verschleiern wollen? Sah er hier eine moralische Schwäche des Freundes, von der die Nachwelt keine Kenntnis haben sollte? Mir scheint es so.

Und dann scheint mir auch wieder ein halbes Eingeständnis selbst in den Zeilen Gautiers verborgen zu sein — und hier komme ich auf Fernand Boissard zurück. Gautier stellt ihn in einer Art unserm Dichter zur Seite, die wohl bedeutsam ist; er schreibt über den Maler: „Gleich Baudelaire ein Freund seltener Genüsse, und waren sie auch gefährlich, wollte er jene ‚künstlichen Paradiese' kennen lernen, die für ihre trügerischen Extasen zuletzt so hohen Lohn verlangen, und der Missbrauch des Haschisch hat offenbar diese so robuste und blühende Gesundheit untergraben . . . Boissards Leben verlosch vor einigen Jahren, nachdem er sich schon lange überlebt hatte, an einer Krankheit, ganz ähnlich jener, an der auch Baudelaire starb."

Die Krankheitsymptome, die der Haschisch zeitigt, sind nervöser Natur — aber schon dass ein Mensch Haschischist wird, verrät — zumindest in den allermeisten Fällen — eine krankhafte Anlage. Solche bei Baudelaire anzunehmen, wird kaum gewagt sein. Ich betonte, dass er das Kind eines 61jährigen Vaters und einer 25jährigen Mutter war; ich füge hinzu, dass sein älterer Bruder — ein Sohn, den François Beaudelaire in erster Ehe zeugte — 1860, fünfundfünfzig Jahre alt, ebenfalls — wie nachmals Charles — von einem paralytischen Anfalle getroffen ward. Auf Erblichkeit verhängnisvoll krankhafter Anlagen in seiner Familie hat auch der Dichter selbst (an einer Stelle seines Tagebuches) hingewiesen. Dass aber diese Anlage bei ihm durch den Einfluss des Haschisch in schärfster Form ausgebildet worden ist, bezeugt — zum Überflusse, kann man fast sagen — das Krankheitbild, das ich bald zu entwerfen haben werde.

Sehr wesentlich ist da die Lähmung der Willenskraft. Aber um gerade sie recht verstehen zu können, muss man zuvor sich klar darüber werden, dass es mit einer Einteilung der Phänomene unserer Existenz in körperliche und seelische nicht getan ist; auch hier herrscht die allgegenwärtige Dreieinheit, so dass wir Körper, Seele und Geist zu nennen hätten. Dass ihre gegenseitige Verknüpfung eine äusserst enge, und schulmässige Klassifizierung dadurch sehr erschwert ist, tut in unserem Falle der begrifflichen Verdeutlichung einmal wenig Abbruch. Wir werden sehen können, wie stark der geistige Wille in Baudelaire war, der intellektuelle Wille, wie schwach und krank dagegen — und wachsend schwach und krank — der seelische. Weiter forschend würde man im geistigen Willen das göttliche, im seelischen Willen das teuflische Prinzip im Menschen zu erkennen vermögen und auffallend bestätigt finden, was Baudelaire sein Leben lang erfuhr und was auch Poe so eindringlich betont hat: dass der „Geist des Bösen", der „Dämon der Perversität" den sensiblen Menschen oftmals gerade das zu tun zwingt, was seine Intelligenz als unheilvoll verwirft. Auch Baudelaire besass eine bewundernswerte moralische Energie — aber nur um so krasser offenbart sich neben ihr die Ohnmacht gegenüber gewissen Anforderungen seiner psycho-physischen Existenz, die ihm zum Unheil werden mussten: gegenüber seinem Bedürfnis nach geistiger Ruhe und einer rezeptiven Beschaulichkeit, wie auch gegenüber seinem Bedürfnis nach nervenexzitierenden Substanzen — nach Opium, Haschisch und in den letzten Jahren auch Likören.

861 „Ein neuer Haschisch" war 1861 für ihn Richard Wagners Musik (— und blieb es ihm übrigens zeitlebens: noch auf dem Krankenbette liess er zur Linderung sich aus dem „Tannhäuser" spielen —) und mit einem wunderbaren Gemisch von Sensibilität und Verve schrieb er damals die glänzende Verteidigungschrift „Richard Wagner und ‚Tannhäuser' in Paris". Nicht nur für Poe war er in Frankreich bahnbrechend. Und ich erwähnte schon, wie er auch für Delacroix, wie auch für Guys gewirkt hat. Noch eine Studie über Gautier ist zu nennen, die 1859 erschien. Und für ihn

geschah nichts; er durfte froh sein, wenn ihm die Redaktionen seine Manuskripte nicht im Hinblick auf seine Verurteilung zurücksandten.

Unter solchen Umständen ‚wagte' er, im Jahre 1861 bei der „Académie française" zu kandidieren! Das haben manche für einen schlechten Scherz gehalten. Baudelaire selbst hat es zweifellos anders gemeint. Er war als Mensch Gentleman durch und durch, als Dichter ein originelles, hervorragendes Talent und obendrein ein Kunstkritiker allerersten Ranges: Was war denn schliesslich so Verblüffendes, ja, so Groteskes, Lächerliches dabei, dass er der Académie wohl angehören zu dürfen glaubte? Warum hätte er von einer Ehre ausgeschlossen sein sollen, die doch viel Geringere harmlos genossen und fortgesetzt geniessen? Wegen jenes überaus bizarren Missverständnisses mit seinem Buche etwa? Allerdings. Und auch wohl wegen seiner Exzentrizität. Denn es gibt offenbar viele brave Leute, die sich Künstler nennen und nennen lassen und von Exzentrizität nichts wissen mögen, Leute, denen unbekannt ist, dass Seltsamkeit und Fremdartigkeit die Grundbedingungen des Schönen sind, dass Schönheit und Banalität, wie Baudelaire sich ausdrückt, einander widersprechen; es sind die „schaffenden" Philister, deren Namen gut neun Zehnteile der landläufigen Kunst- und Literaturgeschichten füllen. So war es diesmal allerdings wohl von ihm „un malentendu fort bizarre": nach dem Sitz in einer solchen Akademie zu begehren. Oder war es ein Scherz? Gewiss mag seine Stimmung von Selbstironie nicht frei gewesen sein. Aber welch bitterer Scherz alsdann: sich gezwungen zu sehen zu solcher Buhlerei! Obendrein blieb es natürlich erfolglos, trotzdem nun endlich das wenigstens auch für ihn geschah, dass Sainte-Beuve in einem Feuilleton den neuen Kandidaten tatsächlich ernst nahm und mit Wohlwollen von ihm sprach. Die erste Kandidatur — auf Scribes Sitz — blieb völlig unbeachtet;

bei der Abstimmung ward Baudelaires Name nicht einmal genannt. Die zweite — auf den Sitz des Paters Lacordaire — zog Baudelaire auf Anraten von Freunden wieder zurück. Étienne Charavay schreibt darüber in einer monographischen Studie*): „Gleich als wäre seine Idee noch nicht seltsam, aussergewöhnlich, bizarr genug gewesen, änderte er sie ab: Er verzichtete auf den Sitz Scribes und bewarb sich um den des Paters Lacordaire!" Ich finde die Ausdrücke ‚seltsam', ‚aussergewöhnlich', ‚bizarr' genau so schlecht angebracht, wie auch Baudelaire sie gefunden haben würde. Denn wie in seinem Äusseren und seinem Wesen, war auch in seinem Inneren viel Priesterliches; ein kraftvoller Katholizismus war ihm mehr und mehr zu eigen geworden, und wenn es ihm die Worte ‚Freiheit' und ‚Fortschritt des Jahrhunderts' wahrhaftig auch nicht eben angetan hatten, wie dem leicht entflammten, gefühlsblinden Dominikaner, so war doch in ihm — nach seinen eigenen Worten — eine Sympathie für Lacordaire, „nicht allein wegen der Bedeutsamkeit dessen, was er gesagt, sondern auch wegen der Schönheit, mit der er es umkleidet hat, und weil es sich der Imagination nicht allein mit christlichem Charakter, sondern auch in romantischer Färbung darbietet".**)

---

*) Charavay: *A. de Vigny et Charles Baudelaire candidats à l'Académie française* (Paris, Charavay frères, 1879).

**) „Gott hat die Sterne geschaffen, um uns die Erde zu verleiden." — „Eine Zeitung ist das, was ich am meisten verachte." — „Man erreicht nichts ohne die Einsamkeit; das ist mein oberster Satz." — „Die Melancholie ist die Königin der Seelen, die lebhaft empfinden." — „Die Melancholie, von der die Alten sagten, dass ohne sie keine Genie sei. In der Tat ist die Melancholie unzertrennlich von jedem weit ausschreitenden Geiste, von jedem tiefen Herzen." — „Je weiter der Mensch auf dem Wege fortschreitet, von dem Dante spricht, um so mehr verschliesst er sich in sich selber, und wenn er die Mitte überschritten hat, lebt er ein immer innerlicheres und einsameres Leben, bis zu dem Tage, da er nur von sich selber noch gekannt und begriffen wird." — „Die Seele muss am Ende ihrer sterblichen Bahn von dieser Welt abfallen wie eine reife Frucht." — Das sind schöne Sätze Lacordaires, die vielleicht genügen werden, zu erklären, wieso Baudelaire dem Prediger von Notre-Dame sich sehr wohl geistesverwandt empfinden durfte.

Also auch das schlug ihm fehl. Aber er ward nicht müde, den Kampf um seine Existenz von neuem aufzunehmen; nunmehr suchte er eine Gesamtausgabe seiner Werke zu veranstalten. Er musste sich von seiner Schuldenlast befreien; es war ihm eine dringende moralische Pflicht. Doch wieder verfolgt ihn das Missgeschick: Michel Lévy verhält sich reserviert — sein Freund Poulet-Malassis meldet den Bankerott an. Und Baudelaires Kräfte versagen fast, er ist krank an Körper und Geist, schwer nervenkrank. Schon 1860 schrieb er an Poulet-Malassis: „Ich bin zu dem Punkte von Sensibilität gekommen, dass die Unterhaltung mit fast allen mir unerträglich ist." — „Seit langem bin ich am Rande des Selbstmordes, und was mich zurückhält, ist ein Grund, der durchaus nichts zu tun hat mit Lässigkeit und selbst mit Bedauern. Es ist der Stolz, der mir's unmöglich macht, ungeordnete Verhältnisse hinter mir zu lassen." — „Ich bin in eine beängstigende Atonie und Hoffnunglosigkeit verfallen. Ich fühlte mich von einer Art Krankheit à la Gérard angegriffen, nämlich von der Furcht, nicht mehr denken, nicht mehr eine Zeile schreiben zu können." — „Ich bin elend, wenn ich eine Stunde ununterbrochen schreibe." — „Meine Willenskraft ist in einer bejammernswerten Verfassung, und wenn ich nicht um der Hygiene willen und trotz allem meinen Kopf aufsetze und mich zur Arbeit zwinge, bin ich verloren." — Das letzte Zitat stammt aus dem Jahre 1861, und in demselben Jahre geht es dann weiter: „Ich fühle mich sehr schlecht, und alle meine Schwächen, die körperlichen und die geistigen, vermehren sich in einer beängstigenden Art. Ich hätte einen Arzt wie Mesmer oder Cagliostro nötig. Ich scherze nicht."

So ward es immer unheilvoller mit ihm. Hoffnung auf Hilfe war kaum vorhanden.

Und dennoch lebte er auch jetzt noch von der Hoffnung — einzig von ihr! Ein erneuter Versuch,

Boden zu gewinnen — der letzte, den er vermochte — war seine Reise nach Brüssel, wo er im „Cercle des Arts“ Konferenzen über die zeitgenössische literarische
1864 und künstlerische Bewegung gab. Am 24. April 1864 sprach er über Delacroix und zwar mit ausserordentlichem Erfolge. Sofort schöpfte er neuen Mut, wandte sich schriftlich nach Gent, nach Antwerpen, nach Lüttich — ohne überhaupt nur eine Antwort zu erhalten. Er sprach im „Cercle des Arts“ noch über Th. Gautier; und noch drei weitere Konferenzen gab er — und bekam dann zum Schluss nur eine honoriert: er, der mit sich selber so peinlich genau war, hatte es unterlassen, mit den Fremden, die ihn engagiert hatten, einen schriftlichen Vertrag zu schliessen; wahrscheinlich hatte er geglaubt, mit seinesgleichen es zu tun zu haben.

Nun suchte er das andere Ziel seiner Reise zu verwirklichen: in Brüssel einen Verleger für seine ästhetischen Schriften zu finden. Das Haus Lacroix, auf das er gehofft hatte, wies ihn zurück; auch Verboekoven wies ihn zurück.

Er schrieb Artikel für den „Figaro“, er schrieb über Belgien und belgische Zustände. Der „Figaro“ wies die Artikel zurück, weil Baudelaire ihm in seinen Angriffen gegen das Land, das ihm hassenswert schien, zu heftig war.

Und dabei die Krankheit, immer die Krankheit — und mehr schon als Krankheit: die Anfänge des langen, viele Monate langen Todeskampfes! Denn auch Baudelaire hätte von sich sagen können, was Heine (im „Nachwort zum Romanzero“) mit trübem Humor aus der ‚Matratzengruft‘ seinen Lesern zulächelte: „Der Tod ohne die Privilegien der Verstorbenen, die kein Geld auszugeben und keine Briefe oder gar Bücher zu schreiben brauchen — das ist ein trauriger Zustand.“ Wohl schreibt der Arzt ihm manche Rezepte, aber hat er denn das Geld, sie herstellen zu lassen? Den Arzt selber bezahlt er ja von Erborgtem. Und Heimweh erfasst ihn; er möchte zurück; fort aus dem Lande der Freidenker und des Fortschrittes und jeder anderen modernen Idiotie, heim nach Paris! Ihm fehlt das Geld, fehlt auch zum Reisen das Geld.

Poulet-Malassis war damals gleichfalls in Brüssel, und Baudelaire hat ihm unter sein Bild geschrieben (das selbe Bild, das diesen Band nun weiht): „A mon ami Auguste Malassis, le seul être dont le rire ait allégé mon Tristesse en Belgique. C. B.“ und oben darüber hat er mit einem wundervoll trotzigen Mut geschrieben: „Ridentem ferient Ruinae.“ Aber natürlich war Poulet-Malassis ein armer Teufel.

Auch Rops war in Brüssel sein Freund. Aber natürlich war Rops in Sorge und Not.

Er bittet seine Freunde in Paris, die Grundlagen eines Kontraktes mit Hetzel, mit Garnier für ihn vorzubereiten. Es kommt zu Vorverhandlungen und Verhandlungen, Baudelaire erschöpft sich in ausführlichsten Briefen; — zu einem Abschluss kommt es nicht.

Fünf Jahre zuvor schrieb er an Malassis: „Ich bin in absoluter Armut“ — und: „Alle Welt vergisst mich, mein Lieber“ —: Was ist nach diesen fünf Jahren hartnäckigster Anstrengungen, was ist daran geändert?? Armut und Einsamkeit sind nicht geringer, die Krankheit aber ist nur noch schlimmer geworden. — „Das Fieber weckt ihn schon um ein Uhr morgens und erschafft ihm in der Finsternis eine Menge schöner Dinge, die er so gern aufzeichnen möchte; doch verursacht ihm das nur eine ungeheure Erschlaffung, die sich den ganzen Tag lang hinzieht.“ (Féli Gautier.)

Noch unter diesen Umständen will er arbeiten! Ich zitiere aus seinem Tagebuche: „Je mehr man will, um so besser will man. Je mehr man arbeitet, um so besser arbeitet man und um so mehr will man arbeiten. Je mehr man hervorbringt, um so fruchtbarer wird man.“ — „Nach Hause, sobald als möglich, bevor es noch tiefer abwärts geht! Wieviel Vorahnungen und Zeichen hat Gott schon gesandt, dass es hohe Zeit ist, zu handeln, die gegenwärtige Minute als die wichtigste der Minuten anzusehen und meine ewige Lust aus meiner gewöhnlichen Qual zu machen, das heisst aus der Arbeit!" — „Es gibt nur zwei Mittel, der Zeit, diesem Alp, zu entgehen, sie zu vergessen: das Vergnügen und die Arbeit. Das Vergnügen verbraucht uns. Die Arbeit stärkt uns. Wählen wir. Je mehr wir uns des einen dieser Mittel bedienen, desto grösseren Abscheu flösst uns das andere ein. Man kann die Zeit nur vergessen, indem man sich ihrer bedient." — „Wenn man aufschiebt, was man zu tun hat, läuft man Gefahr, es niemals tun zu können. Um von allem zu genesen, vom Elend, von der Krankheit, von der Melancholie, fehlt absolut nichts als die Lust an der Arbeit." — „Wenn du alle Tage arbeitetest, würde das Leben dir erträglicher sein. Arbeite sechs Tage ohne Ermatten." — „Zu spät vielleicht! — Meine Mutter und Jeanne. — Meine Gesundheit, aus Barmherzigkeit, aus Pflicht! — Jeannes Krankheiten. Kränklichkeit, Einsamkeit meiner Mutter." — „Jeanne 300, meine Mutter 200, ich 300 — 800 Francs monatlich. Arbeiten, sechs Stunden am Tage, nüchtern, mittags. Arbeiten, blind, ohne Ziel, wie ein Verrückter. Wir werden das Resultat sehen. — Ich habe noch nicht die Freude eines verwirklichten Planes gekannt. — Macht der fixen Idee, Macht der Hoffnung. — Eine Reihe kleiner Willensanstrengungen macht eine grosse Willenskraft. — Jedes Zurückweichen des Willens ist eine Zelle verlorener Substanz. Wie sehr ist doch Zaudern eine Verschwendung! — Fisch, kalte Bäder, Douchen, Moos, Pastillen, gelegentlich; im übrigen Unterdrückung jeglicher Exzitantien." — „Den Grundsätzen der unbedingtesten Nüchternheit gehorchen, deren erster heisst: Unterdrückung jeglicher Exzitantien, was es auch sei."

Das sind die letzten Worte im Tagebuche Baudelaires —. Welche furchtbare Seelennot schreit daraus, welch grausamer Kampf eines Menschen mit ihm selber wird hier offenbar! Verzweifelte Energie ist Baudelaires Waffe gegen seine tötlichen Schwächen — und was der Erfolg? Ein Brief von Poulet-Malassis aus Brüssel, datiert vom 9. April 1866, beginnt: „Ich will hier in wenig Worten die Wahrheit über die Krankheit Baudelaires sagen. Seit sechs Monaten war das gesamte Nervensystem bei ihm ausserordentlich geschwächt. Er hat es unterlassen, Symptome und schwere Anzeichen zu beachten“ — ob er sie unbeachtet liess, zeigte sein Tagebuch uns soeben — „und gegen die Warnung der Ärzte und die inständigsten Bitten seiner Freunde fortgefahren, Exzitantien zu gebrauchen und zu missbrauchen.“ *) Unheilbar also war sein Leiden. Er selber sagt: „Robinson kann schliesslich seine Insel verlassen: ein Schiff kann an einem Gestade landen, so unbekannt es auch sei, und kann den einsamen Verbannten von dort mit fortnehmen; doch welcher Mensch kann das Reich des Opium verlassen?“

Im Winter 1865 war eine weitere Verschlimmerung 1865
seines Zustandes bemerkbar geworden; damals hatten jene „Symptome und schweren Anzeichen“ sich eingestellt. Die stete Not, die steten Anläufe, die steten Enttäuschungen hatten das letzte getan, ihn völlig

*) „Wenn der Organismus, resp. das Nervensystem sich an dieses Reizmittel (Morphin) derart gewöhnt haben, dass ohne Zuführung dieses Giftes ein erträgliches Fortleben nicht mehr denkbar wäre“, muss selbstverständlich der Gebrauch fortgesetzt werden, sogar in erhöhtem Masse, „weil bei gleichbleibender Dosis die Wirkung ausbleibt“. (Zitiert nach Deutsch, „Der Morphinismus“ [Stuttgart, Enke, 1901], woselbst Moralisten auch über das Wesen der Willensschwäche sich belehren können.) Man darf nicht vergessen, dass Entziehungkuren, die wohl nur bei ständiger Beaufsichtigung des Kranken möglich sind, in einem gewissen Stadium der Krankheit überhaupt unmöglich werden. Deutsch erzählt, er habe selber in manchen Fällen „bis ans Lebensende 2—3 mal des Tages Morphium injiziert und auf diese Weise den Kranken wenigstens die Erleichterung gebracht, die ausgeblieben wäre, wenn die Injektionen nicht verabreicht worden wären“. Ja, er hält bei hoffnunglos Kranken in den letzten Stadien die Anwendung des Giftes für „unter allen Umständen indiziert“.

aufzureiben. Elend lag er in dem traurigen Hotelzimmer, geplagt von Schwindelanfällen, Neuralgien, Erbrechen. Und die Wirtin weigerte sich zuletzt, noch weiter für den Kranken Geld herzuleihen.

1866 Im März 1866 stand Baudelaire mit Malassis und Rops in einer Kirche von Namur und gab seinem Entzücken über dieses Bauwerk der von ihm so bewunderten Jesuiten lebhaften Ausdruck, als er zu Boden stürzte. Am nächsten Morgen stellte sich eine Atonie der rechten Körperhälfte heraus. Und die Krankheit nimmt immer mehr noch von ihm Besitz: Die Zunge erlahmt ihm — die Sprache versagt! Diese Augen, so überladen mit tiefen Gedanken, leuchten unheimlich klar in strahlendem Schwarz und zeugen von der rastlosen Arbeit des Gehirns —: aber kein Wort, keine Möglichkeit der Mitteilung, niemals mehr.

Dann wird auch das Lesen ihm verwehrt; er vermag die Schriftcharaktere nicht mehr zu unterscheiden.

Er sitzt in der kahlen, fremden Kammer; gern lauscht er, wie die Glockenschläge der Turmuhr herüberhallen; sie klingen luftig, leicht; frei schweben sie den fernen Wolken zu —.

So findet ihn seine Mutter wieder, die nun zu ihm nach Brüssel eilt, ihn heimzubringen.

In den ersten Julitagen kamen sie in Paris an. Die Freunde am Bahnhof waren tief erschüttert, als einzig seine Augen sie begrüssten.

Der Verkehr mit den Freunden ward ihm nun Bedürfnis; er wollte heitere Gesichter um sich sehen, wollte Scherzesworte hören; immer, immer hoffte er noch auf Genesung. Auch waren die Freunde noch am besten imstande, den Sinn seiner Pantomimen, seiner Grimassen zu erraten. Natürlich nicht immer. Manchmal blieb es unverstanden, was er mitteilen wollte — und w o l l t e er es dann auch noch so heftig: er musste resignieren. Andere Male wendete er eine furchtbare Energie auf, um ein Verständnis durchzusetzen. „War er dann verstanden“ — erzählt Asselineau — „so sank er auf seinen Divan zurück, durch seine Anstrengungen erschöpft.“

„Bisweilen kam ihm ein Name, der besonders leicht auszusprechen war, von den Lippen. Er wiederholte ihn unersättlich, mit triumphierender Miene, gleichsam stolz auf eine Eroberung. Jedoch in anderen Augenblicken, inmitten der animiertesten, lustigsten Gesellschaft, bezeugte der wunde, tiefe Blick, den er in die Blicke seines Besuchers senkte, der Ausdruck von Schwermut und Hoffnunglosigkeit, mit dem er seine müssige Hand betrachten liess, allzubereit, dass seine Illusionskraft oft schon wankte.“

Jetzt noch lag ihm sehr daran, mit Michel Lévy wegen einer Gesamtausgabe seiner Werke abzuschliessen. Als Lévy aber eine sofortige Neuausgabe der „Fleurs du Mal“ vorschlug, widersetzte er sich dem hartnäckig und zeigte auf dem Kalender eine Frist von drei Monaten an: bis dahin hoffte er offenbar wieder fähig zu sein, den Druck persönlich zu kontrollieren; er hätte dies Amt nicht seinem besten Freunde überlassen mögen. „Als der Termin herangekommen war“ — Asselineau spricht — „zeigte er sich resigniert und düster. Es war offenbar, dass Baudelaire sich jeder Hoffnung und jeder Illusion begeben hatte. Er wich dem Feinde, den er so lange und so heftig bekämpft hatte. Bald wollte er sein Bett nicht mehr verlassen. Dort verbrachte er seine Tage unter der Hut seiner Mutter. Der Wille war gebrochen; aber der Geist war immer wach. Stets bereitete er seinen Freunden einen guten Empfang und streckte ihnen die freie Hand entgegen. Bis zu den letzten Tagen fuhr er fort, sich für die Unterhaltungen zu interessieren, die zu Füssen seines Bettes geführt wurden, ohne noch anders daran teilzunehmen, als durch leichte Zeichen mit dem Kopfe oder den Augenlidern. Wann immer man auch den Blick ihm zuwandte, man fand sein Auge intelligent und aufmerksam, wenn auch verdüstert durch einen Ausdruck von unendlicher Traurigkeit, den die, die ihn aufgefangen haben, nie mehr vergessen werden. — Die letzten Monate waren zweifellos für ihn die schmerzlichsten. Er überlebte sich selber und lebte nur noch, um zu empfinden, was er verloren hatte . . .“

Auf seinem Tische lagen Sainte-Beuves Poesien, ein Werkchen über Goya, die Originalausgaben der Dichtungen Poes, die eigenen Werke, — keins, um je wieder von seinen Händen geöffnet zu werden.

So kamen die letzten Tage heran, der 30. und der
1867 31. August 1867. Er schien zu schlafen, doch die Augen waren offen, weit offen. Seine Mutter war immer über sein Bett gebeugt; sie sagte ihm all die tausend zärtlichen Worte, die nur eine Mutter spricht, wenn der Sohn ihr stirbt, der einzige Sohn.

Er blickte sie an — unverwandt — —.

„O, wie er Sie anblickt!“ sagte die Dienerin. „Ganz gewiss, er versteht Sie, er lächelt Ihnen zu.“

— — — —

So starb er schliesslich.

Die Fanfarlo

Die *Fanfarlo* ist höchstwahrscheinlich die erste dichterische Prosaschöpfung Baudelaires, — obwohl sie gedruckt zuerst im Januar 1847, im *Bulletin de la Société des gens de lettres*, erschien, während der *Junge Zauberer* schon 1846 gedruckt war: Denn es ist hierbei zu bemerken, daß die *Fanfarlo* nicht zuerst dem *Bulletin* angeboten war, sondern — so wenigstens sagt neuerdings (1903) Féli Gautier — der *Revue des Deux Mondes*, die sie zunächst auch acceptiert hatte, dann aber — infolge eines Redaktionwechsels, nach welchem die Leitung dieser Zeitschrift damals an Buloz fiel — dem Dichter wieder zurückreichte (eine jener Eigenmächtigkeiten, wie die Zeitschriftenredakteure sie nötig haben, um sich selber ihre stolze Macht auf angemessene Art zu beweisen). Die französischen Baudelaire-Ausgaben nennen übrigens statt der *Revue des Deux Mondes* die *Revue de Paris*. — Auch innere Gründe sprechen wohl für die Priorität der *Fanfarlo*, die völlig subjektiv gefärbt und ziemlich leicht gezimmert ist, während dagegen der *Junge Zauberer*, der mehr mit den Prätensionen eines objektiven literarischen Kunstwerkes auftritt, kompositorische Absichten verrät, die mir völlig und bewußt den ästhetischen Regeln Hoffmanns zu folgen scheinen. Immerhin halte ich den bibliographischen Nachweis für den wesentlicheren. **M. B.**

Samuel Cramer, der ehemals mit dem Namen Manuela von Monteverde einige romantische Narreteien unterzeichnete — in der guten Zeit der Romantik —, ist das widerspruchvolle Erzeugnis eines blonden Deutschen und einer braunen Chilenin. Man denke sich zu diesem doppelten Ursprung eine französische Erziehung und eine literarische Bildung, und man wird von seltsamen Komplikationen in diesem Charakter wenig überrascht sein, sie vielmehr wohl eher selbstverständlich finden. — Samuels Stirn ist rein und edel, die Augen sind glänzend wie Kaffeebohnen, die Nase deutet auf Widerspruchgeist und Spottsucht, die Lippen sind schamlos und sinnlich, das Kinn eckig und despotisch. Die Haare trägt er sehr gesucht in raphaelesker Art geschnitten. — Er ist zu gleicher Zeit ein großer Müßiggänger, ein trauriger Ehrgeiziger und ein berühmter Unglücklicher; denn er hat in seinem Leben kaum mehr als halbe Ideen gehabt. Und die Sonne der Faulheit, die unaufhörlich über ihm glänzt, verdunstet und verzehrt noch die Hälfte der Begabung, die der Himmel ihm verliehen hat. Unter all den halbgroßen Männern, die mir aus dem schrecklichen Pariser Leben bekannt sind, war Samuel mehr als jeder andere der Mann der verfehlten schönen Werke; — eine krankhafte, phantastische Natur, bei der die Poesie mehr über seiner Person als über seinen Werken glänzt, und die mir gegen ein Uhr morgens beim Flackern des Kohlefeuers und dem Tick-Tack einer Uhr immer wie der Gott der Ohnmacht erschien — der moderne hermaphroditische Gott —, wie der Gott einer Ohnmacht von solcher Ungeheuerlichkeit und Maßlosigkeit, daß sie dadurch gleichsam episch wirkte!

Wie soll ich euch mit ihr vertraut machen, wie sie euch näher bringen, diese Natur, düster und doch von Lichtblicken voll, die zu gleicher Zeit träge und unternehmend, reich an kühnen Plänen und an lächerlichen Fehlgeburten zu sein vermochte; eine Natur, bei der das Paradoxe sich oft mit dem Naiven deckte und deren Einbildungkraft so groß war wie die grenzenlose Einsamkeit und Untätigkeit? — Zu seinen naturgemäßesten Wunderlichkeiten gehörte es, daß Samuel sich immer denen gleich achtete, die er zu bewundern gewußt hatte; nach der leidenschaftlichen Lektüre eines schönen Buches war seine unfreiwillige Schlußfolgerung immer: das ist so schön, daß es von mir sein könnte! — und von da bis zu dem Gedanken: das ist also von mir, — war nur der Raum eines Bindestriches.

In der heutigen Welt ist diese Art von Charakteren häufiger, als man denkt; die Straßen, die öffentlichen Promenaden, die Kaffeehäuser und alle Aufenthaltorte der Flaneurs wimmeln von solchen Existenzen. Sie identifizieren sich derart mit jedem neuen Vorbild, daß sie fast glauben, es sei von ihnen erfunden. — Heute entziffern sie mühsam die mystischen Blätter des Plotin und des Porphyrius; morgen bewundern sie, wie Crébillon der Jüngere die leichtsinnige französische Seite ihres Charakters so gut zum Ausdruck gebracht hat. Gestern unterhielten sie sich vertraulich mit Jérôme Cardan; heute spielen sie mit Sterne oder ergötzen sich mit Rabelais in den tollsten Ausschweifungen der Hyperbel. Sie fühlen sich übrigens in ihren Wandlungen äußerst wohl und sind daher diesen großen Genies auch nicht im mindesten darüber böse, daß diese in der Schätzung der Nachwelt sie in den Schatten stellten. — Naive, imponierende Unverschämtheit, wahrhaftig! Und also war der arme Samuel.

Rechtschaffen von Geburt und ein wenig schuftig aus Zeitvertreib — Schauspieler aus Anlage — spielte er für sich selbst und bei verschlossenen Türen eine unvergleichliche Tragödie, oder besser gesagt Tragikomödie. Fühlte er sich von Lustigkeit ergriffen, so mußte er das entschieden konstatieren, und unser Freund übte sich in Salven von Gelächter. Trat ihm bei irgendeiner Erinnerung eine Träne ins Auge, so eilte er vor den Spiegel, um sich weinen zu sehen. Wenn ein junges Mädchen ihm in einem Anfall von brutaler, knabenhafter Eifersucht mit einer Nadel oder einem Taschenmesser eine Kratzwunde beigebracht hatte, so prahlte Samuel vor sich selber mit einem Dolchstich; und wenn er einige elende zwanzigtausend Franken schuldig war, dann rief er freudig: »Wie traurig und beklagenswert ist das Los des Genies, auf dem eine Million von Schulden lastet!«

Doch glaube man nicht, daß er eines tieferen Gefühls nicht fähig gewesen und daß die Leidenschaft nur seine Haut geritzt habe. Er hätte sein Hemd verkauft für einen Mann, den er kaum kannte und den er tags zuvor um seiner schönen Stirn und seiner Hände willen zu seinem intimen Freunde gemacht hatte. Er trug in Dinge des Geistes und der Seele die schwerfällige Betrachtung germanischer Naturen hinein — in Dinge der Leidenschaft die rasche, leichte Glut seiner Mutter — und in die Praxis des Lebens all die Verschrobenheiten französischer Eitelkeit. Er würde sich duelliert haben für einen Autor oder einen Künstler, der seit zwei Jahrhunderten tot war. Wie er mit Eifer fromm gewesen war, so war er augenblicklich ein leidenschaftlicher Atheist. Er war immer der Künstler, den er gerade studiert hatte, und er schwor auf das Buch, das er gerade las, und doch, trotz dieser Schauspielerbegabung, blieb er im tiefsten Herzen originell. Er war stets der sanfte, der phantastische, der faule, der schreckliche, der weise, der unkundige, der offenherzige, der gefallsüchtige Samuel Cramer, die romantische Manuela von Monteverde. Er war vernarrt in einen Freund wie in eine Frau, und liebte eine Frau wie einen Kameraden. Er besaß die Logik aller guten Empfindungen und die Wissenschaft aller Schelme, und trotz alledem hat er niemals etwas erreicht, denn er glaubte zu viel an das Unmögliche. — Was ist Erstaunliches dabei? War er doch stets auf dem Wege, es zu erfassen.

Eines Abends hatte Samuel den Gedanken, auszugehen; die Luft war schön und duftgetränkt. — Seinem angeborenen Geschmack für das Übertriebene zufolge hegte er oft eine heftige, lang andauernde Vorliebe für die Einsamkeit sowohl wie für die Zerstreuung, und seit langer Zeit war er seiner Wohnung treu geblieben. Die Trägheit seiner Mutter und die kreolische Liebe zum Müßiggange, die durch seine Adern floß, verhinderten, daß er unter der Unordnung seines Zimmers, seiner Wäsche und seiner äußerst unsauberen wirren Haare litt. Er kämmte sich, wusch sich und wußte in wenigen Minuten die Tracht und die Haltung der Leute wiederzugewinnen, denen die Eleganz eine alltägliche Sache ist; dann öffnete er das Fenster. — Ein warmer, goldiger Tag stürzte sich in das verstaubte Zimmer. Samuel wunderte sich, wie schnell und unvorhergesehen in wenigen Tagen der Frühling gekommen war. Die laue, von Wohlgerüchen gesättigte Luft weitete ihm die Nüstern; ein Teil stieg ihm ins Gehirn und erfüllte es mit Träumen und Sehnsüchten, der andere erregte ihm in loser Weise das Herz, den Magen und die Leber. — Er blies entschlossen seine beiden Wachskerzen aus; der Schein der einen zuckte noch einmal über einen Band von Swedenborg, und die zweite erlosch über einem jener schlimmen Bücher, die zu lesen nur denen zum Nutzen gereicht, deren Geist von einem unersättlichen Hunger nach Wahrheit besessen ist.

Herab aus der Höhe seiner von alten Papieren verdüsterten, mit Schmökern überstreuten und von seinen Träumen bevölkerten Einsamkeit bemerkte Samuel oft in einer Allee des Luxembourg eine Gestalt und ein Gesicht, die er einstmals in der Provinz geliebt hatte — in dem Alter, da man noch mit Liebe liebt. — Ihre Züge, wenn auch gereift und voller geworden in einigen Jahren der Erfahrung, hatten doch die tiefe, feine Anmut des züchtigen Weibes; auf dem Grunde ihrer Augen glänzte bisweilen noch der taufeuchte Traum des jungen Mädchens. Zumeist erschien sie von einer ziemlich eleganten Bonne begleitet, deren Benehmen und Gesicht mehr auf die Vertraute und Gesellschafterin, als auf einen Dienstboten schließen ließen. Sie schien immer die entlegensten Plätze aufzusuchen und setzte sich traurig mit den Gebärden einer

Witwe; bisweilen hielt sie in unachtsamer Hand ein Buch, in dem sie doch nicht las.

Samuel hatte sie in der Umgegend von Lyon kennen gelernt, jung, munter, ausgelassen und viel magerer. Durch seine Bemühungen, sie zu betrachten oder, besser gesagt, sie zu erkennen, hatte er nach und nach all die kleinen Erinnerungen, die sich in seiner Phantasie mit ihr verknüpften, wiedergefunden; er hatte sich selbst in jeder Einzelheit diesen ganzen jungen Roman erzählt, der sich seitdem in den Zerstreuungen seines Lebens und dem Labyrinthe seiner Leidenschaften verloren hatte.

An diesem Abende grüßte er sie mit besonderer Sorgfalt und Aufmerksamkeit. Und vor ihr hergehend hörte er hinter sich diesen Bruchteil ihres Gespräches:

»Wie findest Du diesen jungen Mann, Marietta?«

Doch war das in einem so zerstreuten Tone gesprochen, daß der boshafteste Beobachter nichts gegen die Dame hätte sagen können.

»Aber ich finde ihn sehr nett, gnädige Frau. — Weiß gnädige Frau, daß es Herr Samuel Cramer ist?«

Und in einem ernsteren Tone:

»Wie kommt es, daß Du es weißt, Marietta?«

. . . .
. . . .

Und darum brachte ihr Samuel am folgenden Tage mit großer Sorgfalt ihr Taschentuch und ihr Buch wieder, das er auf einer Bank gefunden hatte und das sie wohl kaum neben sich hätte liegen lassen, wenn sie nicht die Spatzen, die sich um Brotkrumen zankten, mit den Blicken verfolgt oder voller Interesse die geheime Arbeit der Vegetation beobachtet hätte. Wie das oft so geht zwischen zwei Wesen, deren Seelen das mitschuldige Schicksal auf einen Ton gestimmt hat: Trotz einer ziemlich gewaltsam angeknüpften Konversation hatte er das Glück, einen Menschen zu finden, der geneigt war, ihm zuzuhören und ihm zu antworten.

»Werde ich das Glück haben, gnädige Frau, noch in einem Winkel Ihres Gedächtnisses zu wohnen? Habe ich mich so verändert, daß Sie nicht mehr einen Kameraden aus der Kinderzeit wiedererkennen, mit dem zusammen Verstecken zu spielen und die Schule zu schwänzen Sie geruhten?«

»Eine Frau«, antwortete die Dame mit einem halben Lächeln, »hat nicht das Recht, die Leute so leicht wiederzuerkennen; darum danke ich Ihnen, mein Herr, daß Sie mir zuerst die Gelegenheit geboten haben, diese alten frohen Erinnerungen wieder aufzufrischen. — Und dann . . . jedes Jahr des Lebens ist so reichhaltig an Ereignissen und Gedanken . . . und es scheint mir wirklich, daß es sehr viele Jahre sind . . .?«

»Jahre,« erwiderte Samuel, »die für mich bald langsam, bald schnell dahingegangen sind, doch alle unterschiedlich grausam!«

»Und die Poesie . . .« sagte die Dame mit einem Lächeln in den Augen.

»Immer, gnädige Frau!« antwortete Samuel lachend. »Doch was lesen Sie denn da?«

»Einen Roman von Walter Scott.«

»Dann erkläre ich mir auch Ihre häufigen Unterbrechungen. — O, dieser langweilige Schriftsteller! — Ein bestaubter Wühler, der in Chroniken kramt! Eine langweilige Anhäufung von Beschreibungen alten Gerümpels, — eine Menge alter Sagen und Plunders jeglicher Art: von Waffen, von Tafelgeschirren, Möbeln, gotischen Herbergen, von Schlössern, wie man sie auf der Bühne sieht, wo etliche Gliederpuppen, mit einem Wams oder buntscheckigten Waffenröcken bekleidet, an Fäden sich hin und her bewegen; — bekannte Typen, die in zehn Jahren kein achtzehnjähriger Plagiator mehr wollen wird, unmögliche Schloßherrinnen, und Liebende, die jeder Wirklichkeit entbehren, — keine Wahrheit des Herzens, keine Philosophie der Gefühle. Wie anders ist das bei unsern guten französischen Romanschriftstellern, wo der Leidenschaft und der Geistigkeit vor der stofflichen Darstellung des Gegenstandes stets der Vorrang gelassen wird! — Was liegt daran, ob die Schloßherrin eine Halskrause, oder einen Reifrock, oder ein Unterkleid à la Oudinot trägt, wenn sie nur schluchzt oder Verrat übt, wie's ihr eben angemessen ist. Interessiert Sie der Liebhaber so viel mehr, der unter seinem Rocke einen Dolch trägt statt einer

Visitenkarte, oder flößt Ihnen ein Tyrann im Gehrock eine minder poetische Furcht ein als ein Despot im Harnisch von Büffelleder und Eisen?«

Samuel trat, wie man sieht, in die Fußtapfen der Leute, die einen so gern ‚mit Beschlag belegen‘, — dieser unerträglichen, leidenschaftlichen Leute, bei denen der Beruf immer die Unterhaltung verdirbt, und denen jede Gelegenheit willkommen ist, selbst eine in einem Parkwinkel oder an einer Straßenecke improvisierte Bekanntschaft — und wäre es die mit einem Lumpensammler —, hartnäckig ihre Ideen auseinanderzusetzen. — Unter den Commis voyageurs, den reisenden Industriellen, den Agenten und den Poeten, die einen so gern mit Beschlag belegen, existiert im Redefluß nur der Unterschied der Reklame; bei den Dichtern ist dieses Laster wenigstens uneigennützig.

Nun, die Dame antwortete ihm einfach:

»Mein lieber Herr Samuel, ich bin eben nur Publikum; das genügt wohl, um Ihnen zu sagen, daß meine Seele noch ganz unbefangen ist. So ist's denn für mich das leichteste Ding von der Welt, mich angenehm zu unterhalten. — Doch sprechen wir von Ihnen; — ich würde mich glücklich schätzen, wenn Sie mich der Lektüre einiger Ihrer Werke würdig fänden.«

»Aber, gnädige Frau, wie kommt es denn . . .?« machte sich die große Eitelkeit des erstaunten Dichters bemerkbar.

»Mein Buchhändler sagt, er kenne Sie nicht.« Und sie lächelte sanft, wie um die Wirkung dieser flüchtigen Neckerei zu mildern.

»Gnädige Frau,« sagte Samuel zartfühlend, »das wahre Publikum des neunzehnten Jahrhunderts ist die Frau; Ihr Beifall wird mir mehr bedeuten, als der von zwanzig Akademien.«

»Nun denn, mein Herr, ich rechne auf Ihr Versprechen. — Marietta, den Sonnenschirm und das Tuch; man möchte zu Hause ungeduldig werden. Du weißt, daß der Herr rechtzeitig heimkehren wird.«

Sie machte ihm eine graziöse kleine Verbeugung, die nichts übermäßig Entgegenkommendes hatte und ebenso würdevoll wie vertraulich war.

Übrigens war Samuel keineswegs erstaunt, eine alte Jugendliebe in ehelichen Banden wiederzufinden. In der allgemeinen Geschichte der Gefühle ist das ja die Regel. — Sie hieß Madame de Cosmelly und wohnte in einer der aristokratischesten Straßen des Faubourg St.-Germain.

Als er sie am folgenden Morgen fand, den Kopf in graziöser, fast ein wenig gemachter Melancholie auf die Blumenrabatten gesenkt, überreichte er ihr seinen Gedichtband *Die Fischreiher*, eine Sammlung von Sonetten, wie wir alle sie geschrieben und alle sie gelesen haben in jener Zeit, als unser Verstand noch so kurz und unsre Haare noch so lang waren.

Und nun war Samuel sehr gespannt, zu

erfahren, ob seine *Fischreiher* die Seele dieses schönen melancholischen Weibes mit Begeisterung erfüllt, ob die Rufe dieser häßlichen Vögel bei ihr zu seinen Gunsten gesprochen hätten; aber nach einigen Tagen sagte sie zu ihm mit einer Freimütigkeit und einer Ehrlichkeit, die zum Verzagen waren:

»Mein Herr, ich bin nur eine Frau, und folglich will mein Urteil nicht viel bedeuten; aber es scheint mir, daß das Leid und die Liebe der Herren Autoren kaum dem Leid und der Liebe anderer Menschen gleicht. Ihr wendet euch mit Schmeicheleien, mit zweifellos sehr eleganten, auserlesenen Schmeicheleien, an Damen, die ich genügend achte, um zu glauben, daß sie sich davon zurückgeschreckt fühlen werden. Ihr besingt die Schönheit der Mütter in einem Stil, der euch um den Beifall ihrer Töchter bringen wird. Ihr verkündet der Welt, daß ihr verliebt seid in die Füße und Hände einer Frau So-und-so, die — zu ihrer Ehre sei es angenommen — wahrscheinlich weniger Zeit damit zubringt, euch zu lesen, als Strümpfe und Pulswärmer für die Füße und Hände ihrer Kinder zu stricken. Zufolge eines äußerst seltsamen Kontrastes, dessen geheimnisvolle Ursache mir noch unbekannt ist, bewahrt ihr euren mysteriösesten Weihrauch für bizarre Geschöpfe, die noch weniger lesen als jene Damen, und fallt platonisch in Ohnmacht vor den Sultaninnen schmutziger Orte, die, wie ich denke, beim

Anblick der feinen Erscheinung eines Dichters die Augen aufreißen müßten wie Tiere, die inmitten einer Feuersbrunst erwachen. Und weiter verstehe ich nicht, warum ihr diese düsteren Stoffe, diese anatomischen Beschreibungen so liebt. Wenn man jung ist, wenn man wie Sie ein schönes Talent hat und alle mutmaßlichen Bedingungen zum Glücklichsein besitzt, erscheint es mir viel natürlicher, die Gesundheit und die Freuden ehrbarer Menschen zu feiern, als sich in Verwünschungen zu üben und sich mit *Fischreihern* zu unterhalten.«

Und er antwortete ihr darauf:

»Gnädige Frau, beklagen Sie mich, oder beklagen Sie uns, denn ich habe viele Brüder meines Schicksals; es ist der Haß gegen alle und gegen uns selber, der uns diesen Lügen zugeführt hat. Es ist die Verzweiflung, aus natürlicher Anlage nicht edel und schön sein zu können, die uns bestimmt, uns so wunderlich das Gesicht zu schminken. Wir sind so oft gezwungen gewesen, unser Herz sophistisch zu betrügen, wir haben in so manchen Fällen das Mikroskop mißbraucht, um die unschönen Auswüchse und die greulichen Warzen zu studieren, mit denen dieses Herz bedeckt ist und die wir nach Belieben vergrößerten, daß es jetzt eine Unmöglichkeit für uns bedeutet, die Sprache anderer Menschen zu sprechen. Sie leben, um zu leben; und wir! ach, wir leben, um zu wissen! Das ist das ganze Geheimnis. Das Alter ändert nur die Stimme und schwächt allein den Haarwuchs und die Zähne; wir aber haben den Accent der Natur geändert, wir haben nach und nach die jungfräuliche Scham ausgerottet, die unsere rechtschaffene Mannesseele wie mit einer Stachelhaut umgab. Wir haben uns beobachtet wie die Narren, die ihren Wahnwitz vergrößern, indem sie sich bemühen, ihn zu begreifen. Die Jahre schwächen nur die Glieder, und wir haben die Leidenschaften verunstaltet. Schmach, dreimal Schmach über unsere haltlosen Väter, die uns rhachitisch und schwächlich gemacht haben, so daß wir vorausbestimmt sind, nichts als Totgeburten zu erzeugen!«

»Wieder *Fischreiher*!« sagte sie. »Kommen Sie, geben Sie mir Ihren Arm und bewundern Sie mit mir diese armen kleinen Blumen, die der Lenz so glücklich macht!«

Aber Samuel Cramer, der gerade wieder aufgezogen war, achtete nicht auf die Blumen, sondern begann, einige schlechte Stanzen von seiner früheren Art in Prosafassung zu deklamieren. Die Dame ließ ihn gewähren.

»Welch ein Unterschied — und wie wenig bleibt uns vom selben Menschen außer der Erinnerung! Aber die Erinnerung ist nur ein neues Leiden. O schöne Zeit, da noch der Morgen unsere starren, vielleicht auch in der Mattheit der Träume gelösten Glieder nicht zu wecken vermochte, wo unsere hellen Augen der ganzen Natur entgegenlachten, wo unsere Seele nicht grübelte, sondern lebte und genoß; wo unsere Seufzer sanft verhauchten, unhörbar und ohne Stolz! Wie manches Mal in den Mußestunden der Phantasie hab' ich die schönen herbstlichen Abende wieder an mir vorübergleiten lassen, da die junge Seele so unvergleichliche Fortschritte macht, jenen Bäumen gleich, die unter der Macht eines Blitzstrahles um Armeslänge wachsen. Was sah, empfand und hörte ich alsdann! Der Mond erweckte die großen Wunderblumen; ein warmer Wind öffnete die Königinnen der Nacht; die Wellen der weiten Wasserbecken entschlummerten. — Hören Sie im Geiste die plötzlichen Walzerklänge dieses geheimnisvollen Pianos! Der Duft des Gewitters strömt durch die Fenster herein. Das ist die Stunde, wo die Gärten von rosenroten und weißen Gewändern schimmern, die nicht sich zu beschmutzen fürchten. Kriechende Büsche greifen nach fliehenden Röcken; braune und blonde Locken wirren flatternd durcheinander! — Erinnern Sie sich noch der riesengroßen Heuhaufen, gnädige Frau, von denen sich's so schnell hinabgleiten ließ, und Ihrer alten Amme, die nur so langsam Sie verfolgen konnte, und jener Uhr, die Sie so pünktlich unter die Augen Ihrer Tante in den großen Speisesaal zurückrief?«

Madame de Cosmelly unterbrach Samuel durch einen Seufzer und wollte den Mund öffnen, wohl um ihn zu bitten, einzuhalten, doch hatte er schon wieder das Wort ergriffen.

»Und was so verzweiflungvoll macht,« sagte er, »ist, daß jede Liebe immer ein böses Ende nimmt — um so böser, je göttlicher und beflügelter sie anfangs war. Da ist kein Traum, wie ideal er auch sei, den man nicht mit einer gefräßigen Larve in seinem Inneren wiederfände; da ist kein Winkel, kein Häuschen so reizend und so versteckt: die Hacke kommt, es niederzuschlagen. Und diese Zerstörung betrifft noch ganz materielle Dinge; aber es gibt eine andere, mitleidlosere und geheimnisvollere, die sich an unsichtbaren Dingen vergreift. In dem Augenblicke, da Sie sich auf Ihren Gatten stützen und zu ihm sagen: Laß uns zusammen fliegen und die Tiefen des Himmels suchen! — da neigt sich vielleicht eine ernste, unversöhnliche Stimme zu Ihrem Ohre, die Ihnen sagt, daß unsere Leidenschaften Lügen sind, daß nur unsere Kurzsichtigkeit uns schöne Gesichter, nur unsere Unwissenheit uns schöne Seelen erblicken läßt, und daß notwendigerweise für den klarersehenden Blick ein Tag kommen muß, wo das Idol nicht zwar ein Gegenstand des Hasses, wohl aber der Verachtung und des Staunens ist!«

»Seien Sie barmherzig, mein Herr,« sagte Madame de Cosmelly.

Sie war bewegt; Samuel merkte, daß er den Dolch in eine alte Wunde gesenkt hatte, und er beharrte voller Grausamkeit.

»Gnädige Frau,« sagte er, »die heilsamen

Leiden der Erinnerung haben ihre Reize; in diesem Schmerzesrausche findet man bisweilen eine Linderung. — Bei dieser düsteren Verkündigung werden alle treuen Seelen rufen: ‚Herr, nimm mich fort von hier mit meinem reinen, unverletzten Traume; ich will der Natur meine Leidenschaft mit ihrer ganzen Jungfräulichkeit wiedergeben und anderswo meine unverborgene Krone tragen.‘ — Übrigens sind die Ergebnisse der Enttäuschung schrecklich. — Die kranken Kinder, die aus einer sterbenden Liebe hervorgehen, sind traurige Ausschweifung und eine häßliche Ohnmacht: Ausschweifung des Geistes und Ohnmacht des Herzens; und sie bewirken, daß der Geist nur noch aus Neugier lebt, und das Herz jeden neuen Tag vor Erschlaffung stirbt. Wir gleichen alle mehr oder minder einem Wanderer, der ein großes Land durcheilt und jeden Abend die Sonne, die die Annehmlichkeiten des Weges vorher so herrlich übergoldete, hinter einem flachen Horizonte sich betten sieht. Er setzt sich voller Ergebung auf einen der schmutzigen, mit fremden Trümmern überdeckten Hügel und spricht zu dem Duft des Heidekrautes: ‚Was steigst du denn in einen leeren Himmel?!‘ — zu den seltenen und unglücklichen Samenkörnern: ‚Was keimt ihr doch in einem dürren Boden?!‘ — zu den Vögeln, die ihre Ehe gesegnet glauben: ‚Wie unrecht tut ihr, eure Nester in eine von heftigen, kalten Winden durchfegte Gegend zu bauen!‘ Voller Trauer schlägt er den Weg gen eine Wüste ein, die, wie er weiß, der eben durchmessenen wieder gleichen wird, begleitet von einem bleichen Phantom, Vernunft genannt, das mit fahler Leuchte die Öde des Weges erhellt und, um den wiedererwachenden Durst nach Leidenschaft zu löschen, der ihn von Zeit zu Zeit ergreift, das Gift der Langeweile ihm kredenzt.«

Plötzlich hörte er einen tiefen Seufzer und ein schlecht unterdrücktes Schluchzen und er wandte sich Madame de Cosmelly zu; sie weinte sehr und hatte nicht mehr die Kraft, ihre Tränen zu verbergen.

Er betrachtete sie eine Zeitlang schweigend, mit der gerührtesten, salbungvollsten Miene, die er sich geben konnte; der rohe, scheinheilige Komödiant war stolz auf diese Tränen, er betrachtete sie als sein Werk, als sein literarisches Eigentum. Aber er irrte sich über den tieferen Sinn dieses Schmerzes, wie Madame de Cosmelly, in den Tränen einer ehrlichen Verzweiflung gebadet, sich über die Absicht seiner Blicke irrte. Es spielte da ein eigenartiges Mißverständnis zwischen ihnen, infolgedessen ihr Samuel Cramer schließlich beide Hände hinhielt, die sie in herzlichem Vertrauen nahm.

»Gnädige Frau,« begann Samuel nach einigen Augenblicken des Schweigens wieder — dem klassischen Schweigen der Bewegung —, »die wahre Weisheit besteht nicht so sehr darin, zu fluchen, als zu hoffen. Wie könnten wir ohne die so göttliche Gabe der Hoffnung jene häßliche Wüste der Langeweile durchkreuzen, die ich Ihnen soeben beschrieben habe! Das Phantom, das uns begleitet, ist in der Tat ein Vernunftphantom: man kann es verjagen, wenn man es mit dem Weihwasser der ersten Kardinaltugend besprengt. Es gibt eine liebenswertere Philosophie, die in den scheinbar unwürdigsten Gegenständen Tröstungen zu finden weiß. So wie die Tugend mehr gilt als die Unschuld, und es ein größeres Verdienst ist, eine Wüste zu besäen, als lächelnd einen reichen Obstgarten zu plündern, so ist es einer seltenen Seele würdig, sich zu läutern und durch ihren Umgang auch den Nächsten zu läutern. Wie es keinen Verrat gibt, den man nicht verzeihen kann, so gibt es auch keinen Fehler, von dem man sich nicht freisprechen lassen könnte, kein Vergehen, das nicht wieder gut zu machen wäre; es ist eine Wissenschaft, seinen Nächsten zu lieben und ihn liebenswert zu finden, wie es eine Wissenschaft ist, gut zu leben.

Je feinsinniger ein Geist ist, um so mehr wird er neue Schönheiten entdecken; und je mehr eine Seele sich der göttlichen Hoffnung hingibt, um so leichter findet sie im anderen, so beschmutzt er auch sei, Gründe zur Liebe. Das ist das Werk der Barmherzigkeit, und man hat mehr als einmal gesehen, wie eine Wandrerin, verlassen und verloren in der öden Wüste der Enttäuschung, den Glauben wiedergewonnen hat und von starker Liebe ergriffen ward zu dem, was sie verloren hatte, und zwar mit um so größerer Befriedigung, als sie nunmehr die Weisheit besitzt, ihre Leidenschaft und die der geliebten Person zu leiten.«

Madame de Cosmellys Antlitz hatte sich nach und nach aufgehellt; die Hoffnung überglänzte ihre Traurigkeit wie die Sonne den Regen, und kaum hatte Samuel seine Rede beendet, als sie ihn lebhaft und mit dem naiven Eifer eines Kindes fragte:

»Ist es denn wahr, mein Herr, daß derlei möglich ist? Gibt es für den Verzweifelnden Zweige, die er so leicht ergreifen kann?«

»Aber gewiß, gnädige Frau.«

»Ach, Sie würden mich zur glücklichsten aller Frauen machen, wenn Sie mich Ihr Heilmittel lehren wollten!«

»Nichts leichter als das,« erwiderte er brutal.

Und während dieser geschraubten, sentimentalen Redensarten war das Vertrauen gekommen und hatte in Wirklichkeit die Hände beider vereint; und noch ein wenig zögernd und nicht ganz ohne Verlegenheit — Samuel erschien dies als ein gutes Omen — schenkte ihm Madame de Cosmelly ihr Vertrauen und begann also:

»Ich verstehe alles, mein Herr, was eine poetische Seele in der Verlassenheit leiden muß, und wie rasch ein Herz voller Ehrgeiz wie das Ihrige in der Einsamkeit sich verzehrt; doch Ihre Schmerzen, die eben nur Ihnen allein eigentümlich sind, entspringen, soweit ich es unter dem Pomp Ihrer Worte erkennen kann, bizarren, immer unbefriedigten und auch kaum zu befriedigenden Bedürfnissen. Sie leiden, es ist wahr; aber es ist möglich, daß Ihr Leiden Ihre Größe macht, daß es Ihnen so notwendig ist, wie anderen das Glück. — Und nun haben Sie die Güte, mich anzuhören, und schenken Sie Ihre Teilnahme einem Kummer, der leichter zu verstehen ist, — einem Schmerze aus der Provinz! Ich erwarte von Ihnen, Herr Cramer, von Ihnen, dem Gelehrten, dem Manne von Geist, den Rat und vielleicht die Hilfe eines Freundes.

In der Zeit, da Sie mich kannten, war ich, wie Sie wissen, ein gutes kleines Mädchen, ein wenig träumerisch wohl gleich Ihnen, aber scheu und sehr gehorsam; ich betrachtete mich weit weniger im Spiegel als Sie, und immer sträubte ich mich, die Pfirsiche und Trauben zu essen oder in die Taschen zu stecken, die Sie so kühn im nachbarlichen Obstgarten für mich raubten. Ich fand nur ein wirklich angenehmes und vollkommenes Vergnügen in dem, was erlaubt war, und einen schönen Knaben wie Sie umarmte ich weit lieber im Beisein meiner alten Tante, als tief hinten in den Feldern. Die Koketterie und die Sorgfalt, die andere heiratfähige junge Mädchen auf ihre Person verwenden müssen, haben sich bei mir erst sehr spät eingestellt. Als ich dann halbwegs leidlich eine Romanze zum Piano singen konnte, kleidete man mich reicher und zwang mich zu einer geraden Haltung; man ließ mich Turnübungen machen und verbot mir, meine Hände durch das Pflanzen von Blumen oder die Pflege von Vögeln zu verderben. Es wurde mir erlaubt, etwas anderes als Berquin zu lesen, und in großer Toilette wurde ich in das Theater des Ortes geführt, um schlechte Opern zu sehen. Als Herr de Cosmelly auf das Schloß kam, nahm mich zuerst eine lebhafte Freundschaft für ihn gefangen. Wenn ich seine blühende Jugend mit der ein wenig brummigen Ältlichkeit meiner Tante verglich, dann fand ich sein Äußeres um so tadelloser und vornehmer, und er befleißigte sich gegen mich der ehrerbietigsten Galanterie. Und dann erzählte man von ihm die hübschesten Züge. So sollte er den Arm im Duell gebrochen haben, für einen ziemlich leicht aufbrausenden Freund, der ihm die Ehre seiner Schwester anvertraut hatte; oder er hatte unbemittelten ehemaligen Kameraden ungeheure Summen geliehen; was weiß ich? Er hatte aller Welt gegenüber eine Herrschermiene, leutselig und unwiderstehlich zugleich, die auch mich bezwang. Wie hatte er gelebt, ehe er das Leben auf dem Schlosse mit uns teilte; hatte er andere Vergnügungen gekannt, als mit mir zu jagen oder zu meiner schlechten Klavierbegleitung tugendhafte Lieder zu singen; hatte er Maitressen gehabt? Davon wußte ich nichts, und ich dachte nicht daran, mich darüber zu unterrichten. Ich begann ihn zu lieben mit der ganzen Leichtgläubigkeit eines jungen Mädchens, das nicht die Zeit hat, Vergleiche anzustellen, und ich heiratete ihn — das machte meiner Tante die größte Freude. Als ich nun seine Frau vor dem Altare und dem Gesetze nach geworden war, liebte ich ihn noch mehr. — Ich liebte ihn zu sehr, ganz zweifellos. — Tat ich unrecht, tat ich recht daran? Wer kann das wissen! Ich bin glücklich gewesen in dieser Liebe, aber es war nicht recht, zu vergessen, daß sie gestört werden konnte. — Kannte ich ihn denn wohl, ehe ich ihn heiratete? Nein, gewiß nicht; doch ich glaube, man kann ein anständiges junges Mädchen, das bei seiner Heirat eine unkluge Wahl trifft, ebensowenig beschuldigen, als eine gefallene Frau, die sich einen gemeinen Liebhaber nimmt. Eine wie die andere — Unglückliche, die wir sind! — ist gleich unwissend. Diese bedauernswerten Opfer, die man heiratfähige Töchter nennt, ermangeln einer schmachvollen Erziehung: sie sind unerfahren in den Lastern eines Mannes. Ich möchte wünschen, daß jede dieser armen Kleinen, bevor sie sich von den ehelichen Banden fesseln läßt, an einem geheimen Orte, ohne gesehen zu werden, hören könnte, wie zwei Männer unter sich über das Leben und besonders über die Frauen sprechen. Nach dieser ersten, furchtbaren Probe kann sie sich mit geringerer Gefahr den schrecklichen

Aussichten der Heirat überlassen, denn nun kennt sie die schwachen und die starken Seiten ihres künftigen Tyrannen.«

Samuel begriff nicht recht, worauf dieses reizende Opfer hinauswollte; aber er begann zu finden, daß sie für eine enttäuschte Frau zu viel von ihrem Gatten sprach.

Nachdem sie eine Pause von einigen Minuten gemacht hatte, gerade als ob sie sich fürchtete, zu der traurigen Stelle zu gelangen, fuhr sie also fort:

»Eines Tages wollte Herr de Cosmelly nach Paris zurückkehren; ich sollte in dem Lichte erstrahlen, dessen ich zur Entfaltung meines Glanzes bedurfte, sollte die Fassung erhalten, die meine Vorzüge erforderten. Eine schöne und kluge Frau, sagte er, gehört nach Paris. Sie muß sich in der Welt eine Stellung machen und einen Schimmer ihres Glanzes auch auf ihren Mann fallen lassen. — Eine Frau von edlem Geist und feinem Taktgefühl weiß, daß sie auf Erden nur insoweit Ruhm zu erwarten hat, als sie einen Teil vom Ruhme ihres Lebensgefährten ausmacht, als sie den Tugenden ihres Mannes nützt; und vor allem weiß sie, daß man ihr nur insoweit huldigt, als sie ihn zur Geltung zu bringen weiß. — Das war zweifellos das einfachste und sicherste Mittel, sich einen freudigen Gehorsam zu verschaffen; der Gedanke, daß meine Bemühungen und meine Ergebenheit mich in seinen Augen verschönern würden, war mehr als hinreichend, um mich zu bestimmen, nach dem schrecklichen Paris zu gehen, vor dem ich instinktiv Furcht hatte, und dessen dunkles, verführungreiches Schreckbild am Horizonte meiner Träume sich erhob und mein armes Frauenherz bedrückte. — Dort war es denn auch, wo ich die wahren Gründe unserer Reise erfuhr. Die Eitelkeit eines Mannes macht die Tugend einer liebenden Frau. Vielleicht belog er sich selbst in einer Art guten Glaubens und überlistete sein Gewissen, ohne es selbst zu merken. — In Paris hatten wir einige Tage für intime Freunde reserviert, die Herrn de Cosmelly auf die Dauer aber langweilten, wie ihn seine Frau gelangweilt hatte. Vielleicht war er dieser auch ein wenig überdrüssig, weil sie ihn zu sehr liebte; sie war immer mit dem Herzen voran. Aus dem entgegengesetzten Grunde ward er seiner Freunde überdrüssig. Sie konnten ihm nichts bieten als das eintönige Vergnügen der Unterhaltung, an der die Leidenschaft keinen Teil hat. Von da ab nahm seine Tätigkeit eine andere Richtung. Nach den Freunden kamen die Pferde und das Spiel. Das Getöse der Welt, die Bekanntschaft junger Leute, die ohne Fessel geblieben waren und ihm unaufhörlich von den Erinnerungen einer tollen, ereignisreichen Jugend erzählten, entrissen ihn den langen, traulichen Gesprächen am Kamin. Er, der nie etwas anderes als Liebesangelegenheiten kannte, er hatte jetzt Geschäfte. Reich und ohne Beruf, wußte er sich eine Menge aufregender, frivoler Beschäftigungen zu verschaffen, die seine ganze Zeit in Anspruch nahmen; die ehelichen Fragen und Bitten: ‚Wohin gehst du? — Um wieviel Uhr sehe ich dich wieder? — Komm bald zurück!‘ — mußte ich in meiner Brust verschließen, denn das englische Leben — dieser Tod aller Liebe —, das Leben der Clubs und Cercles, nahm ihn ganz in Anspruch. — Die ausschließliche Sorge um seine Person und der Dandysm, den er zur Schau trug, stießen mich zuerst ganz zurück; offenbar war ich nicht die richtige Frau für dergleichen. Ich wollte es machen wie er und mehr sein als schön, nämlich kokett, kokett für ihn, wie er es für die Welt war; ehemals bot ich alles an, gab ich alles, künftig wollte ich mich bitten lassen. Ich wühlte in der Asche meines verlorenen Glückes, um sie von neuem zu beleben; aber es scheint, daß ich wohl zu ungeschickt bin im Überlisten und zu linkisch im Laster; er würdigte es keiner Aufmerksamkeit. — Meine Tante, grausam wie alle alten und neidischen Frauen, die gezwungen sind, ein Schauspiel zu bewundern, bei dem sie lieber Mithandelnde wären, und den Zuschauer machen müssen bei Genüssen, die man ihnen verweigert — meine Tante war sehr bemüht, durch die teilnehmende Vermittelung eines Vetters Herrn de Cosmellys mich erfahren zu lassen, daß er sich in eine sehr gefeierte Dame vom Theater verliebt hatte. Ich ließ mich in alle Theater führen, und zitternd fürchtete ich, in jeder leidlich hübschen Frau, die ich die Szene betreten sah, meine Rivalin zu bewundern. Endlich erfuhr ich durch eine mitleidige Regung des erwähnten Vetters, daß es die Fanfarlo sei, eine ebenso dumme wie schöne Tänzerin. — Sie, der Sie Schriftsteller sind, kennen sie zweifellos. — Ich bin nicht besonders eitel oder stolz auf meine Erscheinung; aber ich versichere Sie, Herr Cramer, manches Mal nachts, gegen drei oder vier Uhr, müde vom Warten auf meinen Mann, mit Augen, gerötet von Tränen und Schlaflosigkeit, nach langen, heißen Gebeten um seine Rückkehr zur Treue und zur Pflicht, habe ich Gott, mein Gewissen und meinen Spiegel gefragt, ob ich nicht ebenso schön sei wie diese elende Fanfarlo. Mein Spiegel und mein Gewissen antworteten: Ja! Gott — hat mir verboten, mich dessen zu rühmen, nicht aber verboten, einen rechtmäßigen Vorteil daraus zu ziehen. Warum bevorzugen die Männer unter zwei ebenbürtigen Schönheiten so oft die Blume, deren Duft alle Welt beglückt hat, vor der, die vor den Vorübergehenden stets in den dunkelsten Alleen des ehelichen Gartens bewahrt wurde? Warum besitzen die Frauen, die ihren Körper an alle Welt verschleudern (diesen Schatz, zu dem nur ein Sultan den Schlüssel haben sollte), warum besitzen sie mehr Anbeter als wir anderen, wir unglücklichen Märtyrerinnen einer einzigen Liebe? Mit welchem so magischen Reize verklärt das Laster gewisse

Geschöpfe? Welch linkisches und abstoßendes Äußeres gibt ihre Tugend manchen anderen? Antworten Sie doch, Sie, der durch seinen Beruf alle Empfindungen des Lebens und ihre verschiedenen Gründe kennen sollte!«

Samuel hatte nicht Zeit, zu antworten, denn erregt fuhr sie fort:

»Herr de Cosmelly hat schwere Sünden auf dem Gewissen, wenn dem Gotte, der eine junge, jungfräuliche Seele für das Glück eines andern erschuf, an ihrem Verluste etwas liegt. Würde Herr de Cosmelly heute abend sterben, er hätte manche Vergebungen zu erflehen; denn durch seine Fehler hat er seine Frau verabscheuenswerte Gefühle, den Haß, die Verachtung des Geliebten und den Durst nach Rache gelehrt. — Ach! mein Herr, was für schmerzenvolle Nächte habe ich hingebracht, wie oft in unruhiger Schlaflosigkeit gelegen: ich bat, ich fluchte, ich lästerte! Der Priester sagt, daß man sein Kreuz mit Ergebung tragen soll; aber die wahnsinnige Liebe, der erschütterte Glaube können nicht resignieren. Mein Beichtvater ist keine Frau, und ich liebe meinen Gatten; ich liebe ihn, mein Herr, mit der ganzen Leidenschaft und all dem Schmerz einer geschlagenen und mit Füßen getretenen Geliebten. Nichts gibt es, das ich nicht versucht hätte. Statt der düsteren und einfachen Toiletten, an denen sein Blick sich einstmals freute, trug ich närrische, kostspielige Kostüme wie die Damen vom Theater. Ich, die züchtige

Frau, die er in dem Winkel eines armseligen Schlosses gesucht hatte, ich paradierte vor ihm in Dirnenkleidern; ich war geistreich und lustig, während ich den Tod im Herzen trug. Funkelndes Lachen habe ich als Flittern über meine Verzweiflung gestreut. Ich habe Rot aufgelegt, mein Herr, ich habe Rot aufgelegt! — Sie sehen, es ist eine alltägliche Geschichte, die Geschichte aller Unglücklichen, — ein Roman aus der Provinz!«

Während sie schluchzte, machte Samuel ein Gesicht wie Tartuffe, da er von Orgon gepackt wird; der unerwartete Gatte, der sich in der Tiefe seines Schlupfwinkels aufrichtete, nebst den tugendhaften Seufzern dieser Dame, die es auf sein Herz abgesehen hatten, ergriffen die wankende Scheinheiligkeit unseres Dichters bei der Kehle.

Die völlige Hingabe, der Freimut und das Vertrauen Madame de Cosmellys hatten ihn außerordentlich kühn gemacht, — ohne ihn zu verwundern. Samuel Cramer, der so gern alle Welt in Erstaunen versetzte, erstaunte selbst fast nie. Er schien durch sein Leben die Wahrheit des Diderotschen Gedankens beweisen und ins Praktische übersetzen zu wollen: »Der Unglaube ist bisweilen das Laster eines Dummen und die Leichtgläubigkeit der Fehler eines geistvollen Mannes. Ein Mann von Geist blickt weit in den unendlichen Bereich der Möglichkeiten. Der Dumme ersieht kaum die Möglichkeit dessen, was ist. Das ist es vielleicht, was den einen kleinmütig und den anderen vermessen macht.« Und hierdurch erklärt sich alles. Einige skrupulöse, wahrheitliebende Leser werden ohne Zweifel zu dieser Geschichte viel zu sagen haben, und dennoch hatte ich nichts anderes zu besorgen als die Abänderung der Namen und die Herausarbeitung der Details. Wie konnte Samuel, werden sie sagen, ein Mann von schlechtem Ton und schlechten Sitten, wie konnte er so schnell eine Frau von der Art der Madame de Cosmelly erobern? Wie konnte er sie anläßlich eines Walter Scottschen Romanes mit einem solchen Sturzbach romantischer und banaler Poesie überschütten? Wie konnte Madame de Cosmelly, die zurückhaltende, tugendsame Gattin, ihm ebenso rasch ohne Scham und ohne Mißtrauen das Geheimnis ihres Kummers anheimgeben? — Worauf ich antworte, daß Madame de Cosmelly die Einfalt einer schönen Seele hatte, und daß Samuel so kühn war wie die Motten, die Maikäfer und die Dichter es eben sind: er stürzte sich auf jedes Licht und taumelte in jedes Fenster. Der Gedanke Diderots erklärt ja, warum die eine so hilflos und der andere so ungestüm und schamlos ist. Er erklärt auch alle die Torheiten, die Samuel in seinem Leben beging, Torheiten, die ein Narr wohl nicht begangen hätte. Der Teil des Publikums, der im großen und ganzen feige ist, wird die Persönlichkeit Samuels kaum verstehen, denn er war im wesentlichen leichtgläubig und voller Einbildungen, so daß er sich als Dichter auf sein Publikum, als Mann auf seine eigenen Leidenschaften verließ.

Seitdem bemerkte er, daß diese Frau strenger und schroffer war, als sie vermuten ließ, und daß er ihre treuherzige Anhänglichkeit nicht brüsk verletzen durfte. Und er leierte von neuem sein romantisches Geschwätz vor ihr ab. Beschämt darüber, daß er dumm gewesen, wollte er nun lieber als Wüstling vor ihr dastehen; und er redete noch einige Zeit zu ihr in schülerhafter Sprache von Wunden, die man schließen und ausbeizen kann durch das Öffnen neuer, reichlich und schmerzlos blutender Wunden. Jeder, der, ohne über die herrische Macht eines Valmont oder eines Lovelace zu verfügen, eine anständige Frau besitzen möchte, die wenig auf derlei eingeht, weiß, mit welch lächerlichem, emphatischen Ungeschick man auf sein Herz weisend sagt: »Nehmen Sie diesen so oft zurückgewiesenen Artikel in Gnaden an«; und so brauch' ich denn nicht erst noch zu erklären, wie einfältig Samuel sich benahm. — Madame de Cosmelly, die liebenswürdige Elmira, die den klaren und klugen Blick der Tugend hatte, ersah schnell den Vorteil, den sie durch diesen verdorbenen Neuling für ihr Glück und die Ehre ihres Gatten zu erwarten hatte. Und so zahlte sie ihm denn mit der gleichen Münze; sie ließ sich die Hand drücken, man sprach von Freundschaft und anderen platonischen Dingen. Sie murmelte Worte der Rache; sie sagte, in diesen schmerzenreichen Krisen eines Frauenlebens gäbe man gern seinem Rächer den Bruchteil des Herzens, den der Treulose für ihn gelassen — und andere Albernheiten und dramatische Überschwänglichkeiten. Kurz, sie kokettierte der guten Sache wegen, und unser junger Roué, einfältiger als ein Weiser, versprach, Herrn de Cosmelly die Fanfarlo zu entreißen und ihn von der Courtisane zu befreien — denn er hoffte in den Armen der braven Frau die Belohnung für dieses verdienstliche Werk zu finden. — Nur die Dichter besitzen Einfalt genug, derartig tolle Ungereimtheiten auszudenken.

Ein recht komischer Einzelvorfall in dieser Geschichte, ein Zwischenspiel in dem schmerzenreichen Drama, das im Begriff war, sich zwischen diesen vier Personen abzuspielen, war die Verwechslung der Sonette Samuels; denn inbezug auf Sonette war er unverbesserlich; — das eine für Madame de Cosmelly bestimmt, in dem er in mystischem Stile ihre Beatrice-Schönheit lobte, ihre Stimme, die engelhafte Reinheit ihrer Augen, ihres stillen Ganges fromme Zucht u. s. w. . . ., das andere für die Fanfarlo, in welchem er dieser ein Ragoût gepfefferter Galanterien servierte, geeignet, den ausgebranntesten Gaumen zu kitzeln, übrigens ein poetisches Genre, in dem er brillierte und ziemlich früh schon alle möglichen Liebesromanzen andalusischer Art übertroffen hatte. Das erste dieser beiden Stücke langte bei dem Geschöpfe an, das diesen Grünkohl in den Zigarrenständer warf; das zweite bei der armen Verlassenen, die zuerst große Augen machte, schließlich die Sachlage begriff und sich nicht enthalten konnte, trotz ihres Kummers herzlich zu lachen wie in ihren besten Tagen.

Samuel ging ins Theater und begann die Fanfarlo auf den Brettern zu studieren. Er fand sie leicht, prächtig, kraftvoll, voller Geschmack in ihrer Toilette, und schätzte Herrn de Cosmelly glücklich, dem es vergönnt war, für einen so unvergleichlichen Bissen sich zu ruinieren.

Er sprach zweimal bei ihr vor — in einem Häuschen mit sammetbelegter Treppe, voll von Portieren und Teppichen, das in einem neuen, grünumhegten Stadtviertel lag; aber er konnte sich unter keinem vernünftigen Vorwande einführen. Eine Liebeserklärung war eine ganz unnütze, sogar gefährliche Sache, denn eine Schlappe würde ihm verboten haben, zu ihr zurückzukehren. Er dachte daran, sich vorstellen zu lassen, aber er erfuhr, daß die Fanfarlo niemanden empfing. Nur einige Vertraute sahen sie von Zeit zu Zeit. Bei einer Tänzerin, die von ihrem Geliebten großartig besoldet, ausgehalten und angebetet wurde, was sollte er bei einer solchen tun oder vorbringen, er, der weder Schneider noch Schneiderin, weder Balletmeister noch Millionär war? — Er faßte also einen einfachen, brutalen Entschluß: die Fanfarlo mußte zu ihm kommen. In jener Zeit hatten die Zeitung-Elogen und -Kritiken noch weit mehr Wert als jetzt. Die ‚bereitwilligen Leichtfertigkeiten‘ des Feuilletons — wie jüngst ein braver Rechtsanwalt in einem Prozeß von trauriger Berühmtheit sich ausdrückte — waren noch viel größer als heutzutage; einige Talente hatten manchmal mit den Journalisten Verträge abgeschlossen, und die Unverschämtheit dieser unbesonnenen, abenteuerlustigen Jugend kannte keine Grenzen. Samuel übernahm also — er, der kein Wort von Musik verstand — den Spezialbericht über die Singspiel-Hallen.

Von nun an wurde die Fanfarlo wöchentlich in einem einflußreichen Blatte in der Rubrik unterm Striche heruntergemacht. Man konnte nicht sagen noch irgendwie auch nur den Argwohn erwecken, sie habe schlecht gewachsene Beine, Knöchel oder Kniee; beim Spiel der Muskeln unter ihrem Strumpfe gerieten alle Lorgnetten in Erregung. Sie wurde der Rohheit geziehen, der Gemeinheit; jeglichen guten Geschmackes sei sie bar und habe die Absicht, Gewohnheiten von jenseit des Rheines und der Pyrenäen einzuführen, Kastagnetten, Sporen, Nägelschuhe — ganz abgesehen davon, daß sie trank wie ein Grenadier, daß sie viel zu sehr kleine Hunde und das Töchterchen ihres Portiers liebte, und anderes schmutziges Zeug aus dem Privatleben, das die Weide und der alltägliche Leckerbissen gewisser Blätter ist. Man hielt ihr mit jener den Journalisten eigenen Taktik, die darin gipfelt, ganz ungleichartige Dinge zu vergleichen, eine ätherische Tänzerin entgegen, stets in Weiß gekleidet, deren keusche Bewegungen jedes Gewissen schlummern ließen. — Bisweilen lachte und rief die Fanfarlo sehr laut ins Parterre und vollendete dabei einen Sprung gegen die Rampe; sie wagte tanzend zu marschieren. Niemals trug sie jene unsinnigen Garderoben, die alles sehen und nichts erraten lassen. Sie liebte rauschende Stoffe, lange, krachende, flitter- und münzenbesäete Röcke, die man mit kräftigem Beine recht hoch heben mußte, und Seiltänzermieder. Sie tanzte nicht mit Ringen in den Ohren, sondern mit Gehängen, fast möchte man sagen mit Lüstern. Am liebsten trug sie an den Saum ihres Rockes eine Menge kleiner, seltsamer Puppen geheftet, wie es die alten Zigeunerinnen tun, die uns in so drohender Weise eine gute Zukunft vorhersagen, und die man immer in voller Mittagsonne unter den Bogen römischer Ruinen antrifft; Wunderlichkeiten übrigens, die der romantische Samuel — einer der letzten Romantiker, die Frankreich besaß — närrisch liebte.

Nachdem er so die Fanfarlo drei Monate hindurch verleumdet hatte, hatte er sich bis aufs äußerste in sie verliebt, und auch sie wollte endlich wissen, wer das Ungeheuer sei, das Eisenherz, der Pedant, das armselige Gehirn, das so hartnäckig das Königtum ihres Genies leugnete.

Um übrigens der Fanfarlo Gerechtigkeit widerfahren zu lassen, muß man sagen, daß es nur eine Regung der Neugier bei ihr war, nichts weiter. Ein solcher Mann — trug er wirklich die Nase in der Mitte des Gesichtes, war er geradeso gewachsen wie andere seinesgleichen? Als sie einige Erkundigungen über Samuel Cramer eingeholt hatte und erfuhr, daß er ein Mann sei wie andre auch und nicht ohne Verständnis und Talent, begriff sie dunkel, daß es hier etwas zu erraten gäbe, und daß diese schrecklichen Montags-Artikel sehr wohl eine besondere Art eines allwöchentlichen Blumenstraußes oder die Visitenkarte eines hartnäckigen Bewerbers sein könnten.

Er fand sie eines Abends in ihrer Loge. Zwei große Flammen und ein flackerndes Feuer ließen die Lichter auf ihren bunten Gewändern zittern, die durch das Boudoir schleppten.

Im Augenblicke, da die Königin dieser Stätte das Theater verließ, legte sie wieder die Toilette einfacher Sterblicher an und auf einem Stuhle kauernd beschuhte sie ohne Scham ihr anbetungwürdiges Bein; mit ihren reichlich schmalen Händen ließ sie durch das Schnürloch des Stiefels das Schnürband gleich einem Webeschiffchen spielen, ohne daran zu denken, daß ihr Unterrock sich emporschlagen mußte. Dieses Bein war für Samuel schon lange der Gegenstand eines sehnsüchtigen Wunsches gewesen. Lang, fein, kräftig, fleischig und nervigt zu gleicher Zeit, hatte es alle Regelmäßigkeit des Schönen und all die ungezwungenen Reize des Hübschen. An der breitesten Stelle lotrecht zerschnitten, hätte es eine Art Triangel ergeben, dessen Spitze auf dem Schienbein lag und bei dem die geründete Wade die konvexe Basis geschaffen hätte. Ein richtiges Männerbein ist zu hart, die Frauenbeine, wie Deveria sie zeichnet, sind zu weich, um von dem ihren einen Begriff zu geben.

In dieser reizvollen Pose, den Kopf den Füßen zugeneigt, bot sie den Hals eines römischen Prokonsuls zur Schau, breit und fest, und ließ Schulterblätter, mit reichem, bräunlichem Fleisch bedeckt, erraten. Schweres, dichtes Haar fiel ihr zu beiden Seiten herab, kitzelte ihren Busen und überschleierte ihr die Augen, so daß es jeden Augenblick hinderlich sein und zurückgeworfen werden mußte. Eine reizende, trotzige Ungeduld, die Ungeduld eines ungezogenen Kindes, dem es nicht schnell genug geht, brachte das ganze Geschöpf und ihre Kleider in Erregung und Bewegung und eröffnete in jeder Minute neue Ansichtpunkte mit neuen Linien- und Farbeneffekten.

Samuel hielt sich respektvoll zurück, — oder schien sich respektvoll zurückzuhalten; denn bei diesem Teufel von Mann blieb es ja immer eine große Frage, wo der Komödiant begann.

»Ah! Sie, mein Herr, siehe da!« sagte sie,

ohne sich stören zu lassen, obwohl sie einige Minuten zuvor von dem Besuche Samuels benachrichtigt worden war. — »Sie haben mich um etwas zu bitten, nicht wahr?«

Die erhabene Unverschämtheit dieser Worte traf den armen Samuel gerade ins Herz; bei Madame de Cosmelly hatte er geschwätzt wie eine romantische Elster, hier antwortete er nur still:

»Ja, gnädige Frau.«

Und Tränen traten ihm in die Augen.

Das hatte einen ungeheuren Erfolg: die Fanfarlo lächelte.

»Aber was für ein Insekt hat Sie denn gestochen, mein Herr, daß Sie mich mit so schönen Zähnen zerreißen? Welch abscheuliche Beschäftigung . . . .«

»Abscheulich, in der Tat, meine Gnädigste . . . es war, weil ich Sie anbete.«

»Nun, daran zweifle ich,« erwiderte die Fanfarlo. »Dann sind Sie ein Monstrum; diese Taktik ist verabscheuenswürdig. — Arme Mädchen, die wir sind!« — fügte sie lachend hinzu. — »Flora, mein Armband. — Geben Sie mir Ihren Arm bis zu meinem Wagen und sagen Sie mir, wie Sie mich heute abend fanden?«

So gingen sie nun, Arm in Arm, wie zwei alte Freunde; Samuel liebte, oder er fühlte wenigstens, daß sein Herz stark schlug. — Er war vielleicht sonderbar, gewiß aber war er dieses Mal nicht lächerlich.

In seiner Freude hätte er fast vergessen, Madame de Cosmelly von seinem Erfolge zu berichten und so eine Hoffnung an ihren einsamen Herd zu tragen.

Einige Tage darauf spielte die Fanfarlo die Rolle der Colombine in einer großen Pantomime, die von einigen Männern von Geist für sie gemacht worden war. In einer Folge von reizvollen Verwandlungen erschien sie hier in der Person der Colombine, der Margarethe, der Elvira und der Zephyrine; und sie empfing — das Lustigste von der Welt — die Küsse der Persönlichkeiten aus mehreren Generationen, die man verschiedenen Ländern und verschiedenen Literaturen entnommen hatte. Ein bedeutender Komponist hatte es nicht unter seiner Würde erachtet, eine phantastische, dem außergewöhnlichen Gegenstande angemessene Partitur dazu zu schreiben. Die Fanfarlo war jetzt vornehm, jetzt feenhaft, nun toll und nun entzückend; sie war erhaben in ihrer Kunst und spielte ebenso sehr mit den Beinen, wie sie mit den Augen tanzte.

Bei uns — das sei hier beiläufig bemerkt — verachtet man die Kunst des Tanzes zu sehr. Alle großen Völker, an erster Statt die der antiken Welt, die Völker Indiens und Arabiens, haben den Tanz gleich der Poesie gepflegt. Der Tanz steht ebenso über der Musik, für gewisse heidnische Organisationen wenigstens, wie das Sichtbare, das Wirkliche über dem Unsichtbaren und Unwirklichen steht. — Doch nur jene allein sind befähigt, mich zu verstehen, denen die Musik malerische Vorstellungen vermittelt. — Der Tanz kann uns alles das offenbaren, was die Musik in dem Schleier des Geheimnisvollen verbirgt, ja mehr, er hat das Verdienst, menschlich und verständlich zu sein. Der Tanz! das ist die Poesie der Arme und der Beine, es ist die Materie, wunderbar, anmutreich, belebt, verschönt durch die Bewegung. — Terpsichore war eine Muse des Südens; ich denke sie mir tief gebräunt und glaube, daß oftmals ihre Füße im goldenen Getreide sich bewegten. Ihre Bewegungen, an einem strengen Rhythmus reich, sind göttliche Motive für den Bildner. Doch Fanfarlo, die Katholikin, nicht zufrieden, sich mit Terpsichore zu messen, rief die ganze Kunst der neueren Gottheiten zu ihrer Hilfe. Nebel umhüllen die Gestalten von Feen und Undinen nicht so duftig, so spielerisch fließend. Sie war zugleich eine Shakspearesche Laune und eine italienische Buffonerie.

Und der Dichter war hingerissen; er glaubte vor seinen Augen die versunkensten Träume seiner Jugend zu schauen. Am liebsten hätte er in seiner Loge einen lächerlichen Luftsprung gemacht oder wäre mit dem Kopfe gegen die Wand gerannt in der tollen Trunkenheit, die ihn beherrschte.

Eine tiefe, wohlgeschlossene Kalesche führte in Eile den Dichter und die Tänzerin davon und jenem Häuschen zu, von dem ich schon sprach.

Unser junger Mann drückte seine Bewunderung durch stumme Küsse aus, mit denen er voller Inbrunst ihre Füße und ihre Hände überhäufte. — Auch sie bewunderte ihn sehr; nicht, daß sie dabei die Macht ihrer Reize vergaß, aber nie hatte sie einen Mann von so seltsamer, so elektrischer Leidenschaft gesehen.

Das Wetter war schwarz wie das Grab; der Wind peitschte zerfetzte Wolken vor sich her, und wenn er sie jählings durchzauste, so gingen Schauer von Hagel und Regen nieder. Ein mächtiger Sturm rüttelte an den Dachwohnungen und die Türme stöhnten vor seiner Wucht. Die Gosse — das Totenbett, in dem die Billet-doux und all die taumelnden Räusche durchwachter Nächte dahingehen — führte wirbelnd ihre tausend Geheimnisse der Kloake zu; lustig warfen sich die Todesgeister auf die Hospitale, und die Chatterton und die Savage der Rue Saint-Jacques krampften die erstarrten Finger um ihr Schreibzeug, — als der trägste, der egoistischeste und der sinnlichste Mann, der größte Feinschmecker und der geistreichste unter unsern Freunden vor einem feinen Souper und einer gutgedeckten Tafel landete, in der Gesellschaft einer schönen Frau, die die Natur den Augen zur Lust gebildet hatte. Samuel wollte das Fenster öffnen, um einen Siegesblick auf die verwünschte Stadt zu werfen; dann aber fiel sein Blick auf die verschiedenen Verheißungen, die seiner warteten, und er beeilte sich, von ihnen zu genießen.

In der Gesellschaft solcher Dinge mußte er beredt werden; so daß ihn die Fanfarlo trotz seiner zu hohen Stirn, seines Urwaldes von Haaren und seiner Nase, die der eines Schnupfers glich, fast schön fand.

Samuel und die Fanfarlo hatten genau die gleichen Ideen über die Küche und die für Elite-Geschöpfe zur Ernährung notwendigen Einrichtungen. Fleisch von nichtssagendem Geschmack, fade Fische waren von dem Tische dieser Sirene verbannt. Selten verunzierte der Sekt ihre Tafel. Die berühmtesten und blumigsten Bordeaux wichen vor den schweren, festverkorkten Bataillonen der Burgunder, der Auvergner, der Weine von Anjou und derer des Südens, der deutschen, griechischen und spanischen Weine. Samuel machte gern die Anmerkung, ein Glas wahren Weines müsse einer Traube schwarzer Weinbeeren vergleichbar sein: man müsse ebensoviel daran zu essen als zu trinken haben. — Die Fanfarlo liebte blutiges Fleisch und trunken machende Weine. — Übrigens berauschte sie sich niemals. — Beide aber bekannten sich zu einer ehrlichen, tiefen Hochachtung vor der Trüffel. — Die Trüffel, dieses verborgene und geheimnisvolle Gewächs der Cybele, diese köstliche Krankheit, die sie länger in ihren Eingeweiden verborgen trug als die kostbarsten Metalle, dieser auserlesene Stoff, der der Weisheit der Agromanen trotzt wie das Gold dem Paracelsus, diese Trüffel gibt der alten und der modernen Welt*) ihre Vornehmheit und vor einem Glase Chioswein genossen, hat sie die Wirkung mehrerer Nullen hinter einer Ziffer.

Was die Frage der Saucen, der Ragoûts und ihrer Gewürze betrifft, diese wichtige Frage, die ein ernstes Kapitel, etwa ein wissenschaftliches Feuilleton, erfordert, so kann ich versichern, daß sie auch hierin vollkommen einer Meinung waren, besonders aber inbetreff der Notwendigkeit, die ganze Pharmacie der Natur in der Küche zu Hilfe zu rufen. Spanischer Pfeffer, englisches Curry, Saffran, Substanzen aus den Kolonien, exotische Streupulver, alles hätte ihnen gut geschienen, Muskat und Weihrauch sogar. Lebte Kleopatra noch, ich bin überzeugt, sie würde Ochsenfilets oder Rehfilets mit duftenden arabischen Essenzen zubereiten, und sicher ist es zu beklagen, daß die Ritter vom weißen Helm und Schurz nicht durch ein besonderes, dem Luxus dienendes Gesetz gezwungen sind, die Kenntnis der chemischen Eigenschaften der Stoffe sich anzueignen, daß sie in notwendigen Fällen, wie z. B. bei einem Liebesfeste, nicht jene fast in Flammen setzenden kulinarischen Elemente

---

*) Die Trüffeln der Römer waren weiß und von einer anderen Art. C. B.

zu entdecken wissen, die das organische System schnell wie Blausäure durcheilen, um sich wie Äther zu verflüchtigen.

Diese gemeinsamen Ansichten über das Wohlleben, diese Ähnlichkeit des Geschmackes führte sie seltsamerweise lebhaft einander zu; und das tiefe Verständnis des Sinnenlebens, das unter jedem Blicke, jedem Worte Samuels hervorschimmerte, überraschte die Fanfarlo sehr. Und jedes seiner Worte — bald von der markigen Deutlichkeit einer Ziffer, bald von erlesener Feinheit und duftdurchtränkt wie eine Blume oder ein Spitzentaschentuch — jene seltsame, fremde Art zu plaudern, deren Geheimnis nur ihm allein bekannt war, gewannen ihm vollends die Gunst des entzückenden Weibes. Nicht ohne lebhafte innere Genugtuung bemerkte er übrigens auch bei der Besichtigung des Schlafzimmers eine vollkommene Geschwisterlichkeit des Geschmacks und der Empfindungen inbezug auf Möblierung und innere Einrichtung. Cramer haßte tief — und hatte nach meiner Meinung vollkommen damit recht — die langen geraden Linien an Möbeln, sowie die Übertragung der Architektur auf den häuslichen Herd. Die weiten, großen Säle in alten Schlössern machen mir Furcht, und ich beklage ihre Herrinnen, die gezwungen waren, dort ihre Liebesfeiern zu begehen: in großen Schlafsälen, die fast an eine Grabesstatt gemahnen, in riesenhaften Katafalken, die sich Betten nannten, auf unförmigen

Monumenten, die sich mit dem Pseudonym ‚Fauteuils' belehnten. Die Gemächer in Pompeji sind so groß wie eine Hand; die indischen Ruinen, mit denen die Küste von Malabar bedeckt ist, zeugen von der selben Art der Einrichtung. Diese großen, weisen und sinnlichen Völker verstanden sich durchaus auf diese Frage. Die intimsten Empfindungen sammeln sich in Muße nur in einem ganz engen Raume.

So war denn das Schlafgemach der Fanfarlo sehr klein, sehr niedrig und ganz mit weichen, duftenden Dingen angefüllt, die zu berühren gefährlich war; eine mit unbekannten Miasmen geschwängerte Luft verlockte fast, sanft darin hinüberzuschlummern wie in einem Treibhaus. Der Schein der Lampe huschte über einen Wirrwarr von Spitzen und Stoffen von kräftiger, doch unbestimmter Farbe. Hin und wieder erhellte er an der Wand Gemälde, voll von spanischer Sinnlichkeit: hellweißes Fleisch auf tiefschwarzem Grunde. Und aus der Tiefe dieses entzückenden Schlupflochs, das zugleich etwas von einem verruchten Orte und einem Sanktuarium an sich hatte, sah Samuel die neue Göttin seines Herzens in ihrer heiligen, strahlenden Nacktheit sich ihm entgegenneigen.

Wer ist der Mann, der nicht, selbst um den Preis der Hälfte seiner Tage, seinen Traum, seinen wahren Traum, jeglicher Hülle bar vor sich zu sehen wünschte, der's nicht genießen möchte, wie das angebetete Phantom seiner

Phantasie eins nach dem anderen all jener Kleidungstücke sich entledigt, die dazu dienen, vor den Augen der Menge es zu behüten? Doch siehe da, von einer sonderbaren Laune ergriffen, begann Samuel wie ein ungezogenes Kind zu rufen: »Ich will Colombine, gib mir Colombine; gib sie mir so, wie sie mir an diesem Abende erschienen ist, wo sie mich toll gemacht hat durch ihren phantastischen Aufputz und ihr Seiltänzermieder.«

Die Fanfarlo, wiewohl zuerst überrascht, war doch gern bereit, den exzentrischen Einfällen des erwählten Mannes sich zu bequemen, und man klingelte Flora. Diese hatte gut reden, daß es drei Uhr morgens wäre, daß das Theater geschlossen sei, der Pförtner eingeschlafen und das Wetter schrecklich (der Sturm wütete ungebrochen) — schließlich mußte sie der gehorchen, die selbst gehorchte, und die Zofe ging, — als Cramer, von einer neuen Idee erfaßt, sich fast an den Glockenzug hängte und mit tönender Stimme rief:

»Heda, vergessen Sie auch nicht das Rouge?«

Dieser charakteristische Zug, den die Fanfarlo selber eines Abends berichtet hat, als ihre Kameraden sie über den Beginn ihres Liebesverhältnisses mit Samuel befragten, hat mich keineswegs in Erstaunen versetzt; ich habe darin sehr gut den Autor der *Fischreiher* wiedererkannt, der immer Rot und Schminke, Simili und Flittergold in jedweder Art lieben wird.

Gern hätte er den Himmel und die Bäume noch übertüncht, und hätte Gott ihm seinen Schöpfungplan vertraut, er würde ihn vielleicht verpfuscht haben.

Obgleich Samuel von verderbter Einbildungkraft war — und vielleicht gerade aus diesem Grunde — war die Liebe bei ihm weniger eine Sache der Sinne als des Verstandes. Sie war vor allem die Bewunderung und der Hang zum Schönen; und so erschien ihm die Zeugung als ein Laster der Liebe, die Schwangerschaft als eine ekle Krankheit. Irgendwo hat er gesagt: Die Engel sind Hermaphroditen und unfruchtbar. — Er liebte den menschlichen Körper wie eine stoffliche Harmonie, wie eine schöne Architektur, zu der sich die Bewegung noch gesellt; und dieser absolute Materialismus war von dem reinsten Idealismus nicht weit entfernt. Doch in dem Schönen, aus dem die Liebe ersteht, gab es seiner Ansicht nach zwei Elemente: die Angel und den Köder; und wenn wir all dieses nur als Angel betrachten, dann war der Köder für ihn, heute abend wenigstens, das Rouge.

Für ihn bedeutete also die Fanfarlo Angel und Köder zugleich, und wenn er sie ansah, in der Sorglosigkeit und sieghaften Ruhe der geliebten Frau am Rande des Bettes sitzend, die Hände leicht auf ihn gelegt, so glaubte er in den klaren Augen dieser Schönen die Unendlichkeit zu erblicken und die seinen in einem unermeßlichen Horizonte schwimmen zu sehen. Oft übrigens, wie es einem Ausnahme-Menschen zukommt, war er allein in seinem Paradiese, niemand konnte dort mit ihm wohnen; und wenn er unversehens die Fanfarlo mit sich fortriß und mit Gewalt dorthin entführte, so blieb sie an Leidenschaftlichkeit stets hinter ihm zurück: so ward denn allmählich seine Liebe in dem Himmel, in dem sie regierte, traurig und krank und von blauer Schwermut ergriffen — ein königlicher Einsiedler.

Indessen ward er ihrer niemals überdrüssig; nie, wenn er ihr liebeatmendes Heim verließ und leichtfüßig über ein Trottoir stapfte, empfand er den egoistischen Genuß, mit der Cigarre im Munde und den Händen in den Taschen dahinzuschlendern, von dem unser großer moderner Romancier*) einmal spricht.

Den Mangel an Herz ersetzte bei Samuel eine edle Intelligenz, und anstatt ihn undankbar zu machen, erfüllte ihn der Genuß mit einem köstlichen Wohlgefühl, einer verträumten Sinnlichkeit, die weit mehr wert ist als jene Liebe, wie der Gemeine sie begreift. Die Fanfarlo hatte aber auch ihr Bestes getan und ihre geschicktesten Liebkosungen vergeudet, da sie einsah, daß es bei dem Manne der Mühe verlohne: sie hatte sich an diese unklare, von Unzüchtigkeiten und ungeheuren Grobheiten buntgescheckte Sprache gewöhnt. — Wenigstens hatte das für sie den Reiz der Neuheit.

---

*) Der Autor der *Fille aux yeux d'or*. C. B.

Der leichtsinnige Streich der Tänzerin hatte Aufsehen erregt. Sie hatte mehrere Unterbrechungen auf dem Anschlagzettel zu verzeichnen gehabt; sie hatte ihren Ruf vernachlässigt; viele Leute beneideten Samuel.

Eines Abends hatte der Zufall, die Langeweile des Herrn de Cosmelly oder eine fein angelegte List seiner Frau sie beide in einem Winkel am Kamin vereint; und nach einer jener langen Pausen im Gespräch, wie sie oft eintreten in Haushaltungen, wo man sich nichts zu sagen und viel zu verheimlichen hat — nachdem sie ihm den besten Tee von der Welt in einer einfachen, leicht geborstenen Teekanne, vielleicht einer alten vom Schlosse ihrer Tante, bereitet — nachdem sie einige Lieder zum Klavier gesungen hatte, wie sie vor zehn Jahren einmal beliebt gewesen waren — sprach sie zu ihm mit der sanften, klugen Stimme der Tugend, die sich liebenswürdig geben will und den geliebten Mann zu erschrecken fürchtet. Sie sagte, daß sie ihn sehr beklage, daß sie viel geweint habe über ihn, ja, mehr noch über ihn als über sich; so gern habe sie in ihrer demütigen, unterwürfigen Ergebenheit gewollt, daß er anderswo als bei ihr die Liebe finden möge, die er von seiner Frau nicht forderte; mehr habe sie darunter gelitten, ihn getäuscht, als sich verlassen zu sehen; übrigens habe auch sie dazu beigetragen, daß er die Pflichten eines zärtlichen Gatten vergessen, da sie es unterlassen, ihn vor der Gefahr zu warnen;

aber sie sei bereit, die blutende Wunde zu schließen und ganz allein eine Unklugheit wieder gut zu machen, die sie beide begangen hätten, und so weiter: alles, was eine durch die Liebe gerechtfertigte List an honigsüßen Worten einzugeben vermag. — Sie weinte, sie weinte sehr; in ihren Tränen schimmerte der Widerschein des Feuers, und ihr Gesicht verschönte sich unter dem Schmerz.

Herr de Cosmelly sagte nicht ein Wort und ging aus. Die Männer, die man auf die Goldwage ihrer Fehler legt, lieben es nicht, der Mildherzigkeit ihre Gewissensbisse darzubieten. Wenn er zur Fanfarlo ging, so fand er dort ohne Zweifel Spuren von Unordnung, Cigarrenenden und Feuilletons. —

Eines Morgens ward Samuel durch die unmutige Stimme der Fanfarlo geweckt und er erhob seinen Kopf schlaftrunken von dem Kissen, auf dem sie ruhte, um einen Brief zu lesen, den sie ihm gab.

»Dank, tausendmal Dank, mein Herr; mein Glück und meine Dankbarkeit werden in einer besseren Welt für Sie ins Gewicht fallen. Ich nehme an. Ich empfange meinen Gatten aus Ihren Händen und ich führe ihn heute abend mit mir davon auf unser Landgut in G . . ., wo ich Leben und Gesundheit wiederfinden werde, die ich Ihnen zu danken habe. Empfangen Sie, mein Herr, das Gelöbnis einer unverbrüchlichen Freundschaft. Ich halte Sie für einen zu rechtschaffenen Menschen, als daß Sie eine solche Freundschaft nicht jeder anderen Belohnung vorziehen sollten.«

Samuel, auf Spitzen gebettet, gestützt auf eine der frischesten und schönsten Schultern weit und breit, fühlte undeutlich, daß man ihn zum besten gehabt, und hatte einige Mühe, in seinem Gedächtnis die Einzelheiten der Intrigue zu sammeln, deren Entwicklung von ihm geleitet worden war; aber seelenruhig sagte er sich: »Sind unsere Leidenschaften denn überhaupt wohl aufrichtig? Wer kann sicher wissen, was er will, und immer richtig das Barometer seines Herzens erkennen?«

»Was murmelst Du da? Was ist denn das? Laß mich doch sehen!« sagte die Fanfarlo.

»Ach, nichts!« erwiderte Samuel. »Ein Brief von einer ehrenwerten Dame, der ich einmal versprach, von Dir geliebt zu werden.«

»Das sollst Du mir bezahlen,« zischte sie zwischen den Zähnen.

Es ist wohl anzunehmen, daß die Fanfarlo Samuel geliebt hat, aber mit einer Liebe, wie nur wenige Herzen sie kennen: mit einer gewissen untergründigen Rachsucht. Was ihn angeht, so ist er durch das gestraft worden, in dem er gesündigt hatte. Er hatte oft Leidenschaft geäfft; er ward gezwungen, sie kennen zu lernen. Aber das war nicht die stille, sichere, starke Liebe, die ein anständiges Mädchen einflößt, es war die schreckliche, schmachvolle und verzweifelnde, die krankhafte Liebe der Courtisanen. Samuel erfuhr alle Martern der Eifersucht und jene Niedergeschlagenheit und Traurigkeit, in die uns das Bewußtsein eines unheilbaren chronischen Übels treibt — kurz, alle Schrecken jener lasterhaften Verbindung, die man wilde Ehe nennt. — Was sie betrifft, so wurde sie alle Tage dicker; sie ist eine fette, saubere, geputzte und kokette Schönheit geworden, eine Art gewerbsmäßiger Lorette. — Eines Tages wird sie zur Kommunion gehen und ihren Kirchensprengel für das geweihte Brot entschädigen. Um diese Zeit mag der halbtote Samuel vielleicht wirklich mit einem ‚Kreuze‘ geschlagen werden, wie er sich in seiner guten Zeit auszudrücken pflegte, und die Fanfarlo wird mit ihrer Nonnenmiene einem jungen Erben den Kopf verdrehen.

Inzwischen lernt sie das Kinderkriegen; sie ist unlängst glücklich mit ein paar Zwillingen niedergekommen. — Samuel dagegen kam mit vier wissenschaftlichen Büchern nieder. Es ist ein Buch über die vier Evangelisten, — ein anderes über den Symbolismus der Farben, — eine Sammlung von Abhandlungen über ein neues Annoncensystem, — und ein viertes, an dessen Titel ich mich nicht mehr erinnere. Was dieses letztere noch besonders schrecklich macht, ist der Umstand, daß es voll Verve und Energie ist und voller Merkwürdigkeiten steckt. Samuel hat die Stirn gehabt, als Motto davorzusetzen: *Auri sacra fames!* — Die Fanfarlo möchte, daß ihr Geliebter Mitglied der Akademie würde, und sie intriguiert im Ministerium, damit er das Kreuz der Ehrenlegion erhalte.

Armer Sänger der *Fischreiher*! Arme Manuela von Monteverde! Sehr tief ist er gesunken. — Ich erfuhr unlängst, daß er ein sozialistisches Journal gründet und sich auf die Politik werfen will. — Unehrenhafte Intelligenz! — wie unser ehrenhafter Monsieur Nisard sagt.

Der junge Zauberer

Eine Geschichte, nach einem pompejanischen Palimpsest zusammengestellt

Während der Ausgrabungen, die zur Zeit der Restauration von 1815 in Gegenwart des Königs von Neapel ausgeführt wurden, fand man in einem Zimmer des Hauses Aktäons ein großes Fresko von ganz besonderer Schönheit, eine Gruppe von Nymphen darstellend, die ihre Augen auf die Hauptfigur des Bildes richten. Hinter dieser steht ein junger Amor, der sich galant zu ihrem Ohre neigt: er scheint ihr ein Geheimnis zuzuflüstern. Die auserlesene Anmut der Gestalten, die lebhaften, ausdruckvollen Gesten des kleinen ‚Flüsterers', die gefällige Haltung der Nymphen und selbst der besondere Glanz der Farbe, den mindestens siebzehn Jahrhunderte respektiert hatten, das alles zog die Augen der gesamten Künstler- und Kennerschaft auf sich. Natürlich machte sich die Einbildungkraft der Italiener alsbald auf die Suche nach einer Erklärung oder etwas Geschichtlichem über dieses unvergleichliche Stück. Jeder Tag gab einer neuen Deutung das Leben, aber der wesentliche Charakter der Wahrscheinlichkeit mangelte allen in gleicher Weise.

Die Geschichte des mystischen Fresko war jedoch nicht dazu bestimmt, ein ewiges Geheimnis bleiben zu sollen. Als in den ersten Monaten des Jahres 1836 einer jener Papyren geöffnet wurde, die jetzt einem ausgezeichneten, vom Chevalier Collini aus Neapel erfundenen Entrollverfahren unterworfen werden, da zeigte er den überraschten Blicken das Fresko *en miniature* als Kopf des ersten Teiles der Handschrift.

Der vollständig abgewickelte Papyrus enthielt die nachfolgende Geschichte, auf die sich die Zeichnung, mit der sie geschmückt war, unbestreitbar bezog. Wir geben sie mit all den Verstümmlungen wieder, die der vergängliche Stoff der halbverbrannten Rolle unvermeidlich machte. Die bedeutendste dieser Lücken befindet sich gerade am Anfang; sie trotzt noch der Gelehrsamkeit aller italienischen Akademien und läßt ihrer regsamen Einbildungkraft noch ein weites Feld.

. . . .
. . . .
. . . .
. . . .
. . . .

»O Kallias, ich habe die Welt satt!«

»Du täuschest dich, Sempronius; du hast alles satt außer der Welt.«

»Ich weiß, was ich sage, Kallias, und ich

spreche im Ernst. Aber wie dich überzeugen; wie dir Glauben an diese Dinge einflößen? Du, Kallias, Skeptiker von Beruf; du, ein athenischer Schöngeist; du, als sorgloser Seeräuber auf den Meeren der Vergnügungen Griechenlands und Asiens bekannt; du, o Kallias, ein Falter, der von Blume zu Blume die Gärten menschlicher Narretei durchtaumelt; wie könntest du mir diese unendliche Müdigkeit glauben, diesen tiefen Widerwillen gegen alles, was die Erde faßt? Du bist ja doch ein epikuräisches Tier.«

»Nein, melancholischer Philosoph, du täuschest dich noch immer: Ich bin ein wahrer Epikur; wählerisch in Sachen des Geschmacks, zurückhaltend im Umgang, zärtlich in meinen Freundschaften und meinen Liebschaften, bin ich nur hochfahrend und grausam gegen meine armen Landhäuser, und die einzige Sorge, die mich augenblicklich quält, ist tatsächlich die, ob ich morgen in meine Villa am Ufer des Tiber ziehen werde, oder ob ich meine sehnsuchtvollen Tage in der kühlen Atmosphäre meiner Grotte in Sunium verträumen soll, so lange die Herrschaft dieses verliebten und gefahrbringenden Gestirnes dauert.«

Der Sirius ging auf, und das Licht, das dieser König unter den Sternbildern ausstrahlte, sprenkelte den ganzen Golf von Neapel mit glänzenden Lichtern. Die Augen des schönen jungen Römers warfen einen tiefen, inbrünstigen Blick in die Natur, und er seufzte mehr als daß er sprach:

»O! daß ich durch meinen Wunsch die Faust des Lebens nicht von mir abschütteln, daß sich mein Flug nicht zu den herrlichen Wanderern des Feuerhimmels dort emporschwingen kann, so hoch über die Sorgen dieser Welt, wie sie selber über den lichten Wolken stehen!«

Bei diesen Worten zog er mit einer halb unbewußten Bewegung einen kleinen Dolch aus der Scheide und hielt ihn hoch in den Glanz der untergehenden Sonne, so daß nun die Klinge aufleuchtete.

Kallias erhob sich plötzlich und brach in ein Gelächter aus; und der junge Enthusiast ward sich seiner augenblicklichen Lage wieder bewußt.

»Das kann man nur auf zweierlei Weise deuten,« rief der rohe Spötter; »so betrachtet ein Mann das Messer nur der Liebe oder der Rache wegen; sich eine Geliebte erobern oder sich von einer Gattin befreien, das sagt alles! Aber dich, Sempronius, was kann denn dich zu einer solchen Verzweiflung treiben? — Du, offenkundig und allgemein der gefeiertste und beneidetste aller Männer, die dem Luxus, der Anmut und den hübschesten Beinen vom Palatin einen aufrichtigen Kult geweiht haben; du, der Tribun der kaiserlichen Legion; du, für den die Parfums geraden Weges von Persien kommen, die Kleider gar aus dem wunderbaren Lande, dessen Linnenwirker Gedichte schaffen, und die Kleinodien aus den unbekannten Gefilden des Indus; du, der erste und verzogenste aller Liebhaber der

Mode: welche Schönheit würde es wagen, deinen zahllosen Verführungkünsten zu trotzen?«

Und also lautete Sempronius' müde Entgegnung:

»Kallias, es ist mir ganz unmöglich, auf deinen Scherz einzugehen. Aber siehe dort unten jenen Sklaven, der sich noch abarbeitet im letzten Strahle dieses drückenden Tages. Mit Freuden würde ich in dieser Stunde mein Schicksal mit dem dieser jämmerlichen Existenz vertauschen. Du siehst mich groß an! höre mich, und du wirst mich vollkommen begreifen. In dieser Stunde kann es kein unglücklicheres Wesen unter dem Himmel geben, als deinen Freund Sempronius, obgleich die ganze Welt, wie du meinst, ihm entgegenlächelt.«

Gerade jetzt kamen die Diener, um die Abendmahlzeit anzukündigen, und hinderten ihn, mit seiner Erzählung zu beginnen. Kallias war unermeßlich reich und er besaß den auserlesenen Geschmack eines Griechen; er führte seinen Freund in ein Triklinium, wo er eine Auswahl der schönsten Gemälde, unter großer Mühe in Korinth und auf den Inseln von ihm selbst gesammelt, hatte anbringen lassen. Dieser wundervoll mit Skulpturen und Ornamenten geschmückte Raum lag gen Sonnenuntergang, und der Sonne gefiel es soeben, ihre karmoisinroten Strahlen durch das Krystall der Fenster hereinzusieben.

»Du siehst,« — sagte Kallias, nicht ohne ein

Lächeln befriedigten Sammlerstolzes — »daß ich hier einem anderen Plane gefolgt bin, als dem eurer Römer, die in Sachen des guten Geschmackes tonangebend sind. Sie hängen ihre Gemälde in das volle Licht, an den hellsten und am meisten ins Auge fallenden Platz ihres Zimmers. Ich behandle sie wie Freunde meiner Seele, mit denen ich am liebsten möglichst fern vom Lärm des Tages plaudere; und um unsere Unterhaltung noch interessanter zu machen, pflege ich in ihrer anmutigen Gesellschaft zu Abend zu essen.«

Trotz der Last, die sein Herz bedrückte, konnte sein Freund nicht umhin, Gefallen zu finden an der auserlesenen Eleganz, die von jedem Gegenstand ausstrahlte, den sein Auge erblickte, und mehr noch an der Art der Anordnung der Bilder. Anstatt sie alle in gleicher Weise derselben Tageshelle auszusetzen, hatte Kallias sie so gehängt, daß sie nicht mehr Licht empfingen, als nötig war, um ihre Vorzüge zum vollkommensten Ausdruck zu bringen. — Ein Tanz junger Lacedämonierinnen an den Ufern des Eurotas — bei Abend — war an der Stelle angebracht, über welche die untergehende Sonne ihre ganze Pracht ergoß; die Gipfel der Berge brannten in einem kurzen, aber natürlichen, ja geradezu lebendigen Feuer; auf den seitlich emporklimmenden Wäldern schwankten Schatten von einem natürlichen Golde; selbst die Helme und die leichten Schilde, die die jungen Mädchen bei ihren gefälligen Kriegspielen trugen, leuchteten unter der Vollkraft der Strahlen wie wirklicher Stahl.

In einem ganz verborgenen Winkel und nur von einem ärmlichen Lichtstrahl getroffen, hing eine thessalische Beschwörungzeremonie, feierlich, ernst, schauerlich. Die Tiefe der Wälder, durch die sich das Schauspiel in majestätischen Formen bewegte, erhielt ein noch düstreres Gepräge durch den schwachen Lichtschein, der wie mit flüchtigem Pinsel dem dunklen Bilde einige hellere Flecke aufsetzte.

Darüber hing, gerahmt in einem reich gearbeiteten Alabasterrahmen, ein Hauptwerk des Alkamenes von Ionien. Es war der Olymp mit der von Homer beschriebenen Szene, wie Venus im Kreise der Unsterblichen erscheint, um Jupiter anzuflehen und ihn für Troja günstig zu stimmen. An die Verschwendung der Millionäre, welche Berge von Reichtümern und Geistesschätzen opfern für den Genuß einer Sekunde, für den höchsten, äußersten Genuß nun freilich, für einen Genuß, der die letzten Grenzen des Möglichen streift, für die höchsten Ergötzungen, die sich denken lassen — an diese Verschwendung mußte es gemahnen, daß man dies berühmte Erzeugnis der Kunst nur in dem Augenblicke sehen und betrachten konnte, da eben die Sonne den Horizont berührte. Die beiden Freunde läuterten sich innerlich, um sich auf den hohen, vergänglichen Genuß vorzubereiten, während eine Flammenpyramide langsam die Fläche des Bildes hinanstieg. Der ganze obere Teil war noch in den Schleier der Dunkelheit gehüllt, als das Licht den Fuß des mächtigen Berges zu färben begann. Dieser pfeilgerade Sonnestrahl klomm stufenweise über die Täler und die Weinberge bis in die wolkigen Regionen, die nie eines Menschen Fuß betreten. Einen Augenblick später erstieg der Schein die Region der Unsterblichen und umhüllte sie mit einem goldenen Duft. Alles, was vorher unsichtbar gewesen war, was man nur in unbestimmtem Dunkel ahnte, schimmerte jetzt in überreichem Glanz. Die Thronsessel der verschiedenen im Kreise sitzenden Gottheiten spielten in den Farben aller Juwelen, wie wir Sterblichen sie uns nur denken können, und sprühten Brillantblitze, wie einzig die Götter selbst sie kennen. Der Weg zum Hauptthrone war mit Sternen gepflastert. Eine Strahlenglorie von Diamanten umhüllte schleierartig die erlauchte Gegenwart des höchsten Herrschers in der himmlischen Welt. Als die mächtig vordringenden Strahlen den Kreis von Größe und Schönheit erreichten, schienen sie ihn mit Leben und Bewegung zu erfüllen. Im Mittelpunkte blieb noch eine Gestalt dem Blick durch eine Wolke verschleiert, doch als auch sie der Strahl plötzlich berührte, ward sie deutlicher, als ob wirklicher Nebel sich verflüchtigte und zerginge unter diesem brennenden Kusse. Diese Gestalt war Venus, gebückt und bittend vor dem Vater der Götter. Ihre Schönheit war entzückend lebensvoll; man konnte glauben, sie sei im Begriff, ihre schöne Stirn zu erheben; ihr Auge glänzte in jungem Glanze, und in der Erregung ihrer Gefühle und in dem Eifer ihrer Bitten entzündete sich ihre Wange in doppeltem Inkarnat. In ihrer Haltung drückte sich zugleich Vornehmheit und Bescheidenheit aus; aber ihr Antlitz, ihr unbeschreibliches Antlitz war Liebe, nichts als Liebe! Kallias maß dieses wunderbare Werk mit dem strahlenden Blicke des Liebhabers; aber der junge Italiener stieß einen Schrei aus, verbarg sein Haupt in den Falten seines Gewandes und warf sich in einer plötzlichen Anwandlung von Ehrfurcht dem Gemälde zu Füßen.

Als er sich erhob, war der Tag erloschen; über dem Bilde lag Nacht; das Ganze war verschwunden wie ein Zauberspuk . . . . .

. . . .

. . . .

. . . .

. . . .

»So bist du also bestimmt, die Welt zu durcheilen, um deinem Traume — dem unbekannten Einhorn, dem namenlosen Ungeheuer — nachzujagen, das Unsichtbare zu sehen, das Unauffindbare aufzufinden! Mein junger, wohledler Freund, höre meinen Rat und überlasse solche Fahrten den Träumern. Geh nach Rom zurück, sage deinem verehrten Oheim, du seiest vollkommen bereit, die Mitgift seiner Tochter zu heiraten, und hätte diese Mitgift selbst die Schamlosigkeit, noch zehnmal größer zu sein; sag ihm, du seiest ein gehorsamer Sohn, der keineswegs die Idee habe, den Willen seines ausgezeichneten Vaters zu durchkreuzen, wenn die Braut schön wie die drei Grazien und liebenswürdig wie die Mutter der beiden Liebesgötter*) ist. Bist du dann bescheidentlich deinem Kindesgehorsam nachgekommen und hast eine Hochzeit gegeben, von der man in ganz Rom vierundzwanzig Stunden lang sprechen wird, so bedecke dein Haupt mit deinem Helme, falls dich alsdann noch Reisegedanken quälen sollten, kämpfe ehrenvoll gegen die Parther oder verdunkle den Ruf eines Alexander und pflanze deine Trophäen am Indus auf — um eines Tages von den Sohlen des Wilden zertreten zu werden, der die Ruinen deines Mausoleums benutzen wird, um seinen Kochtopf hineinzustellen und den Kessel an deinen ruhmreichen Gebeinen aufzuhängen!«

Also sprach Kallias, der seine spöttische Zunge nie im Zaume halten konnte. Aber er würde seine Sprache gewiß gemäßigt haben, hätte er einen Blick auf das Gesicht seines Freundes geworfen. Der junge Italiener hörte zuerst nur mit einem ungläubigen, verträumten Lächeln zu; endlich ging ihm die Sache aber doch zu nahe, seine Augenbrauen zogen sich zusammen, und mit aufeinandergepreßten Lippen

*) Eros und Anteros.

und vor Entrüstung zitternder Stimme überschüttete er den Griechen mit den kalten Flüchen eines angesammelten Zornes.

»Dir, dir allein, hörst du?« schrie der wutbebende Römer, »habe ich die unglückliche, — nein — die verzweifelte, die beklagenswerte Verfassung meiner Seele anvertraut. Dir habe ich erzählt, daß der unsinnige, um nicht zu sagen rohe Beschluß meiner Familie, der mir nicht freie Wahl lassen wollte in einer Angelegenheit, die von allen menschlichen Angelegenheiten die weitsichtigste Wahl erfordert, mir ein vorzeitiges Grauen eingeflößt hat vor einem Wesen, dem ich alle Rechte, all mein Fühlen und all mein Wollen opfern sollte; daß wir in unserer Kindheit unsinniger Weise gewaltsam zusammengebracht wurden, in der lächerlichen Absicht, wir sollten uns lieben lernen, und daß dadurch jeder von uns einen unüberwindlichen Haß gegen den anderen faßte und wir uns trennten, um uns nie wiederzusehen!«

»Beschlüsse zweier unbesonnener Kinder!« sagte Kallias, der diesmal auf seiner Hut war, um seinen Freund nicht zum äußersten zu treiben; »ist dieses Übereinkommen eine so unwiderrufliche Tatsache, eine so unerschütterliche Religion für die reiferen Jahre? Nichts ist unveränderlich unter den Sternen, alles ist Larve. Wird unser Auge auf den Osten gerichtet bleiben, um den Aufgang der Sonne zu sehen, wenn sie sich auf den Wolken des Westens schon ein Pfühl bereitet? Deine Muhme hat jetzt ihre Kinderzeit hinter sich. Vielleicht ist sie lieblich wie Hebe und fröhlich wie Flora, die Königin der Blumen. Bist du niemals begierig gewesen, zu erfahren, was aus ihr wurde seit jener schrecklichen Schlacht, die im Säuglingalter zwischen euch stattfand?«

»Sie wiedersehen!« erwiderte Sempronius. »Sie! Dieses Werkzeug väterlicher Tyrannei! Niemals hatte ich danach Verlangen und niemals werde ich das tun. Meine Erziehung, die in Athen vollendet wurde, brachte mich weit fort von Rom. Dann bestieg ich eines Tages ein Pferd als Centurio der Reiterei in der kaiserlichen Legion und wurde zum Grenzdienste nach Pannonien kommandiert. Seitdem habe ich in Kleinasien gelebt. Ich habe Rom nicht wieder betreten; aber ein Wort wird dir genügen. Ich sah« — hier machte Sempronius eine Pause — »ich sah das Wesen, das geschaffen ist, meine einsame Seele auszufüllen und für immer zu bewohnen. Es war bei unserer Ankunft in Ephesus, auf einem Bankett, das der Prokonsul Septimus den Offizieren der Legion gab. Alles war, wie du dir denken wirst, vornehm und prächtig. Und doch wurde alles in den Schatten gestellt durch ein Schauspiel, das in den Gärten des Palastes stattfand und von den Dienern des Tempels gespielt wurde. Es war ein Drama von der selben Art, wie sie die Phantasie Ovids hervorbringt: kurz, aber allerliebst wiedergegeben;

ein Märchen über die Macht der Liebe. Der kleine Gott stellte sich in hundert verschiedenen Gestalten vor, nun als Krieger, nun als Dichter oder Musiker, ein anderes Mal als König, und dann wieder als Kaufmann, mit einem Warenballen von Schätzen und Edelsteinen beladen, und alles, um das Herz eines schönen Mädchens zu erobern. Was war das aber auch für eine Eroberung, bei der der *Junge Zauberer* seine ganze Macht versuchte! Ich habe niemals etwas Schöneres gesehen, niemals etwas Lieblicheres mir denken können. Alles Herrlichste, was die Dichtkunst erfunden, alles, was meine unersättliche Phantasie mit Grazie, Anmut, Schönheit und Vornehmheit ausgestattet hatte, versank in dunkle Vergessenheit. Vor mir lebte, blickte, lächelte, bewegte sich die wirkliche Schönheit, gleich Venus, da sie dem Schoße salziger Meereswogen sich enthob, gleich Pandora, da sie von des Olympos Säulenhallen herniederstieg. Ich fühlte damals, daß mein Schicksal besiegelt, mein Urteil gefällt war, gefällt auf ewig. Diese Überzeugung drang augenblicklich tief in meine Seele. Sie war klar, blitzend, scharf und hell wie der Pfeil der Wahrheit. Ich kann dir nicht sagen, nicht begreiflich machen, mit welcher ganz neuen Beklemmung ich nun den Lauf des Spiels verfolgte und welch lebhaften Anteil ich an jeder Wendung dieses kleinen Stückes nahm. Ich zitterte an allen Gliedern, als ich sah, wie sie der Reihe nach in Versuchung geführt ward —

durch die betörenden Schmeicheleien der Poesie, durch die Verheißungen von allem, was ein Herz mit Stolz erfüllen kann, durch Edelsteine und Gold, die der junge, aber über unsere Leidenschaften mächtige Zauberer vor ihren Augen ausbreitete; eine blendende Vision ließ er der anderen folgen und immer gefährlichere Verlockungen beschwor er vor der gefährlichsten Tochter der Erde herauf. Sie widerstand allem und ich fühlte mein Herz bei jedem neuen Triumph in seltsam wildem Ungestüm erbeben. Eine einzige List blieb noch übrig. Die vornehmen Paläste, die goldbeglänzten Haine, die königlichen Gemächer, in denen der Zauberer seine Visionen von Üppigkeit, Vornehmheit und Reichtum heraufbeschwor, entschwanden wie Träume. Die Szene war nun ein einfacher Garten, mit einem weiten Blick auf einen schönen Berg, am Ufer des Hellespontes. Die junge Schönheit saß auf einem Hügel frisch entblätterter Rosen und lauschte einer Ansprache, die ein junger Mann in der einfachen Tracht eines ionischen Schäfers an sie richtete. Seine Gestalt und seine Gebärden waren edel, doch seine Worte waren Einfachheit, Leidenschaft, Beredsamkeit zugleich. Ich habe niemals wieder etwas so vollkommen ausgedrückt vernommen. Er bot ihr nicht den Prunk noch die Reichtümer der Welt an, aber er legte ihr ein von Liebe, Zutrauen und Ehrenhaftigkeit erfülltes Herz zu Füßen. Hätte sie diesen Bitten widerstanden, so hätte sie mehr oder weniger als ein sterbliches Wesen sein müssen. Aber weder das eine noch das andere war sie; sie war ein Weib — aufrichtig wie die Natur und empfänglich für die zarten Triebe der Natur. Ich hatte bei ihrem Widerstande triumphiert; ich triumphierte jetzt über ihre Niederlage. Und mit Entzücken sah ich, daß ihre Schönheit, eines himmlischen Wesens würdig, doch keine statuenhafte Schönheit war. Meine Wangen röteten sich ganz unwillkürlich, wenn über die ihren sich Glut verbreitete. Als eine Träne von ihren Wimpern fiel, da flossen auch mir die Tränen, und es war mir, als zöge meine Seele mit ihnen fort. Halb schluchzend, halb lächelnd erkannte sie die Macht eines Herzens über ein Herz und sank unter stillen Freudetränen an die Brust des Ioniers. In diesem Augenblicke rollte der Donner mit lautem Getöse, die Dekoration erhob sich wie eine Wolke, die sich verflüchtigt, und statt eines einfachen Gartens am Hellespont erblickten wir Idalions unsterbliche Haine. Der Ionier war Amor selbst, zurückgekehrt in seine ursprüngliche Gestalt; liebenswürdig, mächtig, voller Laune und einem Könige gleich. Der junge Gott, getragen von purpurnen Schwingen, flog sanft in die Arme des herrlichen Geschöpfes und krönte sie zum Gedächtnis seiner Verwandlung in Gegenwart der Nymphen mit Amarant zur unsterblichen Bewohnerin der Haine auf der Insel Amors.«

»Und so«, sprach Kallias mit kühler Miene,

(denn sein satirischer Geist hatte ihn vor jeder Ergriffenheit bewahrt), »bist du der Liebe zu einer der Tänzerinnen des Tempels verfallen. Die Eiskruste ihres Herzens wird unter dem vorzüglichen Klima Asiens bald wohl schmelzen; vermutlich wird sie eine Wiederholung der Rolle des Ioniers nicht ungern von dir hören.«

Sempronius griff mit der Hand nach seinem Dolche.

»Boshafter Grieche,« rief er, »stelle mich nicht ein zweites Mal auf die Probe. Noch ein Wort der Verachtung, und wir verlassen uns für immer. Die Sterne, die über uns glänzen, sind nicht weiter von uns entfernt, als mein Idol von dem unreinen Hauche eines Verdachtes. Ich habe sie niemals wiedergesehen; alle meine Nachforschungen waren vergebens. Die Kriecher, die dein stetes elendes Hohnlächeln haben ertragen können, sind von einer anderen Rasse als ich. Deine unverbesserliche Neigung, alles ins Lächerliche zu ziehen, ließ dich vergessen, daß diese Priesterinnen ebenso geheiligt sind wie die Vestalinnen des Kapitol. Sie war eine der Altarjungfrauen.«

Kallias entschuldigte sich, und es gelang ihm, den Zorn seines Freundes zu besänftigen.

»Aber«, sagte er, »hast du niemals versucht, dieses Muster an Vollkommenheiten wiederzufinden? Hast du ihr niemals angetragen, sie zu heiraten?«

»Sie wiederzufinden!« sagte der Römer.

»Es ist jetzt das zweite Jahr, daß ich Asien, Griechenland und Italien durcheile, immer weitergetrieben von einer unbezwingbaren Hoffnung. Sie hat den Tempel verlassen, ach! und ich mußte fast glauben, sie sei zum Himmel wieder emporgestiegen! Und könnt' ich sie schließlich hier unten wiederfinden! Was sollte ich tun? Mein Vater ließ mir auf seinem Totenbette die Wahl zwischen seinem Fluch oder seinem Segen, wenn ich einwilligte, seine Wünsche zu erfüllen und meine Muhme Euphrosyne zu ehelichen. Ich kann den Reichtum verschmähen, die Tyrannei verachten, nicht aber kann ich den letzten Willen meines Vaters mit Füßen treten. Unablässig höre ich noch in meinem aufgeregten Geiste seine dunkle Grabesstimme tönen, die mich auffordert, ihm zu gehorchen. Nur zitternd schlafe ich ein zu kurzem, dumpfem Schlafe; denn alsbald sehe ich seinen Schatten, der mir schrecklich droht, wenn ich es wagen sollte, seinem Willen zu trotzen, seinem Willen, der heiliger geworden ist, seit das Grab uns trennt.«

»Dann vertreibe doch sie aus deinem Gedächtnisse,« erwiderte der liebenswürdige Philosoph.

Der Römer wandte seine großen schwarzen Augen auf seinen Freund — langsam und mit einem Blicke voll Verachtung.

»Ich habe nicht m e h r die Macht, sie zu vergessen, als das Bewußtsein meines Daseins zu verlieren. Alles zwingt mich, an sie zu denken.

Musik, Licht, die Sterne, die Töne, die die Abendluft durchzittern, das Schwanken einer Rose, der Duft ihres Kelches, die verschwimmenden Gestalten, die dort unten in den Wolken treiben, alles, was mein Herz rührt, meinen Sinnen schmeichelt, mein Auge entzückt, führt mich augenblicklich zu ihr zurück. Nein, ihr Bild wird unzerstörbar sein bis zu dem letzten Augenblicke, da das Empfinden selbst in Staub zerfällt. Du bemerktest meine Erregung an dem Abende, als ich in deiner Villa in Campanien speiste. Dieses Gemälde des Olymp —! Ich erkannte in dieser vor Jupiter fliehenden Venus das lebendige Bild aller meiner Gedanken. Die Haltung, die Gestalt, die unbeschreibliche Anmut, alles fand ich da wieder, alles, wie ich es in der verhängnisvollen Nacht bei dem Bankett in Ephesus gesehen. Ich wagte nicht, zu lange darauf hinzublicken. Ich wäre vor dieser lebensvollen Schöpfung des Pinsels niedergekniet, oder ich hätte, ein neuer Prometheus, mit meinen brennenden Lippen junge Glut über diese Gestalt gehaucht. Wär' ich der Herr aller Schätze der Welt gewesen, ich hätte sie für den Besitz dieses Bildes gegeben und wäre, den Blick darauf gewandt, gestorben. In jenem Augenblicke aber glaubt' ich den strengen Geist meines Vaters aus dem Dunkel sich erheben zu sehen, und ich verfiel in Angst und in Verzweiflung!«

Während er mit der düsteren Energie eines

gebrochenen Herzens solches erzählte, richtete Kallias einen Blick voll lebhafter Teilnahme auf ihn, wie er ihn wohl noch keinem menschlichen Angesicht bewilligt hatte. Im Verlaufe der Schilderung des Freundes aber erleuchtete plötzlich ein Gedanke das Gesicht des jungen Griechen. Er lächelte, schien sprechen zu wollen, hielt seine Worte zurück, wie um sie abzuwägen, machte einige hastige Schritte auf dem Pflaster des Saales, als wolle er die Liebe Titans und Aurorens, die der Mosaik darstellte, in Staub zerreiben und zerkleinern. Endlich warf er sich auf eins der ebenholzenen Sofas und brach in ein Gelächter aus.

Sempronius betrachtete ihn voll Erstaunen. Kallias erhob sich von neuem, und die selbe Pantomime begann wieder: das Lächeln, die kurzen Einwürfe, die unterbrochenen Promenaden und dann wieder das nämliche Gelächter. — Sempronius mußte seinen phantastischen Freund von einer Viper oder einer Tarantel gestochen wähnen.

»Bist du toll, Kallias?« rief er schließlich.

»Bei Merkur, ich glaube es,« antwortete dieser. »Das ist wohl das seltsamste Abenteuer meines Lebens, dessen ich mich entsinne; höre mich an!«

Aber als der Römer sich näherte, um zuzuhören, trat der Sklave ein, der sich gewöhnlich im Vestibül aufhielt, und berichtete, daß ein Dreiruderer aus Rom soeben im Piräus lande und daß für sie beide Briefe an Bord seien.

»Du siehst,« sagte Kallias und erhob sich in aller Eile, »das haben wir durch unsere Flucht aus den heißen Gegenden Campaniens gewonnen; nicht einer von meinen tausend Freunden oder Verehrern würde die nette Idee gehabt haben, mir nach dem Fuße des Vesuves hin zu schreiben.«

Kallias zog sich auf sein Zimmer zurück und durchflog die kostbaren Dokumente, die von der Königin der Städte zu ihm gelangten und ihm von all den Schönen, den Müßiggängern und den Narren berichteten, die er dort zurückgelassen hatte. Sempronius, der die reichen Lichtspiele eines griechischen Abends über der edlen Architektur des Piräus betrachtete, begann zu träumen. Griechenland, der Abend, Athen sind den Romandichtern immer teure poetische Hilfsquellen gewesen, solange Athen existiert und einen Namen hat. Sempronius war verliebt; schon darin liegen tausende von Phantasien enthalten; aber mehr noch, er war unglücklich, enttäuscht, kurz, ein hoffnunglos Verliebter, — ein in einen Traum Verliebter, in eine phantastische Leidenschaft, die von den Regionen der Hoffnung unüberschreitbare Schranken trennen. Er war in ein Wesen verliebt, das ebenso ideal war wie die strahlenden Bewohner der Wolken; seine Liebe war die unsinnige Liebe eines Mannes, der Dianen aus dem Glanzkreise am Himmelsrande, wo sie ›ruhmvoll thront‹ herniederholen möchte. Eine Priesterin am Hauptaltare in Ephesus war für die Annäherung eines Sterblichen ebenso unerreichbar wie ein Stern.

Während er sich so seiner Einbildungkraft überließ und auf den Träumen der Dichter und der Liebenden dahintrieb, — Träume, die nach einem unerklärlichen Naturgesetz immer, selbst in ihrem glänzendsten Lichte, eine melancholische Färbung haben und eben nur dank dieser Melancholie die köstlichsten der Träume sind — hatte Kallias seine Briefe gelesen und erschien wieder mit einer halb lustigen, halb sorgenvollen Miene.

»Sempronius,« sagte er, »bist du gefaßt genug, um zu erfahren, daß deine Kette gebrochen ist?«

Der junge Italiener fuhr jäh aus einem schmeichlerischen Traum empor, in welchem er die Stimme der schönen Epheserin vernommen hatte, im Echo von den Tempelwölbungen widergehallt. Er antwortete mit einem stumpfen Lächeln, daß alle Dinge hinfort ihm gleichgültig seien.

»Dann kann ich dir ja erzählen, was ich soeben erfahren habe,« sprach zu ihm sein Freund, »und ich bin wenigstens sicher, daß ich dir keinen Kummer zufüge: Lies diesen Brief; er ist von deinem nächsten Verwandten, Catullus, und er berichtet mir, daß deine Muhme gestorben ist. Sie war in einen Zustand von seltsamer Schwäche verfallen, den man einer unvorsichtigen Reise in die Wälder von Ostia zuschreibt, wo die Hitze des Sommers wahrscheinlich tödliche Miasmen erzeugte; und in einem Paroxysmus des Fiebers hat sie eines Abends, als sie ihrer gefährlichen Gewohnheit, die Kühle am Strande zu atmen, folgte, sich selbst in den Tiber gestürzt. Der Körper des unglücklichen jungen Mädchens ist eine Woche vor der Absendung dieses Briefes gefunden worden. Catullus beschreibt die Begräbniszeremonien mit seiner gewohnten Genauigkeit in allen Angelegenheiten der Form und der Etikette; er war einer der Hauptteilnehmer, und darauf ist er offenbar sehr stolz; und er gibt mir genaue Rechenschaft über jede Sänfte, jedes Pferd und, meiner Treu, ich glaube über jede Guirlande, die dieses prunkvolle Leichenbegängnis geschmückt hat.«

Die beiden Freunde schwiegen eine Zeitlang, und jeder gab seiner Traurigkeit in dem Maße Raum, wie es der Anstand und das unerwartete Geschick von Jugend und Unschuld wohl erforderten . . . .

. . . .

. . . .

»Und nun«, sprach Kallias, »nach Ephesus!«

. . . .

. . . .

. . . .

Die Nacht war glänzend schön: Als die Trireme aus dem Piräus hinausschoß, ließ sie eine lange Lichtfährte hinter sich zurück, wie ein Pflug, der fließendes Silber furcht. Die beiden Freunde hielten sich auf dem Hinterdeck auf, betrachteten den Himmel, das stille Wasser, die edlen Gipfel von Attika und sahen jeden Gegenstand um sich und hinter sich fliehen, als ob sie mit den Wolken wanderten und dahintrieben in dem Schoße der Luft. Die Leuchten und der Lärm des Hafens verloschen eins nach dem andern, und der Mond kam hervor. Das Parthenon reckte sich auf seinem Hügel in der Klarheit des Mondlichtes, bleich, feierlich und einsam, wie ein majestätischer Geist, wie eine Schildwacht über dem weiten Lande. Die Matrosen trafen Vorbereitungen für die Nacht, und während das Schiff den starken Wogengang vermied, der das Vorgebirge Sunium ankündigt, hielten sie den Gottesdienst für Pallas Athene ab. Sie erleuchteten den kleinen Altar auf dem Vorderdeck, der ihr Bild trug, und verbrannten ihr zu Ehren Zimmet und Weihrauch, so daß bald die geschmückten Flanken des Schiffes in eine Duftwolke getaucht waren. Kallias dachte darauf an die Abendmahlzeit und stieg in eine elegante Kabine hinab, um ein Abendessen zu bestellen, das einer kaiserlichen Trireme würdig wäre. Sempronius schlug seinen Militärmantel um sich und blieb, die Augen starr auf das Sternbild des Stieres geheftet, das stolz seine Krone von Topasen funkeln ließ; doch seine Gedanken irrten weit davon ab. Beim Anblick eines Tempels auf der schroffen Stirn von Sunium stieß der Lotse in die Trompete, und auf dieses Signal stimmte die Besatzung die Hymne an die göttliche Beschützerin Attikas an:

»Erhöre uns, gütige Minerva! erhöre uns, du in dem Schoß der Sphäre, die um die Sterne sich schlingt und einer Feuerzone gleich Jovis und Junos reichen Thron umhüllt und schirmt!

Banne die Stürme in ihre Höhlen, während wir die dunklen Wogen zersprengen, bis Deine Fackel auf dem Berge flammt — das Zeichen unsrer frohen Wiederkehr.

Bis Deine Fackel auf dem Berge flammt, dem wehenden Haar der Waldesnymphen ähnlich, das mit erzitterndem Glanz die Luft durchwallt.

Bis der Gesang vom heimatlichen Dache uns Antwort gibt und eine frohe Brise auferweckt, die sich als heiliger Akkord durch Mondesglanz zu Deinem Marmortempel schwinge!

Lorbeergekrönte Göttin der Lyra, gib, daß der furchtbare Schein des Blitzes, die Zickzackflamme seines Strahles, gib, daß sie nimmer unsre ruhmvolle Trireme furche — von jener Stunde, da das neckische Kind in seiner Rosenwiege das Licht erblickt, bis zu dem Augenblicke, da der Abend seine Flaggentücher über dem Himmel und der Erde hißt und in den Wolken des Okeanos, die im reichen Schmucke roten Lichtes flammen, den Inseln der Seligen vergleichbar.

O Minerva! gib, daß unser tapferer Kiel sanft und sicher die furchtbaren Wogen zerteile. Gib, daß unsre weißen Segel nur günstige Winde in ihrem Schoße empfangen, bis wir am Ende quer durch Stille und Wind zur seligtrauten Heimat wiederkehren!

Höre das Lied des freudigen Matrosen, o jungfräuliche Königin des ruhmvollen Athen.«

Die Hymne verklang und der Gottesdienst des Abends endigte in einer großen Fanfare von Flöten und Trompeten. Als alles still geworden und man nichts weiter hörte als das rhythmische Geräusch der Ruder, die die Wellen schlugen, hallte plötzlich ein mächtiger Trompetenstoß vom Vorgebirge wider; eine lange rote Flamme von satter Farbe zitterte einen Augenblick auf dem Giebeldache des Tempels und verschwand dann in der Tiefe des Himmels.

Die Matrosen fielen auf das Gesicht und empfingen dieses Zeichen als die vertrauliche Antwort der Göttin. Einige glaubten in der Flamme über dem Vorgebirge aufrecht Minervens Gestalt gesehen zu haben. Alle erblickten in dem Vorfall ein glückliches Omen für ihre Reise nach den Küsten Asiens . . . . . .

. . . .

. . . .

. . . .

. . . .

. . . .

Dianens Priester widersetzte sich mutvoll der Beredtsamkeit der beiden Freunde, die hartnäckig darauf bestanden, die Priesterin des Heiligtums zu sehen. Im Innern dieses Heiligtumes befindet sich das Bild der Göttin; man sagt, es sei vom Himmel herabgekommen, und es wird von mehreren Priesterinnen gehütet, die der Göttin zu Ehren ohne Schleier und mit unverhülltem Angesicht zu seinem Schutze wachen. Je dringender ihre Gründe wurden, um so mehr machte der Priester es sich zum Vorwurf, daß er sie anhörte. Kallias bot ihm eine mit thracischem Gold gespickte Börse. Kaum hatte der Haruspex sie seine Hand berühren gefühlt, als er sie wie von einer Viper gestochen zu Boden fallen ließ und entfloh. Sempronius, der voll Verzweiflung seine letzte Hoffnung mit ihm entschwinden sah, eilte ihm nach und hielt ihn mit Gewalt an seinem Gewande zurück. Die Hand, die diesen unbestechlichen Diener Dianens gepackt hatte, war mit einem prachtvollen Smaragd geschmückt. Des Priesters Augen richteten sich plötzlich starr auf diesen. Er wandte sich. Stillschweigend und geheimnisvoll glitt der Edelstein auf seinen Finger hinüber. Ohne ein Wort zu sprechen, zog er aus seinem Purpurgewande einen kleinen Schlüssel, öffnete eine niedrige Tür, die in den Skulpturen der Mauer kaum sichtbar war, und führte die beiden jungen Leute geräuschlos in des Tempels Tiefen.

Der Tempel der Diana zu Ephesus war die berühmteste Andachtstätte der Welt. Kallias war glücklich und stolz, sich unter den Wölbungen dieses gefeierten Bauwerkes zu wissen, dessen Betreten Königinnen untersagt ist und das in seinen Wänden die Schätze mehrerer Königreiche birgt. — Der Gottesdienst des Tages war beendet. Die Bronzetüren des ungeheuren Gebäudes hatten hinter dem Volke sich geschlossen; alles war Nacht, Schweigen, Einsamkeit. Kallias konnte sich überzeugen, daß er sich an einem Orte befand, dessen Pracht noch weit strahlender war als ihr Ruf. Die Feuer des Hauptaltares waren im Verlöschen, und die zahlreichen kleinen Altäre, auf denen tagsüber die Opfer dargebracht waren, schimmerten von Ferne wie eine Myriade verblassender Sterne. Bei jedem Schritt zeigten sich solche Ausblicke auf Bogen und Säulengänge, die des asiatischen Meißels geduldige Geschicklichkeit ziseliert hatte und die aus Marmor und glänzenden Metallen in allen Farben des Himmels und der Erde gebildet waren und in dem schwachen, verschleierten Licht noch phantastischer erschienen; — zeigte sich ein solcher Reichtum von Statuen aus Ebenholz und Alabaster, die in großer Anzahl, voll Leben, Vornehmheit und Schönheit, den ungeheuren Raum anfüllten; — ein solcher Überfluß von goldgestickten Purpurbannern, frommen Opfergaben aus der ganzen Welt, hingebreitet über Altäre, die selbst nun wieder mit kostbaren Steinen geschmückt waren und ihre Funken auf gestickte Teppiche aus Tyrus und dem inneren Indien schleuderten; —

mit einem Wort, ein derart sich selbst überhäufender, unbegreiflicher Reichtum: daß selbst dem kühlsten, blasiertesten Manne der Welt in jedem Augenblick ein Ausruf der Freude und der Überraschung entfuhr. Der Römer dagegen, befangen in den Gedanken seines Herzens, von seiner Schwermut und mehr doch von dem Lächeln der Hoffnung bezwungen, betrachtete alles mit großen Augen, als sei es eine überirdische Erscheinung. Die Wölbungen und die blendenden Pfeiler erschienen ihm wie das Werk eines Zauberkünstlers, und er lauschte dem verhallenden Echo der Harfen und Flöten, das sich von Zeit zu Zeit aus den entferntesten Sälen herüberstahl, als hörte er Gesänge aus Elysiens Hainen herüberdringen. Alles war tiefes Entzücken im Herzen des Liebenden, war sonniger Traum und sprachloses Staunen eines Geistes, den die Macht der Phantasie emporriß und verführte — bis zu den letzten Ausblicken des Glückes.

Der Priester wendete sich nun einem tieferen, geheimnisvolleren Winkel zu. Sempronius folgte ihm, als er sich plötzlich von Kallias heftig zurückgerissen fühlte. Bei dem fahlen Scheine einer Lampe gewahrte er auch, wie dieser mit einer unzweideutigen Bewegung zur Hälfte seinen Degen zog. Augenscheinlich kannte der Grieche die Gefahren des asiatischen Glaubens. Der Ort war vielleicht nichts als eine Mördergrube, eigens um die Leute auszuplündern und zu töten.

Sempronius lächelte in einer Weise, als ob Gegenwart und Zukunft ihn gleichermaßen unwichtig bedünkten, und schritt in die Finsternis hinein. Der Grieche blieb einen Augenblick wie unschlüssig stehen; dann zog er seinen Degen ganz aus der Scheide und folgte langsam der Spur seines eigensinnigen Gefährten. Der Gang war lang und voller Hindernisse; am Ende neigte er sich einem Abgrund zu, und das Licht erlosch gänzlich. Sie erreichten eine kleine Tür, und die Stimme des Priesters ließ sich in flüsternden Lauten von neuem hören:

»Ihr müßt hier auf mich warten, bis ich zurückkehre.«

Mit diesen Worten entfernte er sich.

»Und nun«, sprach Kallias, »haben wir nur, was wir verdienen! Ich glaube, wir werden der Menschheit mit unserem großartigen Leichtsinn wohl niemals eine Lehre geben können; denn dieser Priester scheint zu finden — oder ich müßte mich sehr täuschen —, daß wir auf dieser Welt genug des Ruhms gewonnen haben, auch ohne daß wir in die Lage geraten, die wunderbaren Umstände unseres Entkommens zu erzählen. Wahrhaftig schade, daß ich nicht meiner ersten Eingebung gefolgt bin und diesem Ungläubigen den Stahl tief in sein Zwerchfell gestoßen habe, ehe er uns hierhin schleifen konnte, um uns hier wie ein paar hungrige Hunde verrecken zu lassen.«

Sempronius entgegnete immer noch, der

Priester sei ein ehrlicher Mann. — Eine Stunde verging nach der anderen, und er kam nicht zurück. — Kallias versuchte schließlich, sich einen Pfad zu bahnen, um wieder zum Eingange hinaufzukommen; aber der Weg schien doppelt schwierig geworden, seit sie herabgestiegen waren. Schon nach wenigen Schritten war der Gang von großen Steinblöcken versperrt.

»Verdammt!« rief er aus, »der Verrat liegt auf der Hand. Wir sind hier in den Katakomben und können nun fraglos gleich anderen Schatten auf ewig hier umgehen. Erhabene, dumm-fromme Narretei! Nicht zu durchschauen, daß dieser Priester weder die Geheimnisse des Tempels zu verraten, noch einem Degen sich zu stellen wagen würde! Er hat sich in überlegener Art aus dieser schwierigen Sache zu ziehen gewußt. Unsere Beschäftigung aber wird sich darauf beschränken, hier umherzuirren, bis wir in irgend ein Grab fallen oder, auf diesen Steinen uns krümmend, still Hungers sterben werden.«

Aber die Seele seines Freundes, von Natur erhabener und reiner, hatte schon einen höheren Aufschwung angenommen.

»Kallias,« sagte er, »deine häßliche, kalte Philosophie macht, daß du allem mißtraust, sogar dir selber. Was mich angeht, so zieht mich nichts so sehr nach dort oben, daß dieses Gefängnis mir Furcht einjagen könnte. Der Priester war zweifellos ein Schurke. Ich hätte wissen können, daß der, der sich durch Gold oder einen

Ring verführen läßt, auch seinen Verführer verraten kann. Er ließ uns nur hier, damit wir umkommen sollten, aber der Tod ist die letzte Ausflucht eines mutigen Mannes. Stehe auf, und laß uns wenigstens nicht aus dem Leben scheiden, ohne es stolz verteidigt zu haben.«

Des Griechen Seele war edel; der Weltmann war in ihm tot, und er drückte die Hand des Freundes mit der Hand des Tapferen.

»Voran denn!« rief er.

Sempronius ging vorauf; aber der Gang war versperrt und die Schwierigkeiten wuchsen mit jedem Augenblicke. Schließlich war es ganz unmöglich, noch weiter zu gelangen.

»Jetzt,« rief der Grieche mit einer Stimme, in der sarkastische Lustigkeit mit düsterer Verzweiflung zusammenklang, »jetzt wissen wir genug! Was sollen wir auf Felsen herumklettern, die doch nur in das Innere der Erde führen, und uns dabei die Knochen zerbrechen? Nimm diesen Degen und erweise deinem besten Freunde den letzten Liebesdienst eines Römers.«

Schweigend ergriff Sempronius den Degen und zerbrach ihn unter seiner Fußsohle. Die Klinge schlug einige Funken aus dem Stein, und bei dem flüchtigen Schimmer erkannten sie, daß sie sich im Mittelpunkte eines weiten Gewölbes befanden, von wo aus mehrere Wege strahlenförmig in verschiedenen Richtungen liefen. Sie betraten denjenigen, der sich am fernsten auszudehnen und schließlich ins Freie zu laufen schien.

»Freund,« sagte Kallias, »erinnere dich, daß ich kein Mann von Geduld bin; ich will dir gern noch einmal folgen; sollten wir aber unsere Sandalen nach uns schleifen, um über Gräber zu stolpern, so bestehe ich auf der Erlaubnis, mich von meinen Anstrengungen auf meine Weise auszuruhen.«

»So warte doch noch einen Augenblick,« rief der Römer energisch, »und hernach kannst du mir als Führer dienen in die Regionen der ewigen Ruhe, wo die Unglücklichen vergessen und selbst vergessen werden.«

Kaum hatte er diese Worte vollendet. als ein schwacher Schrei ihr Ohr traf, dem ein Geräusch von eilenden Schritten folgte. Sie hielten inne. Ein dünner Lichtstrahl zitterte in der Tiefe des Labyrinthes, und beide stürzten vorwärts. Und der zitternde Strahl blieb sichtbar, und er drang durch die Spalten einer winzigen Tür. Sempronius blickte hindurch, stieß einen Schrei aus und stürzte sich in den Saal. Dort stand ein Weib, die Arme gefesselt. Vor ihr war auf einem kleinen Altare ein Feuer entzündet; auf dem Altar lag ein Messer. Und der Priester, der die beiden jungen Männer verraten hatte, betrachtete das Menschenopfer mit Augen, starr vor Grausamkeit. Eine Gruppe von Zuschauern mit melancholischen Blicken wohnte in langen, finsteren Mänteln dem blutigen Werke bei. Als Sempronius erschien, erhob das Weib die Augen und flüchtete sich ihm entgegen. Der Priester ergriff das Messer, um es in ihre Brust zu stoßen; aber der schreckliche Stich sollte nicht sein Ziel erreichen. Kallias, der den Stumpf seines Degens aufbewahrt hatte, versenkte ihn bis ans Stichblatt in die Flanke des Mörders. Aufbrüllend schlug der zu Boden und verschied zu ihren Füßen. Nun zogen alle Zuschauer dieser Szene ihre Degen, und einen Augenblick lang war alles Verwirrung, Lärm, Gemetzel . .

. . . .

. . . .

. . . .

. . . .

. . . .

Der Dreiruderer lief in den Piräus ein, und es wäre Kallias lieb gewesen, wenn sein unglücklicher Freund eingewilligt hätte, dort zu bleiben; Sempronius aber, schrecklich verletzt und an der unheilbarsten aller Wunden — einem gebrochenen Herzen — krankend, flehte um die Gunst, nach Italien gebracht zu werden, um seinen letzten Atemzug dort auszuhauchen und in der Gruft seiner Väter zu ruhen. Kallias vergaß seine ganze Philosophie, wenn er am Bette des ritterlichen jungen Mannes saß, und weinte, wenn er ihn die seltsamen, ungeheuerlichen Fieberträume stammeln hörte, die seine von Leidenschaft und Verzweiflung schwangere Einbildung gebar.

»Mir ist es,« sprach der Römer, »als stehe jenes Opfer allnächtlich an der Seite meines Lagers und richte Mitleid heischende Worte an jene Ungeheuer. Ich habe sie in dem Labyrinthe sogleich wiedererkannt, so herausgeputzt und so zerwirrt sie auch war.

Aber sage mir alles, was du über sie erfahren hast; sag es mir noch einmal und sag es mir immer wieder, damit ich es sterbend noch höre!«

Und Kallias wiederholte ihm wohl eine Stunde lang, daß die schöne Priesterin ihn zufällig beim Bankett des Prokonsuls erblickt habe; daß sie mit willenloser, selbstvergessener Leidenschaft geliebt habe, wie er; daß ihr schließlich ihr Geheimnis entschlüpft war und sie als pflichtvergessene Priesterin der Rache der Göttin geweiht wurde. Nur der bloße Wunsch, den Tempel zu verlassen, war ein unverzeihliches Verbrechen. Aber die Rache der Gottheit wurde noch als unvollkommen angesehen, ehe nicht zugleich auch der Gegenstand einer solchen Leidenschaft geopfert war; und hieraus erklärte sich das Versprechen des Priesters, die beiden Freunde in das Allerheiligste zu führen; so wollte er sie in eine Falle locken, damit er sie dann zu Sühnopfern mache; man hatte sie für das heilige Messer aufbewahren wollen. Nach jenem Kampf im Opfersaale und einem völlig unnützen Aufwand von Unerschrockenheit ihrerseits nahm man sie gefangen und warf sie in einen Turm. Als sie dann plötzlich, ohne zu wissen wie, in Freiheit gesetzt wurden, suchten sie Zuflucht in dem Palaste des Prokonsuls. Dieser veranlaßte sie, Asien in aller Eile zu verlassen. Die Priesterin war ohne Zweifel umgekommen . . . .

. . . .

. . . .

. . . .

. . . .

Sempronius lag auf einem mit Ebenholz eingelegten, perlenbesetzten Bette; die Vorhänge, die die Sonne von ihm wehrten, waren aus persischer Seide. Die silberne Statue einer Nymphe, die von Seepferdchen aus Beryll gezogen wurde, indeß ihre Hand den Zügel aus Lapis-Lazuli hielt, ließ einen dünnen Strahl parfümierten Wassers in eine Urne aus antiparischem Krystall fallen; der Boden des Zimmers war mit Rosen bestreut und die Wände mit den herrlichsten Gemälden griechischer Kunst bedeckt. In allem spürte man die üppige Pracht und den erlesenen Geschmack des Patrizierlebens. Aber alles war verlorene Mühe: Die Gedanken des Jünglings waren in Ephesus, in der Gruft, in der er jene Gestalt von so wunderbarer Schönheit unter dem Messer des Fanatismus, des Verbrechens beinahe hätte vernichten sehen.

Und nun betrat Kallias diesen entzückenden Winkel und fragte in seinem alltäglichen Tone, wie der Kranke sich in der Fürsorge des neuen

Heilkünstlers befinde, der gekommen war, um ihn von seinem Eigensinn und seiner Schwermut zu heilen.

Sempronius lächelte traurig und ergriff die Hand seines Freundes; dann sagte er mit bewegter Stimme: »Kallias, ich glaube, mein Gehirn ist so frei von abergläubischen Ideen wie nur irgend jemandes. Jedoch in dieser fremden Arzneikunst liegen Dinge, die über das Menschliche hinausgehen. So barbarisch der Ton seiner Stimme und so abstoßend das Gesicht des Äthiopiers sein mag, so hat er doch die Gabe, die menschliche Natur mit eigentümlicher Macht zu erforschen. Gegenwärtig liest er in meinen Gedanken. Nicht minder ist er der Naturgeheimnisse Meister. Zitternd erfüllt mich in seiner Gegenwart fast der Gedanke, daß ich in den Händen eines Wesens bin, dessen Kräfte höher sind als meine sterblichen.«

»Ei wahrhaftig, er gibt sich mit Magie ab,« sagte Kallias in verächtlichem Tone.

»Ich habe kein Geheimnis vor dir, Kallias —: Ich habe ihn gebeten, mir noch einmal die Vision von Ephesus zu zeigen, einmal noch, bevor ich sterbe!« . . . .

. . . .

. . . .

. . . .

. . . .

Sempronius betrat den Saal zuerst. Alles war schwarz; aber Kallias trug eine kleine

Lampe unter seinem Gewande und murmelte: »Das gleicht genugsam unserm einstigen Erlebnis im Labyrinthe; ich spüre wirklich eine gewisse Neugier, zu erfahren, wie der Zauberkünstler seine Dämonen beherrschen wird.« Während er noch sprach, stieg eine kleine blaßblaue Flamme empor und verweilte im Mittelpunkte der Decke. Sie sahen dann, daß sie sich in einem großen, kreisförmigen Saale befanden. Die Töne eines wunderbar zarten Instrumentes ließen sich neben ihnen vernehmen und schienen aus dem Boden unter ihren Füßen hervorzuquellen. Ein Nebel erhob sich plötzlich vor ihnen, wallte nach rechts und nach links über die Wände des Zimmers und blieb schließlich ihnen zu Häupten hangen. Eine Stimme, die mitten aus dieser Wolke hervorzutönen schien, fragte sie, was zu sehen ihr höchstes Begehr sei.

»Im Namen aller Olympier, mein Abendessen!« rief Kallias mit lautem Lachen. Ein dumpfes Donnerrollen bezeugte, daß er den Geist erzürnt habe, und für einen Augenblick erlosch das Licht.

Die Stimme wiederholte die Frage, und zitternd nannte Sempronius den Namen der »Priesterin von Ephesus«!

Ein reiche, weiche Musik wogte von neuem auf den Wellen der Luft. Eine Wand des Gemaches schien zu verschwinden und eröffnete einen Ausblick auf das Meer und den Sonnenuntergang. Das waren nicht mehr die trägen

Wellen, die die Küsten Campaniens umschmeicheln; nein, das war Griechenlands aufgeregte, krause See. Eine lange Reihe Marmorbauten, von herrlichen Statuen gekrönt, ragte über dem Busen der Gewässer empor. »Der Piräus!« rief Sempronius und zeigte voll Erstaunen mit dem Finger auf den Dreiruderer, der die Wogen zu zerschneiden und ins offene Meer hineinzudringen schien.

»Seine Dämonen sind merkwürdig gehorsam,« murmelte Kallias. »Aber worauf will er hinaus?«

Der Dreiruderer schoß durch die Inseln; er zerteilte die Wogen, als hätte er Flügel. An der ionischen Küste landete er. Wie fühlte Sempronius sein Herz schlagen, als er die stolze Pracht des asiatischen Himmels wiedererblickte, der eine seinen Träumen so wohlbekannte Erde beglänzte! Das Zauberspiel nahm einen glänzenden Verlauf. Zwei schöne Gestalten, ein Grieche und ein Italiener, erschienen unter dem Schatten der Cypressen, welche Dianens Tempel umgeben. Eine dritte Gestalt kam unvermutet hinzu, führte sie mit sich, und alle drei tauchten in die Finsternis.

»Verdammt,« sagte Kallias leise zu seinem Gefährten, »wenn er uns alles sehen läßt, was sich in den Katakomben ereignet hat, dann kann er nur der schurkische Priester selber sein oder der Fürst der Zauberer; jedenfalls würde der Priester seine Betrügerrolle nicht lange spielen; ich habe ihn in der Hand.«

Während dieser Worte stahl sich ein Lichtstrahl hernieder und ließ einen schmalen Gang erblicken, in dem unsre beiden Zuschauer sogleich die Gruft wiedererkannten, wo sie ihre Knochen hatten schinden lassen müssen; des weiteren erschien ein Saal, ein Opfer, ein Priester und eine ganze Schar von Leuten in finstren Gewändern.

Sempronius stieß einen lauten Schrei aus, als das junge, schöne, verführerische Opfer mit entsetzten Augen auf das verhängnisvolle Messer starrte und kniefällig um Gnade flehte. Er machte eine Anstrengung, zu ihr zu gelangen; aber seine Bemühungen waren vergeblich, er fühlte, wie ihn eine Schwäche ergriff, und ließ sich in die Arme seines Freundes gleiten.

Als er die Augen wieder aufschlug, hatte die Szene sich verändert; ein grünender, blühender Garten breitete vor seinen Blicken die ganze Üppigkeit morgenländischen Pflanzenlebens aus. Blumen und Früchte durchtränkten die Luft mit ihrem exotischen Dufte. Die Landschaft schmückte sich mit lebenden Gestalten. Eine Schar von Nymphen schickte sich an, nach den Klängen von Musikinstrumenten, die sie in den Händen trugen, zu tanzen, und als ihr Reigen sich erschloß, gewahrte man in ihrer Mitte einen schlichten Thron, den keine andren Stoffe und Gesteine schmückten, als Moose und Blumen dieser reizvollen Schlupfstatt. Auf dem Throne saß eine junge Königin in ländlicher

Tracht mit niedergeschlagenen Augen, und ein junger Amor flüsterte ihr seine Verheißungen ins Ohr: Die Szene vom Bankett des Prokonsuls erschien zum zweiten Male vor Sempronius' erstaunten Blicken.

Er konnte seine Erregung nicht mehr beherrschen und ging auf die Erscheinung zu. Doch dieses Mal war es kein Trugbild aus Luft und Nebel; ein Weib, ein wirkliches Weib, atmend, errötend, schön, voll Liebreiz und Anmut, sank aufgeregt und unter Tränen in seine Arme. Die Priesterin, der Zauberer, Euphrosyne: Alles war nur ein-und-die-selbe Person! . . . .

. . . .

»Sieh dir mein Glück an, ungläubiger Freund,« sagte Sempronius und warf einen Blick voll unsäglicher Leidenschaft auf die Schönheit seiner Frau, die schon ein hübsches Kind auf ihren Armen trug.

Unser Epikuräer, gerührt, aber noch immer lächelnd, murmelte ganz leise die sentimentale Hymne des berühmten lateinischen Dichters:

Wenn stürme sich mit ungewittern schwestern
Die berge schüttern und die himmel lästern
Dann lockts aus seines erdgelasses reichen
Zum gattenmahl den wein den perlengleichen

Dann ist der küsse zeit: das knisterfeuer
Des herdes macht dir den geliebten treuer
Und gern erwirkt des blitzes schwerer schlag
Gehorsam deinen süchten bis zum tag.

»Der Ausgang hat zu deinen Gunsten entschieden,« erwiderte der junge Grieche bestimmt, »aber ich will dir sagen: Finde mir eine junge Muhme, die ich zuerst, ohne sie zu kennen, so heftig hasse wie du; die mich mit einer so romantischen Liebe liebt, wie die schöne Euphrosyne dich geliebt hat, ohne zu wissen, ob du auch nur einen Seufzer verdientest; die sich aus ihrem Lande flüchtet, ja, sich entschließt, für tot zu gelten, um mir volle Freiheit zu geben, nach meiner Phantasie den Narren zu spielen; die Priesterin wird und, nachdem sie mich aus den Krallen einer schurkischen Verbrüderung meuchelmörderischer Mönche gerettet hat, die Pforten meines Gefängnisses öffnet und mir über das Meer hinaus folgt; die mir die letzte Eitelkeit des Weibes, ihre Schönheit nämlich, opfert und sich in eine Negerin, in eine Zaubrerin verwandelt, um mich zu retten; die durch ihrer Blicke Liebreiz eine noch tausendmal größere Zaubrerin ist, und sich mir in die Arme wirft: alsdann . . . .«

»Und alsdann,« sprach Sempronius mit freudestrahlendem Blicke, »alsdann würdest du wie ich das Idol deiner Seele geheiratet haben!«

»Allerdings,« erwiderte Kallias lachend, »alsdann würde ich vielleicht dein Mann gewesen sein, wenn ich mich nicht zuvor gehängt hätte, um einen solchen Narren zu strafen, der sich lieber solche Mühe machen wollte, wo er doch, um das selbe Glück genießen zu können, nur alles mit sich geschehen zu lassen brauchte.«

Die junge Mutter hörte das, und einen Blick voll Zärtlichkeit auf ihren Gatten werfend, sprach sie mit einer Stimme, weich wie Musik:

»Gibt jeder neue Beweis der Freundschaft nicht eine größere Weihe? Die Angst einer Stunde erdulden, heißt das nicht wohlfeil ein ganzes Leben voller Liebe erkaufen?«

»Ja! für dich, meine schöne Euphrosyne, würde ich gern tausendmal gestorben sein!« rief Sempronius mit der kindlichen Beredsamkeit eines liebenden Herzens und zog die edle Schönheit an seine Brust.

»Ja,« wiederholte Kallias, sich auf die Lippen beißend, und mit einer Miene voll komischer Würde, »so ist es recht! Aber in Eros und Aphroditens Namen, ich frage euch noch einmal: Warum sich so viel Mühe machen?«

Kleine Dichtungen in Prosa

(„Der Wahn von Paris“)

An Arsène Houssaye

Mein lieber Freund, ich schicke Ihnen heute ein kleines Werk, von dem man, ohne ungerecht zu sein, nicht wird behaupten können, es habe weder Kopf noch Schwanz, da im Gegenteil alles darin wechselweise und gegenseitig Kopf und Schwanz zugleich ist. Bedenken Sie, bitte, welch wunderbare Bequemlichkeit diese Zusammenstellung uns allen bietet: Ihnen, mir und dem Leser. Wir können beginnen, wo wir wollen: ich mit meinen Träumereien, Sie mit dem Manuskript, der Leser mit seiner Lektüre; denn ich kette nicht des Lesers widerstrebenden Willen an den unendlichen Faden einer überfeinen Intrigue. Nehmen Sie einen Wirbelknochen heraus, und die beiden Stücke dieser schlangengleichen Phantasie werden sich ohne Mühe wieder vereinigen. Zerhacken Sie sie in zahlreiche Fragmente, und Sie werden sehen, dass jedes auch für sich existieren kann. In der Hoffnung, dass einige dieser Glieder lebensvoll genug sein werden, um Ihnen zu gefallen und Sie zu unterhalten, wage ich es, Ihnen die ganze Schlange darzubieten.

Ich habe Ihnen ein kleines Bekenntnis zu machen. Als ich nämlich, zum zwanzigsten Male wenigstens, den berühmten Gaspard de la Nuit *von Aloysius Bertrand las — hat ein Buch, das Ihnen, mir und einigen unserer Freunde bekannt ist, nicht alle Rechte, als ein ‚berühmtes' Buch bezeichnet zu werden? — ist mir die Idee gekommen, etwas Ähnliches zu versuchen, und auf die Schilderung des modernen Lebens, oder vielmehr* e i n e s *modernen, abstrakteren Lebens das Verfahren anzuwenden, das er auf die Darstellung des früheren, so seltsam malerischen Lebens angewendet hat.*

Wer von uns hat nicht in seinen ehrgeizigen Tagen das Wunder einer poetischen Prosa geträumt, die musikalisch wäre ohne Reim und Rhythmus, geschmeidig genug und hinlänglich auch schmiegsam, den lyrischen Bewegungen der Seele, dem Wogen der Träumerei, den Sprüngen des Bewusstseins sich zu fügen?

Vor allem aus dem Leben in den ungeheuren Städten, aus der Kreuzung seiner unzählbaren Beziehungen gebiert sich dies verfolgerische Ideal. Haben nicht Sie selbst, mein teurer Freund, versucht, das schrille Gekreisch des ‚Glasers' in eine Chanson zu übertragen und in einer lyrischen Prosa alle die trostlosen Suggestionen auszudrücken, die dieser kreischende Laut bis in die Mansarden hinaufschickt, durch die dichtesten Nebel der Strasse?

Um aber die Wahrheit zu gestehen: Ich

fürchte, meine Eifersucht hat mir kein Glück gebracht. Kaum hatt' ich die Arbeit begonnen, so bemerkt' ich, nicht allein, dass ich von meinem geheimnisschönen, herrlichen Modelle weit entfernt blieb, sondern auch, dass ich etwas — wenn dies hier überhaupt sich ‚etwas' nennen darf — etwas seltsam anderes schuf; ein Geschehnis, auf das jeder andere als ich ohne Zweifel stolz gewesen wäre, das aber einen Geist nur tief beschämen kann, der es als die höchste Ehre des Dichters betrachtet, im besten Sinne just *das zu erreichen, was zu schaffen er geplant hat.*

Ihr getreuer

C. B.

I

Der Fremdling

Wen liebst du am meisten, rätselhafter Mann, o sag? Deinen Vater, deine Mutter, deine Schwester oder deinen Bruder?

Ich habe nicht Vater, nicht Mutter, nicht Schwester, nicht Bruder.

Deine Freunde?

Du nennst da ein Wort, deß Sinn bis auf den heutigen Tag mir unbekannt geblieben.

Dein Vaterland?

Wer weiß denn, unter welchem Himmelsstrich es liegen mag!

Die Schönheit?

Wie gern doch liebte ich sie, die unsterbliche Göttin —!

Das Gold?

Ich hasse es, so wie du Gott hassest.

Und was dann, seltsamer Fremdling, was dann liebst du?

Ich liebe die Wolken . . . . die eilenden Wolken . . . . dort draußen . . . . die wunderbaren Wolken!

II

Die Verzweiflung der Alten

Die kleine runzlige Alte war ganz entzückt, als sie das reizende Kind sah, dem alle etwas schenken, dem alle gern gefallen wollten; das süße Geschöpfchen, ebenso hilflos wie sie, die kleine Alte, und auch zahnlos wie sie und fast ganz kahl.

Sie näherte sich ihm, nickte ihm zu und wollte mit ihm spielen.

Aber das erschreckte Kind sträubte sich gegen die Zärtlichkeiten der verkümmerten alten Frau und erfüllte das Haus mit seinem Geschrei.

Da zog die gute Alte für immer sich in die Einsamkeit zurück; und sie weinte in einem Winkel und sprach: »O, wir unglücklichen alten Frauen! Die Zeit der Schönheit ist vorüber, — nicht einmal die Kinder mögen uns mehr; ja, den kleinen Wesen, die wir lieben möchten, jagen wir Furcht ein.«

III

Das ‚Confiteor' des Künstlers

Wenn die Herbsttage sich der Nacht zuneigen — wie eindringlich sie dann sind! Eindringlich bis zum Schmerze! Denn es gibt gewisse köstliche Empfindungen, deren Unbestimmbarkeit doch ihre Intensität nicht ausschließt; und nichts hat schärfere Spitze, als das Unendliche.

Welche Wonne, seine Blicke in der Unermeßlichkeit des Himmels und des Meeres zu ertränken! Einsamkeit, Schweigen, unvergleichliche Keuschheit des Äthers! ein kleines, zitterndes Segel am Horizonte, das in seiner Winzigkeit und seiner Vereinsamung recht meines unheilbaren Daseins Abbild ist, die eintönige Melodie des Wogenschlages: alle Dinge ringsher, sie denken durch mich, oder ich, ich denke durch sie (denn in den Tiefen der Träume verliert sich das »Ich« so leicht!); sie ‚denken', so sage ich wohl, — doch denken sie in Tönen und in Farben — ohne Syllogismen, ohne Deduktionen.

Aber diese Gedanken — ob sie nun aus mir selber kommen oder aus den Dingen in mich herüberzucken —, sie werden bald schon allzu intensiv. Eine Krankheit, ein wirkliches Leiden schafft aus ihnen das Übermaß der Wonne. Meine überreizten Nerven können jetzt nur noch jäh und schmerzvoll zucken.

Und nun macht die Tiefe des Himmels mich bestürzt, und mich erbittert seine harte Klarheit. Des Meeres ewig gleichmut-starre Ruhe, des Schauspiels stete Unveränderlichkeit empören mich . . . . Ach! sollen wir denn ewig leiden müssen, oder aber die Schönheit ewig meiden!? Natur, du mitleidlose Zaubrerin, du immer siegreiche Rivalin: laß ab von mir! Laß ab, meine Süchte, meinen Hochmut zu versuchen! — Die tiefe Versenkung in das Schöne ist ein Zweikampf; wie im Entsetzen schreit der Künstler auf, bevor er überwunden niederstürzt.

IV

Ein Witzbold

In Rausch und Taumel brach das neue Jahr an: Ein Chaos von Schmutz und Schnee, durchkreuzt von tausend Karossen, — flimmernd von Spielzeug und Bonbons, — wimmelnd von Neugierigen und Verzweifelten: der allgemeine Wahnsinn einer großen Stadt, so recht geschaffen, um das Gehirn des Einsamsten aus seiner Ruhe aufzustören.

Inmitten dieses Wirrwarrs und dieses Geschreis ging ein Esel in lebhaftem Trott, getrieben von der Peitsche eines Krüppels.

Als der Esel gerade an der Ecke eines Trottoirs umbiegen wollte, trat ein fein behandschuhter Herr, in Wichs, mit fürchterlicher Krawatte und eingezwängt in die allerneuesten Kleider, auf ihn zu, verneigte sich vor dem bescheidenen

Tier und sagte, seinen Hut abnehmend, zu ihm: »Ich wünsche Ihnen viel Glück zum neuen Jahre!« Dann wandte er sich mit dünkelhafter Miene seinen Kameraden wieder zu, wie um zu seiner eigenen Befriedigung noch ihren Beifall einzuheimsen.

Der Esel sah den schönen Witzbold nicht und fuhr fort, mit Eifer seiner Pflicht nachzukommen.

Mich aber erfaßte plötzlich eine grenzenlose Wut gegen diesen auffallenden Dummkopf, der mir den Geist des gesamten Frankreich in sich zu konzentrieren schien.

V

Das doppelte Zimmer

Ein Zimmer gleich einer Träumerei, ein Zimmer von wirklich geistigem Leben, darin die unbewegte Luft leicht blau und rosa getönt ist.

Die Seele nimmt dort ein Bad in schwerer Tatenlosigkeit, ein Bad, gewürzt von Kummer und von Sehnsucht. Es ist wie bläulich-rötliche Dämmernis; ein wollustvoller Traum zu jener Stunde, da sich das Taggestirn verfinstert hat.

Die Möbeln längen sich aus, verdehnen sich. Die Möbeln scheinen zu träumen; sie scheinen mir geheimnisreichen Lebens voll, den Pflanzen gleich und dem Gesteine. Die Stoffe reden eine stumme Sprache — so wie die Blumen, wie der Himmel, so wie die Sonne, wann sie purpurn niedersinkt.

An den Wänden nichts Künstlerisches, das hier abscheulich wäre. Neben dem reinen Traume, neben dem unbestimmten Innenleben ist die ausgedrückte, die angewandte Kunst nur eine Lästerung. Hier ist alles hinreichend klar, und doch hat alles auch der wonnesüßen Dunkelheit genug, um ganz von Harmonie erfüllt zu sein.

Ein fast unmerklich zarter Duft von allererlesenster Wahl, mit dem sich eine ganz leichte Feuchtigkeit verbindet, schwimmt hier in dieser Atmosphäre, darin der schlummertrunkene Geist von treibhausschwülem Glück sich wiegen läßt.

Vor den Fensternischen, vor dem Bette fließt reich das Musselin herab; gleich Schnee-Kaskaden fällt es leicht hinunter. Und auf dem Bette kauert das Idol, die Herrin der Träume. Doch wie kommt sie hierher? Wer führte sie mir zu? Welche magische Kraft erhob sie auf diesen Thron der Träumerei und des Genusses? Was tut's: Sie ist da! Ich erkenne sie.

Ja, das sind wieder die Augen, deren flammender Blick die Dämmernis durchdringt; die erhabenen, die schrecklichen: an ihrer furchtbaren Bosheit erkenne ich sie! Sie fesseln, sie unterjochen, sie verzehren die Blicke des Unvorsichtigen, der sie anschaut. Oftmals hab' ich sie aufmerksam betrachtet, die schwarzen Sterne, der Neugier und der Bewunderung Gebieter.

Wer ist die gütige Fee, der ich's verdanke, daß

ich so von Geheimnissen, von Schweigen, von Frieden und von Duft umgeben bin! O Seligkeit! was wir das Leben zu nennen uns gewöhnten, hat selbst in seinen glücklichsten Sekunden mit diesem höheren Leben nichts gemein, das ich jetzt kenne und auskoste — Minute um Minute, Sekunde um Sekunde.

Nein! nicht Minute, nicht Sekunde mehr. Die Zeit hört auf zu sein, die Ewigkeit herrscht, die Ewigkeit der Verzückung. —

Da erdröhnte die Tür unter einem schweren, schrecklichen Schlage, und mir war, als erhielt' ich einen Stoß mit einer Hacke, wie in einem höllischen Traum.

Und nun ist ein Gespenst hereingetreten. Ein Türhüter ist es, der kommt, um mich im Namen des Gesetzes zu foltern; eine infame Konkubine, die mir ihr Elend vorjammert und die Schmerzen meines Lebens durch die Niedrigkeit des ihren noch vergrößert; oder der Laufbursche eines Zeitungredakteurs, der die Fortsetzung des Manuskriptes verlangt.

Das paradiesische Zimmer, das Idol, die Herrin der Träume, »die Sylphide«, wie der große René sagt, all dieser Zauber ist entflohen, entflohen vor dem brutalen Schlag, mit dem das Gespenst da klopfte.

O Schrecken! mein Erinnern, mein Erinnern kehrt zurück! Ja! dieses Loch, der Aufenthalt der ewigen Langeweile, ist mir zu eigen. Das sind meine schmutzigen, verstaubten, abgestoßenen Möbeln; der Kamin ohne Feuerschein, ohne Kohleglut, mit Auswurf besudelt; die öden Fenster, in deren Staub der Regen trübe Furchen zog; die Manuskripte, zerschlissen oder unvollständig; der Kalender, auf dem der Bleistift unheildrohende Daten angezeichnet hat!

Und dieser Duft einer anderen Welt, an dem ich mit vollkommensten Sinnen mich berauschte, ach! ein Gestank von Tabak und eklem Schimmel verdrängten ihn. Jetzt atme ich den Moder der Verzweiflung.

In dieser engen Welt, so von Verdrießlichkeiten voll, gibt es nur Eins, das mir ein Lächeln schenkt: 's ist die Phiole mit Laudanum; 's ist diese alte, fürchterliche Freundin; wie alle Freundinnen voll Wollust und geheimer Tücke.

O ja! die Zeit ist wieder da; die Zeit ist unumschränkte Herrin jetzt; und mit der häßlichen Greisin ist auch die ganze teuflische Gefolgschaft wieder erschienen: Erinnerungen, Kummer, Krämpfe, Befürchtungen, Ängste, Alben, und Wut, und marternde Empfindsamkeit.

Und die Sekunden kommen schweren, schleppenden Schrittes, und eine jede zwinkert nach der Uhr und spricht: »Ich bin das Leben — das unerträgliche, das unversöhnliche Leben!«

Nur einer einzigen Sekunde im menschlichen Dasein ward es gegeben, uns eine gute

Botschaft anzukünden, die ‚gute Botschaft‘, die jeden doch mit unerklärter Furcht erfüllt.

Ja, es regiert die Zeit! wieder auf nahm sie ihre brutale Diktatur. Und sie treibt mich, als wär' ich ein Stück Vieh, ein Zugochse im Joch, mit doppeltem Stachel —: »Hüh doch, Klepper! Zieh doch, Sklave! Lebe, Verdammter!«

VI

Ein jeder hat seine Chimäre

Unter einem weiten grauen Himmel in einer weiten staubigen Ebene, ohne Wege, ohne Gras, ohne eine Distel, ohne eine Brennnessel, traf ich mehrere Männer, die gebückt daherwanderten.

Ein jeder von ihnen trug auf seinem Rücken eine ungeheure Chimäre, so schwer wie ein mit Mehl oder Kohlen gefüllter Sack oder wie das Lederzeug eines römischen Fußsoldaten.

Aber das grauenhafte Tier war keine leblose Last; im Gegenteil: mit seinen mächtigen elastischen Muskeln umklammerte und preßte es den Mann, mit seinen beiden großen Tatzen krallte es sich in die Brust seines Lasttieres, und sein fabelhafter Kopf überragte die Stirn des Mannes gleich einem jener furchtbaren Helme, durch welche die alten Krieger den Schrecken ihrer Feinde zu vermehren hofften.

Ich redete einen von ihnen an und bat ihn, mir zu sagen, warum sie so einhergingen. Und er antwortete, darüber wüßte er nichts, weder er noch die übrigen; doch gingen sie — so meinte er — wohl irgendeinem Ziel entgegen, da sie von einem unwiderstehlichen Zwange zu gehen getrieben würden.

Und sonderbar: Keiner der Wanderer schien unmutig über das wilde Tier, das an seinem Halse hing und zwischen seinen Schultern hockte; es war, als betrachteten sie es als einen Teil ihrer selber. Auf diesen müden, ernsten Gesichtern war von keiner Verzweiflung zu lesen. Unter dunstig grauem Himmelsgewölbe, die Füße überschüttet vom Staube eines Bodens, der grad so öde wie der Himmel war, gingen sie unentwegt mit den ergebenen Gesichtern von Wesen, die verdammt sind, ewig zu hoffen.

Und der Zug schritt an mir vorbei und tauchte in des Horizontes grauen Dunstkreis nieder, dort, wo die runde Oberfläche unseres Planeten der Neugier der Menschenaugen sich entzieht.

Und ein paar Augenblicke setzte ich mir in den Kopf, dieses Geheimnis begreifen zu wollen; bald aber legte sich die unwiderstehliche Gleichgültigkeit auf mich und lastete schwerer auf mir, als auf jenen ihre erdrückenden Chimären.

VII

Der Narr und die Venus

Welch wunderbarer Tag! Leidenschafttrunken erliegt der weite Park der Sonne brünstigen Blicken, so wie die Jugend begehrenden Liebesgluten sich ergibt.

Jedoch kein Laut verrät den Rausch der Allnatur; selbst die Wasser scheinen zu schlafen. Anders als die Feste der Menschen, spielt diese Orgie sich im Schweigen ab.

Unter dem wachsenden Lichtmeer gewinnt alles an Glanz; die Blumen brennen vor Begier, an intensiver Gewalt der Farben mit dem azurnen Blau des Äthers sich zu messen, und die Wärme gibt dem Duft Gestaltung, dass er in rauchenden Wolken zum Taggestirne wallend sich erhebt.

Und doch hab' ich in all diesem Jubel ein trauriges Wesen bemerkt.

Zu den Füßen einer riesenhaften Venus, dicht an den Piedestal gedrängt, saß einer jener Narren, jener freiwilligen Spaßmacher, deren Aufgabe es ist, die Königin zum Lachen zu bringen, wenn Gewissensbisse oder die Langeweile sie plagen. Er stak in einem auffallenden, lächerlichen Kostüm, das Haar mit Hörnern und Schellen geputzt, und erhob seine Augen zu der unsterblichen Göttin, und seine Augen standen voller Tränen.

Und seine Augen sprachen: — »Ich bin der letzte und der einsamste unter den Menschen, um Liebe und um Freundschaft betrogen, geringer noch und unvollkommener als das Tier. Und doch bin ich, o, bin auch ich geschaffen, um die unsterbliche Schönheit zu verstehen und zu empfinden! O, Göttin! erbarme dich meiner Traurigkeit und meiner Wonne!«

Jedoch die mitleidlose Venus blickt rätselhaft mit ihren Marmoraugen in die Ferne — in die Ferne.

VIII

Der Hund und das Flacon

»— Komm, mein guter Hund, mein hübsches Tierchen, komm, kleiner Wauwau, riech mal dieses ausgezeichnete Parfüm, das ich in der ersten Parfümerie der Stadt mir kaufte.«

Und mit dem Schwanze wedelnd — ein Zeichen, das bei diesen armen Wesen dem Lachen oder Lächeln entspricht — kam der Hund heran und steckte seine feuchte Nase neugierig in das entkorkte Flacon; dann aber fuhr er plötzlich erschreckt zurück und bellte mich in vorwurfsvoller Weise an.

»Elendes Vieh! wär' es ein Haufen Exkremente gewesen, du würdest ihn mit Wohlgefallen beschnüffelt, vielleicht sogar verschlungen haben. Und also gleichst, unwürdiger Genosse meines trüben Daseins, auch du dem Publikum, das niemals auserlesene Düfte schmecken will, das nur in sorglicher Auswahl Schmutz verlangt.«

IX

Der schlechte Glaser

Es gibt Naturen rein beschaulicher Art, zum Handeln gänzlich unbefähigt, die trotzdem unter einem unbekannten, geheimnisvollen Impulse bisweilen mit einer Schnelligkeit zur Handlung schreiten, derer sie selber sich nicht fähig glaubten.

Leute, die eine Stunde in feiger Angst vor der Tür ihres Portiers herumschleichen und nicht einzutreten wagen, weil sie fürchten, eine unangenehme Nachricht bei ihm vorzufinden, Leute, die vierzehn Tage lang einen Brief bewahren, ohne ihn zu öffnen, oder die nicht vor Ablauf von sechs Monaten in einen seit Jahresfrist notwendig gewordenen Gang sich zu finden vermögen, fühlen sich plötzlich unter einem unwiderstehlichen Zwange zu Handlungen getrieben, gleich wie den Pfeil der Bogen schnellt.

Moralisten und Mediziner, die sonst doch alles zu wissen behaupten, können nicht erklären, woher diese trägen, sinnlichen Seelen eine so plötzliche, tolle Energie überkommt, und wie sie, die unfähig sind, die einfachsten, notwendigsten Dinge auszuführen, in gewissen Augenblicken einen Überfluß an Mut für die absurdesten, ja oft gefährlichsten Taten finden.

Einer meiner Freunde, der tatenlosesten Träumer einer die existierten, hat einmal einen Wald in Brand gesetzt, wie er sagte, um zu sehen, ob das Feuer wirklich so leicht um sich greift, wie man im allgemeinen es behauptet. Zehnmal auf der Reihe mißlang das Experiment; aber das elfte Mal glückte es nur zu gut.

Ein anderer zündete eine Zigarre neben einer Pulvertonne an, nur um zu sehen, um zu wissen, um das Schicksal zu versuchen, um sich selbst einen Beweis von Energie abzunötigen, aus Spielerei, um das Vergnügen der Angst einmal kennen zu lernen, um nichts, aus Laune nur, aus Müßiggang.

Diese Art von Energie entspringt der Langeweile und der Träumerei; und die, an denen sie sich so hartnäckig offenbart, sind meistens, wie schon gesagt, die indolentesten, traumversonnensten Wesen.

Ein anderer, der in solchem Grade furchtsam war, daß er z. B. seine Augen vor den Blicken der Menschen niederschlug oder seine ganze Willenskraft zusammennehmen mußte, um ein Café zu betreten oder an dem Bureau eines Theaters vorüberzugehen, dessen Kontrolleure ihm gleichsam mit der Majestät eines Minos, eines Äakus und Rhadamanthes angetan erschienen — sprang plötzlich einem Greise, der neben ihm ging, an den Hals und umarmte ihn stürmisch vor der verwunderten Menge.

Warum? Weil . . . weil dieses Gesicht ihm unwiderstehlich sympathisch war? Vielleicht; richtiger aber ist wohl die Vermutung, daß er es selbst nicht weiß, warum.

Ich selbst bin mehr als einmal das Opfer solcher Krisen und Anfälle geworden, die uns zu dem Glauben berechtigen, daß boshafte Dämonen sich in uns einschleichen und uns ohne unser Wissen ihren absurden Willen aufnötigen.

Eines Morgens war ich in schlechter Laune, gedrückt, müde vom Nichstun aufgestanden und gerade, schien mir, in der Stimmung, etwas Großes, Aufsehnerregendes zu tun; und ich öffnete das Fenster, leider!

(Man wolle beachten, daß der Geist der Mystifikation, der bei einigen Menschen nicht das Resultat der Arbeit oder der Kombination, sondern einer zufälligen Inspiration ist, an dieser Laune, und sei es nur durch die Inbrunst des Verlangens, starken Anteil nimmt. Und diese Laune, die die Ärzte hysterisch, und diejenigen, die ein bißchen tiefer denken, satanisch nennen, treibt uns widerstandlos in eine Reihe gefährlicher oder unschicklicher Unternehmungen.)

Der erste, den ich auf der Straße bemerkte, war ein Glaser, dessen durchdringendes, unharmonisches Geklirr durch die dicke, schmutzige Pariser Atmosphäre zu mir heraufklang.

Es würde mir übrigens ganz unmöglich sein, zu erklären, warum ich beim Anblick dieses armen Menschen mich von einem so plötzlichen, despotischen Hasse gepackt fühlte.

»Heda! heda!« und ich rief ihm zu, er möge doch einmal heraufkommen. Inzwischen überdachte ich, nicht ohne Frohlocken, daß das Zimmer in der sechsten Etage gelegen und die Treppe sehr eng war, so daß der Mann nur mit einiger Mühe seinen Aufstieg bewerkstelligen konnte und in manchem Winkel von seiner zerbrechlichen Waare die Ecken abstoßen mußte.

Endlich erschien er. Ich musterte neugierig alle seine Scheiben durch und sagte dann: »Was?! Sie haben keine farbigen Gläser? Keine rosigen, roten, blauen Gläser, magische Gläser, paradiesische Gläser? Leichtfertiger Bursche, der Sie sind, Sie wagen es, durch das Armenviertel zu gehen, und haben nicht einmal Scheiben, durch die man das Leben in Schönheit erblickt?!« Und ich stieß ihn erregt die Treppe hinunter; er stolperte arg und murrte etwas zwischen den Zähnen.

Ich eilte indessen auf den Balkon und ergriff einen kleinen Blumentopf, und als der Mann am Torausgange wieder erschien, ließ ich mein Kriegsgerät senkrecht auf die äußere

Kante seines Werkzeugkastens fallen. Und unter einem Prall, der ihn umwarf, half er selbst mit seinem Rücken sein armes wandelbares Vermögen zerschlagen. Es gab ein so durchdringendes Gelärm, als würde ein Krystallpalast vom Blitz zerschmettert.

Und von meiner Narrheit berauscht, rief ich wild ihm zu: »Das Leben in Schönheit! das Leben in Schönheit!« —

Solche nervösen Späße haben ihre Gefahr, und man muß sie oft teuer bezahlen. Aber was liegt dem an der Ewigkeit der Verdammnis, der in einer Sekunde die Unsterblichkeit des Genusses gefunden hat?

X

Um ein Uhr morgens

Endlich allein! Man hört nur noch das Rollen einiger verspäteter, abgehetzter Droschken. Für einige Stunden werden wir Schweigen haben, wenn nicht Ruhe. Endlich! Die Tyrannei des menschlichen Gesichtes hat aufgehört; kein anderer kann mich noch quälen als ich selber.

Endlich! Es ist mir also jetzt erlaubt, in einem Bad von Finsternis mich zu erquicken! Zuerst verschließ' ich doppelt alle Türen. Mir ist, als vergrößere dieser doppelte Verschluß meine Einsamkeit, als verstärke er die Barrikade, die mich nun von der Welt abscheidet.

Furchtbares Leben! Fürchterliche Stadt! Laßt mich noch einmal diesen Tag überdenken: Mehrere Literaten hab' ich gesehen, von denen mich der eine fragte, ob man nach Rußland auch auf dem Landwege gelangen könne (offenbar hielt er Rußland für einc Insel); habe großmütig mit dem Direktor einer Wochenschrift disputiert, der mir auf jede Einwendung erwiderte: »Dies ist der Sammelplatz der anständigen Leute,« was natürlich besagt, daß alle anderen Journale von Schurken redigiert sind; habe zwanzig Leute gegrüßt, von denen fünfzehn mir unbekannt waren; habe ungefähr im gleichen Verhältnis Händedrücke ausgeteilt, ohne mir vorsichtigerweise Handschuhe zu kaufen; bin während eines Platzregens, um die Zeit totzuschlagen, zu einem Hopsmädel emporgestiegen, das mich bat, ihr ein ‚*Vénustre*'-Kostüm zu entwerfen; habe einem Theaterdirektor meine Aufwartung gemacht, der, als er mich verabschiedete, zu mir sagte: »Sie tun vielleicht gut, sich an Herrn Z... zu wenden; das ist der plumpste, schmutzigste und berühmteste meiner Autoren; mit dem könnten Sie vielleicht etwas erreichen. Schauen Sie zu, was sich machen läßt, und dann werden wir weiter sehen;« habe mich mehrerer häßlicher Handlungen gerühmt (warum nur?), die ich niemals begangen habe, und andere Schlechtigkeiten feige geleugnet, die ich mit Wonne beging, — eine Sünde der Prahlerei, ein Verbrechen gegen die menschliche Achtung; habe mich geweigert, einem Freunde einen kleinen Dienst zu erweisen, und einem ausgemachten Schelm einen Empfehlungsbrief gegeben; — Herrgott! ist's damit endlich wohl genug?

Unzufrieden mit allem und mit mir selbst, möcht' ich nun gern mich wiederfinden und mich ein wenig demütigen in dem Schweigen und der Einsamkeit der Nacht. Ihr Seelen derer, die ich geliebt, ihr Seelen derer, die ich besungen habe, stärkt mich, haltet mich, nehmt von mir die Lüge und den Verderben-bringenden Hauch der Welt; und Du, mein Gott und Herr: Gewähre mir die Gnade, noch Schönes schaffen und dadurch mir beweisen zu können, daß ich doch nicht der letzte unter den Menschen bin, daß ich nicht noch geringer bin als jene, die ich verachte.

XI

Das wilde Weib und die kleine Geliebte

»In der Tat, meine Liebe, du langweilst mich maßlos und ohn' Erbarmen; wenn man dich seufzen hört, könnte man glauben, du littest mehr als eine sechzigjährige Ährenleserin und als der alte Bettler, der vor der Schenke seine Brotrinden aufliest.

»Wenn deine Seufzer wenigstens von Gewissensbissen redeten, dann würden sie dir doch noch Ehre machen; aber sie verraten nichts als die Übersättigung des Wohlbefindens und die Verdrossenheit der Ruhe. Und dann hörst du nicht auf, dich in überflüssigen Redensarten zu ergehen: ‚Du sollst mich mehr lieben! Ich habe so viel Liebe nötig! Tröste mich hier; liebkose mich da!' Aber warte, ich werde dich zu heilen versuchen; das Mittel dazu werden wir vielleicht nicht weit von hier auf einem Jahrmarkt für zwei Sous schon finden.

»Betrachte, bitte, aufmerksam diesen soliden Eisenkäfig, hinter welchem sich dies haarige Ungeheuer auf und ab bewegt, heulend wie ein Verdammter, an den Stäben rüttelnd wie ein durch die Gefangenschaft erbitterter Orang-Utang, bald mit vollendeter Ähnlichkeit die kreisförmigen Sprünge des Tigers, bald das stumpfsinnige Hin- und Herpendeln des Eisbären nachahmend; dieses haarige Ungeheuer, dessen Gestalt nicht eben allzu deutlich der deinen gleicht.

»Dieses Ungeheuer ist eines jener Tiere, die man gemeiniglich ‚mein Engel‘ nennt, — das will also heißen: ein Weib. Das andre Ungeheuer, mit dem Stock in der Hand, das so aus Leibeskräften schreit, ist ein Mann. Er hat seine rechtmäßige Frau wie ein Tier an die Kette gelegt und zeigt sie an den Jahrmarktstagen in den Vorstädten — mit obrigkeitlicher Erlaubnis selbstverständlich.

»Gib fleißig acht! Siehst du, mit welcher Gefräßigkeit (und die mag wohl nicht vorgeschwindelt sein!) sie ihre Nahrung zerreißt: lebende Kaninchen und schreiendes Geflügel, das bös mit seinem Schnabel nach ihr hackt.

»‚Holla!‘ sagt er, ‚man muß nicht sein ganzes Gut an einem Tage verzehren!‘ und mit diesem weisen Worte entreißt er ihr grausam die Beute, deren herausgerissenes Gekröse noch einen Augenblick in den Zähnen des wilden Tieres — der Frau da, wollt' ich sagen — hängen bleibt.

»‚Holla!' ein kräftiger Schlag mit dem Stocke, um sie zu beruhigen! Denn sie wirft Blicke fürchterlicher Gier auf die entzogene Nahrung. Großer Gott! der Stock dient eben nicht zum Spasse; hast du das Fleisch nicht klatschen hören, trotz seines falschen Überzugs von Haaren? Und jetzt treten ihr die Augen aus dem Kopfe, sie heult nun viel ‚natürlicher'. In ihrer Wut sprüht sie Funken, wie Eisen, wenn man drauf einhaut.

»So ist der eheliche Brauch zwischen diesen beiden Abkömmlingen Adams und Evens, diesen Werken aus Deiner Hand, o Du mein Gott! Diese Frau ist zweifellos unglücklich, obgleich ihr vielleicht der kitzelnde Genuß des Erfolges amende doch nicht unbekannt geblieben ist. Es gibt noch schlimmeres Unglück, gibt Unglück, das in gar nichts einen Ausgleich findet. Aber in der Welt, in die sie hineingeschleudert wurde, hat die Idee ihr niemals kommen können, daß die Frau vielleicht ein anderes Geschick verdiene.

»Und nun zu uns beiden, mein teures Kleinod! Nachdem ich die Höllen gesehen habe, von denen die Welt voll ist, was soll ich da von deiner hübschen Hölle denken, da du nur auf Stoffen ruhst, wie deine Haut so weich und zart, da du nur wohl-zubereitetes Fleisch genießest, nachdem ein geschickter Dienstbote es sorgsam in Stücke zerlegte?

»Und was können mir alle die kleinen Seufzer bedeuten, die deine parfümierten Brüste schwellen, robuste Kokette? Und alle diese Büchern entliehenen Ziererereien und diese nie ermüdende Melancholie, die in dem Beobachter ein völlig anderes Gefühl als Mitleid weckt? Fürwahr, mich kommt manchmal die Lust an, dich kennen zu lehren, was wirkliches Unglück ist.

»Wenn ich dich so sehe, meine zarte Schöne, die Füße im Straßenkot, die umschleierten Augen gen Himmel gerichtet, wie um dir einen König von ihm zu erbitten, dann ist mir's manchmal doch, als säh' ich einen jungen Laubfrosch das Ideal anschwärmen. Wenn du den unbrauchbaren Burschen (der ich jetzt bin, wie du ja weißt) verachtest, so hüte dich doch vor dem Kranich, der dich nach seinem Belieben aufspießen, hinunterwürgen und töten wird!

»So sehr ich auch Dichter bin, so bin ich doch nicht der Gimpel, für den du mich hältst; und wenn du mich mit deinem Tränenreichtum allzusehr langweilst, so behandle ich dich einmal wie ein ‚wildes Weib', oder ich werfe dich zum Fenster hinaus wie eine leere Flasche.«

XII

Die Menge

Nicht jedem ist es gegeben, ein Bad in der Menge zu nehmen: Die Menge zu genießen ist eine Kunst; und nur der kann sich auf Kosten des Menschengeschlechts ein üppig volles Maß von Lebenskraft verschaffen, den eine Fee in der Wiege mit dem Hange zur Verstellung und zur Maskerade, mit dem Haß gegen die Häuslichkeit und mit der Leidenschaft für die Reise begabt hat.

Menge, Einsamkeit: zu gleichen, sich ergänzenden Begriffen macht sie der schaffende, fruchtbare Dichter. Wer seine Einsamkeit nicht zu beleben weiß, der versteht es auch nicht, in einem geschäftigen Gedränge für sich zu sein.

Der Dichter genießt ein unvergleichliches Vorrecht; nach seinem Belieben kann er für sich oder mit anderen sein. Gleich einer umherirrenden Seele, die einen Körper sucht, schlüpft er in die Person eines jeden hinein. Ihm allein steht alles offen; und wenn manche Plätze ihm versagt zu sein scheinen, so kommt das nur, weil es in seinen Augen nicht der Mühe verlohnt, sie aufzusuchen.

Der einsame, versunkene Wanderer schlürft einen eigenartigen Rausch in dieser Weltgemeinde. Wer sich leicht der Menge vermählt, der kennt wohl die fieberhaften Genüsse, ewig verborgen dem Egoisten, der so verschlossen ist wie ein Koffer, und dem Faulen, der sich wie ein Molluske in sich zurückzieht. Alle Beschäftigungen, alle Freuden, die sich ihm bieten, und alles Elend nicht minder: er nimmt das hin, als wenn's ihn selbst beträfe.

Und was die Menschen Liebe nennen, ist klein, ist winzig und schwach im Vergleich zu dieser unbeschreiblichen Orgie, dieser heiligen Prostitution der Seele, die sich in Hochherzigkeit und Mitleid ganz hingibt dem, der sich ihr unvermutet zeigt, dem Unbekannten, der vorüberstreift.

Es ist bisweilen gut, die Glücklichen dieser Welt zu lehren — und wäre es auch nur, um für einen Augenblick ihren dummen Hochmut zu beugen —, daß es ein höheres, ein größeres, weit feineres, genußvollendeteres Glück gibt, als sie es kennen. Die Begründer von Kolonien, die Volksgeistlichen, die Missionare, die ans Ende der Welt verbannt sind, die wissen ohne Zweifel von diesem geheimnisvollen Rausch; und im Schoße der großen Familie, die ihre eigene Kraft sich schuf, müssen sie bisweilen derer lachen, von denen sie um ihres so bewegten Geschickes und ihres so keuschen Lebens willen bejammert werden.

XIII

Die Witwen

Vauvenargues sagt, es gäbe in den öffentlichen Anlagen Alleen, die fast nur besucht würden von heruntergekommenen Strebern, unglücklichen Erfindern, von gestürztem Ruhme, gebrochenen Herzen, von aufgeregten und verschlossenen Seelen, in denen noch die letzten Wehen eines Unwetters nachgrollen, Leuten, die weit vor den plumpen Blicken der Leichtherzigen und der Müßiggänger fliehen möchten. Diese schattigen Zufluchtstätten sind das Stelldichein derer, die das Leben brach.

Diese Orte vor allem beschäftigen den Dichter und den Philosophen, die beide so gern in Konjekturen sich gefallen. Dort sind sie der mannichfaltigsten Stoffe gewiß. Denn wenn sie einen Ort verschmähen, so sind es, wie ich gleich näher erklären werde, die Lustbarkeiten der Reichen. Dieser hohle Trubel bietet nichts, was sie fesseln könnte. Im Gegenteil, unwiderstehlich zieht alles sie an, was schwach, zerrüttet, betrübt oder verwaist ist.

Ein erfahrenes Auge täuscht sich niemals darin. Aus diesen harten oder gedrückten Gesichtern, diesen hohlen, matten, oder noch von den letzten Aufregungen des Kampfes zuckenden Augen, aus diesen tiefen, zahlreichen Runzeln, diesem schleppenden oder hastigen Schritt enträtseln sie sogleich die zahllosen Geschichten von getäuschter Liebe, verratener Hingabe, von erfolglosen Anstrengungen, von geduldig erlittenem Hunger, schweigend ertragener Kälte.

Hast du manchmal auf dieser einsamen Bank Witwen gesehen, arme Witwen? Ob sie in Trauer sind oder nicht, sie sind leicht zu erkennen. Übrigens vermißt man in der Trauer des Armen immer etwas; sie zeigt einen Mangel an Harmonie, durch den sie um so herzzerreißender wirkt. Er ist gezwungen, mit seinem Schmerz zu knausern. Der Reiche kann aus seinem vollen Luxus heraus trauern.

Welches ist die traurigste und die bedauernswerteste Witwe: jene, die ein Kind an ihrer Hand führt, das ihre Versunkenheit nicht teilen kann, oder jene, die ganz allein ist? Ich weiß es nicht . . . . Es fiel mir einmal ein, einer traurigen Alten unter diesen Wesen mehrere Stunden lang zu folgen; starr aufrecht schreitend, in einem kleinen, abgenutzten Shawl, trug sie in ihrem ganzen Wesen einen geruhigen Stolz.

Augenscheinlich war sie durch eine ununterbrochene Einsamkeit zu den Gewohnheiten alter Junggesellen verurteilt, und der männliche Charakter ihrer Sitten verlieh ihrer Strenge einen geheimnisvollen, feinen Reiz. Ich weiß nicht, in welchem elenden Café und in welcher Art sie frühstückte. Ich bin ihr ins Lesekabinett gefolgt und habe sie dort lange Zeit belauscht, wie sie mit lebhaften Augen, die einst von Tränen brannten, nun nach interessanten Personalnachrichten in den Zeitungen spähte.

Am Nachmittage endlich, unter einem wunderschönen Herbsthimmel — einem Himmel, von dem die Erinnerungen und die trüben Gedanken nur so herniederrauschen —, saß sie in dem Seitenwege einer Anlage, um fern von der Menge einem der Volkskonzerte zu lauschen, die die Regimentsmusik den Parisern unentgeltlich gibt.

Das ist ohne Zweifel die kleine Ausschweifung dieser unschuldigen Alten (oder wieder rein gewordenen Alten), die ohne Gefährten, ohne Unterhaltung, ohne Freude, ohne Vertraute ist, ein wohlverdienter Trost in den schweren Tagen, die Gott ihr zugemessen hat, vielleicht seit Jahren schon! Dreihundertfünfundsechzigmal im Jahre. —

Eine andere noch:

Ich konnte niemals umhin, einen Blick, wenn

auch nicht eben gerade voller Wohlwollen, so doch voll Neugier, auf die Menge der Pariser zu werfen, die sich um den Platz eines Konzertpublikums drängen. Das Orchester schmettert Festgesänge, Triumphlieder oder Tänze in die Nacht. Toiletten schleppen schimmernd dahin, Blicke kreuzen sich; Müßiggänger, müde vom Nichtstun, bummeln und wiegen sich und genießen gleichgültig die Musik. Hier gibt es nur Reiche, Glückliche; nichts, was nicht Sorglosigkeit und Lust am Leben atmet; nichts — außer dem Anblick jenes Haufens, der sich da auf die äußere Barriere gestützt hat, gratis mit dem Hauche des Windes einen Fetzen von der Musik erhascht und die knisternde, sternefunkelnde Glut da drinnen anstarrt.

Es ist ein interessantes Ding um diesen Widerschein der Freude des Reichen im Auge des Armen. Aber heute bemerkte ich mitten zwischen dem Volk in Blusen und Kattun ein Wesen, dessen edle Art einen auffallenden Kontrast zu der Niedrigkeit seiner Umgebung bildete.

Es war eine große, majestätische Frau und so vornehm in ihrer Haltung, daß ich mich nicht erinnern konnte, in den Sammlungen aristokratischer Schönheiten aus der Vergangenheit je ihresgleichen gesehen zu haben. Ihr bleiches, abgemagertes Gesicht stimmte vollkommen zu der tiefen Trauer, in die sie gekleidet war. Wie das Volk, unter das sie sich gemischt hatte und das sie nicht sah, betrachtete auch sie die strahlende Welt mit einem tiefen Blick, und auch sie lauschte, indem sie leis den Kopf bewegte.

Einzigartige Erscheinung! Ganz gewiß, so sagte ich mir, darf diese Armut, wenn es sich hier um Armut handelt, doch keine schmutzige Knauserei zulassen; ein so vornehmes Äußeres überzeugt mich davon. Warum also bleibt sie freiwillig in einer Umgebung, in der sie sich so augenscheinlich bloßstellt?

Als ich neugierig an ihr vorüberging, glaubte ich auch den Grund zu erraten. Die hohe Gestalt hielt ein Kind an der Hand, in Schwarz gekleidet, wie sie selber war; so mäßig der Eintrittspreis war, dieser Preis genügte vielleicht, um etwas Notwendiges für das kleine Wesen zu kaufen, besser wohl noch, um ihm eine kleine Freude zu machen und ein Spielzeug dafür zu erstehen.

Und sie wird wieder gehen, zu Fuß, nachdenklich und in sich gekehrt und allein, immer allein; denn das Kind ist lebhaft und egoistisch, ohne Nachsicht und ohne Geduld, und kann, wie das Tier — sei es Hund oder Katze — nicht der Vertraute einsamen Kummers sein.

XIV

Der alte Hanswurst

Wo findet man das Volk nicht an den Feiertagen! Überallhin zerstreut es sich, und überall ergötzt es sich. Auf einen solchen Festtag rechnen schon lange Zeit vorher die Gaukler, die Karussellbesitzer, die Tierbändiger und alle umherziehenden Budenbesitzer, um alsdann die schlechten Zeiten des Jahres wieder wett zu machen.

An solchen Tagen vergißt das Volk — so scheint es — alles, Schmerz und Arbeit, und wird wieder wie ein Kind. Für die Kleinen ist es ein Feiertag: Der Schrecken der Schule ist für vierundzwanzig Stunden aufgehoben. Für die Erwachsenen aber ist es ein kurzer Waffenstillstand, geschlossen mit den bösen Mächten des Lebens, eine Frist in dem allgemeinen Kampfe ums Dasein.

Selbst der Weltmann und der mit geistiger Arbeit beschwerte Mensch vermögen sich diesem allgemeinen Jubel nicht ganz zu entziehen. Sie schlucken unwillkürlich ihr Teil Sorglosigkeit mit. Als richtiger Pariser ermangele ich selber nie, die Reihe der Zelte abzuschreiten, die sich in dieser feierlichen Zeit breitmachen.

Sie machten sich tatsächlich eine furchtbare Konkurrenz; sie kreischten, brüllten und heulten. Es war ein Durcheinander von Geschrei, Tam-Tam-Schlägen und Raketenexplosionen. Der Schein der Rotschwänze und Leuchtkugeln verzerrte die Züge ihrer schwarzbraunen Gesichter, die in Regen, Wind und Sonne verwittert waren; sie schleuderten mit der Haltung des erfolgessicheren Komödianten Scherzworte und Witze von der soliden, schwerfälligen Komik eines Molière in die Menge. Die Herkulesse, wie Orang-Utangs ohne Stirn noch Hals, warfen sich voll Stolz auf ihre enormen Gliedermassen majestätisch in die Brust unter dem für diese Gelegenheit eigens während der Nacht gewaschenen Trikot. Tänzerinnen, schön wie Feen oder Prinzessinnen, hüpften und gaukelten unter dem Lichte der Laternen, das ihren Rock mit Sternen übersäte.

Alles war nur Licht, Gedränge, Geschrei, nur Lärm und Freude; die einen bezahlten, die andern verdienten, und beide waren gleich froh dabei. Kinder klemmten sich an den Rock ihrer Mutter, um eine Zuckerstange zu bekommen, oder sie kletterten auf ihres Vaters Schulter, um einen Taschenspieler, blendend wie ein Gott, besser sehen zu können. Und über dcm allen kreiste, alle anderen Gerüche beherrschend, ein Duft von Schmalzgebackenem: der Weihrauch dieser Feste.

Am Ende, am äußersten Ende der Zeltreihe, als ob er sich selbst voll Scham aus all dem Glanz verbannen wollte, erblickt' ich einen armen Hanswurst, krumm, hinfällig, altersschwach, eine Ruine von einem Menschen, gegen einen Pfosten seiner armseligen Bretterbude gelehnt, einer Hütte, so elend, wie die der primitivsten Wilden; zwei tropfende, qualmende Kerzenstummel beleuchteten ihre Dürftigkeit noch greller.

Überall Fröhlichkeit, Erwerb, Lustbarkeit; überall die Sicherheit, Brot zu haben für den kommenden Tag; überall der überschäumende Ausbruch der Lebenskraft. Hier das unumschränkte Elend, das geputzte Elend, das sich, um den erschütternden Anblick noch zu verstärken, in bunte Lappen gehüllt hatte und einen Kontrast erweckte, der mehr durch die Not als durch die Kunst herbeigeführt ward. Er weinte nicht, er tanzte nicht, er gestikulierte nicht, er rief nicht; er sang weder fröhliche noch traurige Lieder, er klagte nicht. Er stand stumm und unbeweglich da. Er hatte verzichtet, hatte abgerechnet. Sein Leben war fertig.

Aber welch tiefen, unvergeßlichen Blick er über die Lichter und die Menge hingleiten ließ, deren wogender Strom wenige Schritte vor seiner abstoßenden Ärmlichkeit sich staute! Ich fühlte, wie meine Kehle umklammert wurde von der schrecklichen Faust von Hysterie, und meine Blicke wurden verdunkelt von widerspenstigen Tränen, die nicht fallen wollten.

Was tun? Den Unglücklichen fragen, welche Merkwürdigkeiten, welch Wunderbares er in der übelriechenden Finsternis hinter seinem zerfetzten Vorhange zu zeigen hatte? Wahrhaftig, ich wagte es nicht; und sollte der Grund meiner Furchtsamkeit auch diesem oder jenem ein Lächeln abnötigen —: ich fürchtete, ihn zu demütigen. Endlich hatte ich mich entschlossen, im Vorübergehen etwas Geld auf eine der Planken zu legen, in der Hoffnung, daß er meine Absicht erraten werde, — als eine große hinunterschiebende Welle der Menschenmenge, getrieben durch eine mir unverständliche Aufregung, mich weit mit sich fortriß.

Und als ich, von der Erscheinung gequält, wieder umkehrte, suchte ich meinen plötzlichen Schmerz zu analysieren und sagte mir: Ich sah dort eben einen alten Schriftsteller, der seine Mitwelt, deren gefeierter Held er war, überlebt hat; einen alten Dichter ohne Freunde, ohne Familie, ohne Kinder, ins Elend gekommen durch die Undankbarkeit der Menge, in einer Hütte, in welche die vergeßliche Welt nicht treten will.

XV

Der Kuchen

Ich reiste. Das Land, in dem ich mich befand, war von einer Größe und Vornehmheit, der man sich nicht zu entziehen vermochte. Ohne Zweifel floß etwas davon in diesem Augenblick in meine Seele über. Meine Gedanken wanderten mit der Leichtigkeit der Luft; alle niedrigen Süchte, wie Haß oder unedle Liebe, schienen mir hier so entlegen, wie das Regengewölk, das tief zu meinen Füßen im Abgrund vorüberhastete. Meine Seele schien mir so weit und klar, wie die Himmelskugel, die mich umhüllte, und Erinnerungen an irdische Dinge klopften an mein Herz nur leise, schwach, unmerkbar fast, wie der Ton der Herdenglocken, die weit, weit am Abhang eines anderen Berges vorüberzogen. Über den kleinen unbewegten, vor unendlicher Tiefe schwarz schimmernden See glitt hier und da ein Wolkenschatten: Der Widerschein vom Mantel eines Riesen, der in den Himmel fliegt. Und ich erinnere mich, daß dieser seltene, feierliche, durch eine große, lautlose Bewegung hervorgerufene Eindruck mich mit einer Freude erfüllte, in die sich doch ein leises Zagen mischte. Kurz, ich fühlte mich, dank der berückenden Schönheit, die mich umgab, in einem glücklichen Frieden mit mir und der Welt; in meinem vollkommenen Glück und also ganz unberührt von allem irdischen Ungemach erschienen mir, so meinte ich, selbst jene Bücher nicht mehr lächerlich, die da behaupten, der Mensch sei gut geboren. — Als dann des Körpers unabweisbare Forderungen sich wieder erneuten, dachte ich daran, der Mattheit zu begegnen und meinen Appetit, den der hohe Aufstieg rege gemacht, zu befriedigen. Ich zog aus meiner Tasche ein großes Stück Brot, eine kupferne Tasse und ein Fläschchen mit einer bestimmten Flüssigkeit, die die Apotheker dieser Zeit den Touristen verkauften, damit diese sie bei Gelegenheit mit Schneewasser vermischen konnten.

Ich zerschnitt behaglich mein Brot, als ein ganz leises Geräusch mir Anlaß ward, die Augen aufzuschlagen. Vor mir stand ein kleines schwarzes, zerlumptes Geschöpf mit zerzausten Haaren, dessen hohle Augen in heißem Verlangen das Stück Brot zu verschlingen schienen. Und ich hörte es mit dunkler, rauher Stimme ein Wort ausstoßen: »Kuchen!« Unwillkürlich mußte ich lachen, als ich den Namen hörte, mit dem es mein fast weißes Brot beehrte, schnitt ein schönes Stück davon ab und hielt es ihm hin. Langsam kam es näher und ließ dabei den Gegenstand seines Begehrens nicht aus den Augen; als es dann aber das Stück erhascht hatte, lief es schnell davon, wohl in der Furcht, mein Anerbieten könnte nicht aufrichtig gemeint sein und schon von mir bereut werden.

Aber im selben Augenblicke wurde es von einem anderen kleinen Wildfang über den Haufen gerannt, der plötzlich irgendwoher auftauchte und dem ersten so vollkommen glich, daß man ihn für seinen Zwillingbruder halten konnte. Sie rollten zusammen auf den Boden, sich um die kostbare Beute raufend, von der zweifellos keiner dem Bruder die Hälfte opfern wollte. Der erste packte den zweiten erbittert bei den Haaren, während dieser sein Ohr mit den Zähnen ergriff und mit einem kräftigen Bauernfluche ein kleines blutiges Stück davon ausspuckte. Darauf versuchte der rechtmäßige Eigentümer des Kuchens seine kleinen Krallen in die Augen des Usurpators zu bohren. Dieser seinerseits bemühte sich dann, mit aller Kraft seinen Gegner mit der einen Hand zu würgen und mit der anderen den Kämpferpreis in seine Tasche gleiten zu lassen. Aber durch die Verzweiflung neu belebt, drehte der Überwundene sich um und streckte den Sieger durch einen Kopfstoß in den Magen zu Boden. Wozu einen so häßlichen Kampf noch weiter beschreiben? Er dauerte länger, als man der kindlichen Kraft nach erwarten sollte! Der Kuchen wanderte von Hand zu Hand und wechselte jeden Augenblick die Tasche, — aber ach! er änderte auch seinen Umfang. Und als sie endlich erschöpft, keuchend und blutend innehielten, unfähig, weiter fortzufahren, da hatten sie tatsächlich kein Kampfobjekt mehr. Das Stück Brot war verschwunden; wahrscheinlich lag es zu kleinen Krümchen zerbröckelt im Sande, mit dem es sich vermischt hatte.

Dieses Schauspiel hatte die Landschaft für mich verdunkelt, und die stille Freude, die meine Seele genoß, ehe ich diese beiden kleinen Menschen gesehen, war völlig dahin. Lange noch blieb eine Traurigkeit in mir zurück und ich wiederholte mir unaufhörlich: »So gibt es denn ein wundervolles Land, wo man das Brot Kuchen nennt, und wo es ein so seltner Leckerbissen ist, daß es genügt, um einen brudermörderischen Kampf heraufzubeschwören!«

XVI

Die Uhr

Die Chinesen lesen die Zeit aus den Augen der Katzen.

Eines Tages bemerkte ein Missionar, der in dem Weichbilde Nankings sich erging, daß er seine Uhr vergessen hatte, und er fragte einen Knaben nach der Zeit.

Der Gassenjunge des großen Reiches der Mitte zögerte zuerst, dann aber besann er sich eines Besseren und antwortete: »Ich werde es dir gleich sagen.« Einen Augenblick später kam er wieder zum Vorschein mit einer sehr großen Katze unter dem Arme, und als er ihr, wie man sich ausdrückt, ins Weiße des Auges geblickt hatte, versicherte er ohne Zaudern: »Es ist noch nicht ganz Mittag.« Was richtig war.

Wenn ich mich über meine schöne Mieze beuge, die ihren Namen so mit Recht trägt, die alles, die Zierde ihres Geschlechtes, der Stolz meines Herzens und der Duft meines Geistes ist, dann sehe ich, sei es nachts oder sei es am Tage, sei es im hellen Lichte oder im undurchdringlichen Schatten, dann seh' ich in der Tiefe ihrer angebeteten Augen immer deutlich die Stunde, eine weite, feierliche Stunde, groß wie der Raum und ohne Minuten- und Sekundenteilchen, — eine unbewegte Stunde, die die Uhr nicht anzeigt, und die doch leicht ist wie ein Atemzug und wie ein Augenaufschlag flüchtig.

Und würde ein unbequemer Mensch mich stören, während meine Blicke auf diesem reizenden Ziffernblatte ruhen, würde ein böser, lästiger Geist, ein Dämon der Unzeit mir sagen: »Was betrachtest du da mit soviel Sorgfalt? Was suchst du in den Augen dieses Geschöpfes? Dort liesest du die Stunde, müßiger, verschwenderischer Mensch?« — dann würd' ich ohne Zögern ihm erwidern: »Ja, ich lese die Stunde: Es ist die Ewigkeit!« —

Ist das nicht ein wirklich verdienstliches kleines Gedicht, gnädige Frau, und so überschwänglich wie Sie selber? Es hat mir, kann ich versichern, so große Freude gemacht, diese anspruchsvolle Galanterie hier niederzuschreiben, daß ich von Ihnen kein Entgelt erbitten möchte.

XVII

Eine Welt in einem Duft von Haaren

Laß mich lange, lange den Duft deiner Haare atmen, laß mich ganz mein Gesicht darein versenken, so wie ein welker Mann sich in die Wasser eines Bornes taucht; in meinen Händen will ich sie flattern lassen wie ein duftendes Taschentuch und so die Luft mit Erinnerungen schwängern.

Wüßtest du, was ich nun alles sehe! o was ich fühle! was ich aus deinem Haar vernehmen kann! Denn meine Seele wandert mit dem Dufte, wie die der andern mit den Klängen der Musik.

Aus deinen Haaren steigt ein Traum empor, ein Traum von wehenden Segeln und von Masten. Sie erzählen von weiten Meeren, wo der Passat mich fern nach sanften Himmelsstrichen trägt, wo der Äther tiefer blaut und die Luft durchtränkt ist vom Dufte der Früchte, der großen Blätter und der Menschen.

In dem Ocean deiner Haare seh' ich einen Hafen, erfüllt von schwermütigen Liedern, von kraftvollen Männern aller Nationen, von Schiffen in allen Formen, deren reiche, kostbare Architekturen einen endlosen Himmel durchschneiden, wo ewige Hitze sich brüstet.

Wenn ich deine Haare streichle, durchlebe ich noch einmal die süße Müdigkeit der Stunden auf dem Divan in der Kajüte eines schönen Schiffes, gewiegt von dem unmerklichen Wogen des Hafens, zwischen Töpfen voll Blumen und erfrischenden Springbrunnen.

Aus dem heißen Scheitel deiner Haare saug' ich den Duft von Tabak, Opium und Zucker; in der Nacht deiner Haare seh' ich des tropischen Äthers Unendlichkeit erstrahlen; an den flaumigen Küsten deiner Haare berausch' ich mich in einer Düftemischung von Teer, Muskat und Kokosöl.

Laß mich in deine schweren schwarzen Flechten mich wühlen. Wenn ich deine elastischen krausen Haare zerkaue, ist mir's, als zehr' ich von Erinnerungen.

XVIII

Aufforderung zur Reise

Es ist ein wunderbares Land, ein Schlaraffenland sagt man, von dem ich träume, daß ich mit einer alten Freundin es besuche. Ein seltsames Land, von unsern nordischen Nebeln überflutet, und das man doch den Orient des Occidents, das Chinas Europas doch wohl nennen könnte: so sehr hat sich die warme und launische Phantasie dort frei entfaltet, so unermüdlich und hartnäckig hat sie mit einer seltenen, auserlesenen Vegetation es zu schmücken gewußt.

Ein wahres Schlaraffenland, wo alles schön, reich, ruhig und rechtschaffen ist; wo es dem Luxus gefällt, in der Ordnung sich zu spiegeln; wo das Leben sanft und tief sich atmet; wo es Unregelmäßigkeiten, Unruhen und unliebsame Überraschungen nicht gibt; wo dem Schweigen das Glück sich vermählt; wo selbst die Kochkunst poetisch wird, voll kräftiger Reize jedenfalls; wo alles ganz dir gleicht, mein teurer Engel.

Du kennst diesen Fiebertraum, der immer unsers frostigen Elends sich bemächtigt, dieses Heimweh nach einem unbekannte Lande, diese Qual der Neubegier? Ein Land ist's, ganz wie du, wo alles schön, reich, ruhig und rechtschaffen ist. Die Phantasie baut dort sich ein wunderbar reiches, abendländisches China, wo das Leben sanft sich atmet, wo dem Schweigen das Glück sich vermählt. Dort lohnt es sich zu leben, dort zu sterben!

Ja, dort lohnt sich's zu atmen, zu träumen und die Stunden in die Unendlichkeit der Empfindungen hinauszuspinnen. Ein Musiker schrieb einst die »Aufforderung zum Tanz«; wer wird uns die »Aufforderung zur Reise« komponieren, die man der geliebten Frau, der Schwester seiner Wahl, übersenden möchte?

Ja, in dieser Luft läßt sich's gut leben, — hier unten, wo die trägeren Stunden reicher sind an Gedanken, wo die Uhr mit einer tieferen, bedeutsameren Feierlichkeit das Glück anschlägt.

Auf leuchtenden Füllungen oder vergoldetem Kupfer leben Bilder, geheimnisvoll und reich an düstrer Pracht, — Bilder, heilig, tief und still wie die Seelen der Künstler, die sie schufen. Die Strahlen der untergehenden Sonne, die den Speisesaal oder den Salon so kostbar tönen, fluten durch prächtige Stoffe oder hohe

Fenster, reich ausgearbeitet, von Bleigeäder in zahllose Felder geteilt. Die Möbeln sind groß, sind seltsam wunderlich; von Schlössern und Geheimnissen starren sie — wie eine verfeinerte Menschenseele. Spiegel und Metalle, Stoffe, Fayencen und die Arbeiten der Goldschmiedekunst spielen den Augen eine geheime, lautlose Symphonie; und von allen Sachen, aus allen Winkeln, aus den Spalten der Schubladen und den Falten der Stoffe strömt ein wunderbarer Duft, gleichsam ein Lockruf fern von Sumatra, der diese Räume zu beseelen scheint.

Ein wahres Schlaraffenland nannte ich es, wo alles reich und eigen ist und leuchtend rein wie ein gutes Gewissen, wie blankgeputztes Küchengeschirr, wie herrliche Silberarbeiten, wie bunt glitzernde Juwelen. Die Schätze der Welt werden dort angeschwemmt, wie in dem Hause eines fleißigen Mannes, der auf der ganzen Erde gut verdient hat. Ein einziges Land, allen anderen so überlegen, wie die Kunst der Natur, die hier vom Traume neu gestaltet und so viel besser ward und schöner, daß sie nicht wiederzuerkennen ist.

Was suchen sie, was suchen sie denn noch, warum erweitern sie unaufhörlich die Grenzen ihrer Erfolge, diese Alchimisten der Gartenkultur!

Warum setzen sie noch Preise von sechzig- und von hunderttausend Gulden aus für den, der ihre ehrgeizigen Probleme lösen wird! Ich habe meine schwarze Tulpe und meine blaue Dahlie gefunden!

Du unvergleichliche Blume, wiedererstandene Tulpe, allegorische Dahlie, sag, hier in diesem schönen Land, in diesem stillen, träumerischen Lande, lohnt sich's hier nicht zu leben und zu blühen? Würde nicht deine Analogie dich hier umgeben, und könntest du, um mit den Mystikern zu sprechen, dich nicht in deiner ‚Korrespondenz' bespiegeln?

Träume! immerdar Träume! und je feinfühliger und feuriger ein Geist ist, desto weiter schweifen sie über das Mögliche hinaus. Jeder Mensch trägt seine Dosis natürlichen Opiums in sich, die sich ohn' Ende auflöst und erneut — und von der Geburt an bis zum Tode: wie viele Stunden können wir denn zählen, die ausgefüllt sind von der positiven Freude, von der geglückten und entschiedenen Aktion? In diesem Bilde, was dir gleicht — werden jemals wir leben, jemals vergehen in diesem Bilde?

Diese Schätze, diese Möbeln, dieser Luxus, diese Ordnung, dieser Duft, diese wundervollen Blumen: das bist du. Und wieder bist du's: diese großen Ströme und die geruhigen Kanäle. Diese ungeheuren Schiffe, die sie tragen, mit Reichtümern befrachtet, von denen der monotone Rudertakt herüberklingt: das sind meine Gedanken, in deinem Schoße schlummernd oder wallend. Du leitest sie sacht zum Meere der Unendlichkeit und spiegelst dazu die Tiefen des Himmels tief in der Klarheit deiner schönen Seele wieder; — und wenn, ermüdet von der steten Brandung, und der Hervorbringungen des Morgenlandes übervoll, die Schiffe zu den heimischen Gestaden kehren: so sind es wieder, Freundin, meine Gedanken, die reich geworden aus der Unendlichkeit zu dir heimkehren.

XIX

Das Spielzeug des Armen

Ich will euch von einer unschuldigen Unterhaltung erzählen. Es gibt ja so wenige Vergnügungen, die nicht sündig sind.

Wenn ihr am Morgen ausgehen wollt, mit der bestimmten Absicht, einsam auf den großen Wegen dahinzuschlendern, so füllt eure Taschen mit kleinen Ein-Pfennig-Erfindungen — zum Beispiel mit dem flachen Hampelmann, den man mit einem einzigen Faden bewegt, den Schmieden, die auf einen Ambos hämmern, dem Reiter samt seinem Pferde, dessen Schwanz nur eben ein Hauch ist, — und längs der Hütten am Fuße der Bäume macht sie den unbekannten armen Kindern zum Geschenke, die ihr dort antrefft. Ihr werdet ihre Augen sich maßlos weiten sehen. Zuerst werden sie nicht zuzugreifen wagen; sie zweifeln an ihrem Glück. Dann werden ihre Hände gierig nach den Geschenken haschen, und sie werden davonfliehen, wie die Katzen, die sich weit von euch entfernen, um das Stück, das man ihnen gab, zu verzehren, da sie den Menschen zu mißtrauen lernten.

An einer Landstraße, hinter dem Gitter eines großen Gartens, an dessen Ende ein hübsches, von der Sonne getroffenes Schloß erschien, saß ein schönes, frisch aussehendes Kind in jener ländlichen Tracht, die so kokett ist. Der Luxus, die Sorglosigkeit und das gewohnte Schauspiel des Reichtums machen diese Kinder so hübsch, daß man sie nicht aus dem gleichem Teig geschaffen glauben möchte wie die Kinder des Mittelstandes oder der Armut.

Neben ihm im Grase lag ein glänzendes Spielzeug, ebenso frisch wie sein Herr, lackiert, vergoldet, mit einem schönen Gewande angetan und bedeckt mit Federn und Glasgehängen. Aber das Kind beschäftigte sich nicht mit seinem Spielzeug, und seht, wonach es blickte —: Jenseit des Gitters, auf dem Wege, zwischen Disteln und Brennesseln, befand sich ein anderes Kind, unsauber, elend, rußig, eins jener Schmudelchen, an dem ein unparteiisches Auge noch Schönheit entdeckt, wie das Auge des Kenners ein ideales Gemälde unter einer Schicht von Wagenlack herausfindet und es von der abstoßenden Patina des Elends säubert.

Durch die symbolischen Eisengitter hindurch,

die zwei Welten von einander trennten, zeigte das arme Kind dem reichen Kinde sein Spielzeug, das jenes begierig betrachtete, wie einen seltenen, unbekannten Gegenstand. Nun, dieses Spielzeug, das der kleine Schmutzfink anstichelte, in Bewegung brachte und schüttelte, war eine lebende Ratte! Die Eltern hatten, offenbar aus Sparsamkeit, das Spielzeug dem Leben selbst entnommen.

Und die beiden Kinder lachten brüderlich zusammen, mit Zähnen von der gleichen Weiße.

XX

Die Gaben der Feen

Es war eine große Versammlung unter den Feen, denn sie wollten an alle Neugeborenen, die während der letzten vierundzwanzig Stunden das Licht der Welt erblickt hatten, ihre Gaben verteilen.

Alle diese alten und launenhaften Schicksalschwestern, diese seltsamen Mütter von Schmerz und Freude, waren ganz verschieden untereinander: Die einen von düsterer, verdrießlicher Miene, die anderen mit einem freundlichen, lustigen Gesicht; die einen jung und immer jung gewesen, die andern alt und alt auch von jeher.

Alle Väter, die den Glauben an die Feen noch nicht verloren hatten, waren gekommen, jeder mit seinem Neugeborenen auf dem Arme.

Begabung, Vermögen, Glück, sichere Existenz lagen zur Seite des Richterstuhles aufgeschichtet, wie die Preise auf der Estrade bei einer Preisverteilung. Sonderbar dabei war, daß die Gaben nicht die Belohnung einer Leistung bildeten, sondern ganz im Gegenteil eine Gnade waren, welche denjenigen, die noch nichts vom Leben kannten, zu gute kam. Eine Gnade, die ihr Schicksal bestimmte und ebensogut die Quelle ihres Unglücks wie ihres Glückes werden konnte.

Die armen Feen waren sehr beschäftigt; denn die Menge der Bittsteller war groß, und die Mittelswelt, die zwischen Mensch und Gott steht, ist so wie wir der Schreckensherrschaft der Zeit und ihrer unendlichen Nachkommenschaft, den Tagen, Stunden, Minuten, Sekunden, unterworfen.

In der Tat, sie waren in Aufregung wie Minister an einem Audienztage, oder wie die Beamten der Leihhausbank, wenn ein nationales Fest Gratiseinlösungen gestattet. Ich vermute sogar, daß sie von Zeit zu Zeit nach dem Zifferblatte der Uhr blickten, und zwar mit der Ungeduld eines irdischen Richters, der einen ganzen Vormittag Sitzung gehabt hat und süßer Träumereien von seinen geliebten Pantoffeln sich nicht erwehren kann. Wenn sogar in der übernatürlichen Justiz ein wenig Überhastung und Zufälle mitspielen, so dürfen wir nicht erstaunen, daß es in der menschlichen Rechtspflege zuweilen geradeso ist. Wir würden selbst in solchen Fällen ungerechte Richter sein.

So liefen denn an solchen Tagen auch

manche Unrichtigkeiten mit unter, die man hätte bizarr nennen können, wenn mehr die Klugheit als die Laune den bestimmenden, stetigen Charakterzug der Feen bildete.

Die Macht, das Glück magnetisch an sich zu fesseln, ward zum Beispiel dem einzigen Erben einer sehr reichen Familie zu teil, und dieser, dem jeder Sinn für Wohltun abging, der aber doch auch keinerlei Begierde nach den augenfälligsten Gütern dieser Welt kannte, sollte sich später in seinen Millionen garnicht zurechtfinden können.

Ferner wurde die Liebe zum Schönen und die Macht der Poesie dem Sohne eines zweifelhaften Bettlers, eines Steinbrucharbeiters seines Zeichens, verliehen, obwohl der Vater in keiner Weise die Fähigkeiten seines bedauernswerten Nachkommen zu unterstützen oder für seine Bedürfnisse zu sorgen vermochte.

Ich vergaß noch zu bemerken, daß die Verteilung in diesen feierlichen Fällen keine Einwendungen erlaubt und daß keine der Gaben verweigert werden darf.

Alle Feen erhoben sich, in dem Glauben, ihre Arbeit vollbracht zu haben, denn es blieb nicht ein Geschenk, nicht eine Gabe mehr an diesen Menschenpöbel zu verschleudern. Aber da erhob sich ein Biedermann, ein armer kleiner Kaufmann glaube ich, und ergriff mit der Hand das vielfarbene Nebelkleid der ihm zunächst stehenden Fee und rief:

»O, gute Dame! Ihr habt uns vergessen! Mein Kleiner ist noch da! Ich will nicht umsonst gekommen sein.«

Die Fee befand sich in Verlegenheit, denn es war eben nichts mehr vorhanden. Sie erinnerte sich indessen im Augenblick eines wohlbekannten, wenn auch wenig benutzten Gesetzes der übernatürlichen Welt, die diese unantastbaren Gottheiten bewohnen, diese Freunde der Menschen, so manchmal gezwungen, sich ihren Leidenschaften zu fügen: Feen, Gnomen, Salamander, Sylphiden, Sylphen, Nixen, Wassergeister und Undinen; ich meine natürlich jenes Gesetz, das den Feen gestattet, in einem solchen Falle wie dieser hier, nämlich nach der Ausgabe der Lose, noch ausnahmeweise eine Fähigkeit als Ergänzung zuzugeben, vorausgesetzt, daß ihre Einbildungkraft ausreichte, sie unmittelbar zu erschaffen.

Also die gute Fee antwortete mit einer ihres Standes würdigen Sicherheit: »Ich gebe deinem Sohne .... ich gebe ihm .... die Gabe, zu gefallen!«

»Aber wie denn? gefallen? ... wieso gefallen .... wodurch? warum?« fragte hartnäckig der kleine Ladenbesitzer, ohne Zweifel einer jener gewöhnlichen Räsonnöre, die nicht imstande sind, sich zu der Logik des Absurden aufzuschwingen.

»Darum! darum!« erwiderte die Fee heftig und drehte ihm den Rücken zu. Und als sie sich dem Zuge ihrer Gefährtinnen anschloß, sagte sie zu ihnen: »Wie findet ihr diesen kleinen anmaßenden Franzosen, der alles begreifen will und, trotzdem er für seinen Sohn das beste Los erhalten hat, es doch noch wagt, zu fragen und das Unerklärliche erklären zu wollen?«

XXI

Die Versuchungen

oder Eros, Plutos und der Ruhm.

Zwei prächtige Teufel und eine nicht minder ausgezeichnete Teufelin haben in letzter Nacht die geheimnisvolle Treppe erklommen, von der aus die Hölle die Schwäche des schlafenden Menschen bestürmt und heimlich in Verbindung mit ihm tritt. Und sie kamen und stellten sich prahlerisch und in Bühnenposen vor mich hin. Ein schwefliger Glanz ging von diesen drei Personen aus und sonderte sie von dem undurchsichtigen Grunde der Nacht. Und sie hatten einen Ausdruck, so stolz und voller Hoheit, daß ich sie zuerst für wirkliche Gottheiten hielt.

Das Gesicht des ersten Satans war von zweideutigem Geschlechte, und in den Linien seines Körpers hatte er außerdem etwas von der Weichlichkeit eines alten Bacchus. Seine schönen, schmachtenden Augen von dunkler, unbestimmter Farbe glichen Veilchen, auf denen noch die schweren Tränen eines Unwetters lasten, und seine geöffneten Lippen heißen Räucherdosen, von denen der Wohlgeruch einer Parfümerie ausströmt; und bei jedem Atemzuge wurden schwärmende, moschusduftende Insekten von der Glut seines Hauches beleuchtet.

Um seine Purpurtunika rollte sich, einem Gürtel gleich, eine schillernde Schlange, die erhobenen Kopfes ihre Augen, wie Kohlen glühend, schmachtend ihm zugewendet hielt. An diesem lebenden Gürtel hingen in bunter Folge Phiolen, mit trüber Flüssigkeit gefüllt, glitzernde Messer und Instrumente der Chirurgie. In seiner Rechten hielt er gleichfalls eine Phiole, deren Inhalt in rotem Lichte leuchtete und die als Aufschrift folgende bizarren Worte trug: »Nehmet hin und trinket, dies ist mein Blut, ein vollkommenes Magenelixir!« Seine Linke trug eine Geige, auf der er offenbar seine Freuden und seine Leiden hinaussang und die ihm diente, nächtens des Hexensabbaths ansteckende Narretei um sich zu verbreiten.

An seinen zarten Fußknöcheln schleppten die Ringe einer Kette aus gehämmertem Golde, und die Behinderung, die daraus entstand, zwang ihn, seine Augen zur Erde zu richten. Voller Genugtuung betrachtete er seine Fußnägel, glänzend poliert wie saubergeschliffene Steine.

Er sah auf mich mit trostlosen, traurigen Blicken, aus denen ein arglistiger Rausch sich stahl, und sagte mit singender Stimme: »Wenn du willst, wenn du willst, so werde ich dich zum Herrn der Seelen machen, so wirst du der Meister aller lebenden Dinge sein, mehr noch als wie der Bildhauer den Ton beherrscht; und du wirst das unaufhörlich wiederkehrende Vergnügen kennen lernen, aus dir auszugehen, um dich in anderen zu vergessen, und die Seelen anderer anzuziehen, bis daß sie mit der deinigen verschmelzen.«

Und ich antwortete ihm: »Schönen Dank! Ich habe genug zu tun mit dieser Ware von Wesen, die ohne Zweifel nicht mehr wert sind als mein armes Ich. Obgleich die Erinnerung mir Schande macht, möchte ich nichts vergessen; und selbst wenn ich dich nicht kennen würde, altes Untier: deine geheimnisvolle Messersammlung, deine zweideutigen Phiolen, die Ketten, die deine Füße fesseln, sind Symbole, die das Unpassende deiner Freundschaft klar beweisen. Behalte deine Geschenke.«

Der zweite Teufel hatte weder diese zugleich traurige und heitere Miene, weder dieses glatte, einschmeichelnde Benehmen, noch auch die zarte, duftende Schönheit des andern. Er war ein umfänglicher Mann mit einem großen Gesichte ohne Augen. Sein schwerer Bauch hing ihm bis auf die Schenkel, und seine Haut war von oben bis unten verziert, gleichsam tätowiert, mit einer Menge kleiner Figuren in allen Stellungen, die die zahlreichen Erscheinungen des menschlichen Elends darstellten. Kleine, ausgemergelte Männer waren darunter, die sich freiwillig an einem Nagel aufhängten; ferner kleine, mißgestaltete, magere Gnomen, deren bittende Augen noch heißer ein Almosen erflehen mochten als ihre zitternden Hände; und welke Mütter, auf den Armen ihre unentwickelten Frühgeburten, die sich an ihre abgezehrten Brüste klammerten. Noch vieles andere in der Art war da zu sehen.

Der dicke Satan schlug mit der Faust auf seinen ungeheuren Bauch, und widerhallend vernahm ich da ein weithin schallendes Metallgeklirr, das in dem hohlen Ächzen zahlreicher menschlicher Stimmen endigte. Und er lachte, wobei er unverschämt seine verdorbenen Zähne zeigte, mit jenem ungeheuer dummen Lachen, wie es gewissen Leuten aller Länder eigen ist, wenn sie zu gut diniert haben.

Und er sprach zu mir: »Ich kann dir das geben, womit man alles erreicht, was alles aufwiegt, was alles ersetzt!« und schlug auf seinen formlos feisten Bauch, dessen sonores Echo den Kommentar zu seinen großen Worten machte.

Doch ich wandte mich voll Abscheu von ab ihm und antwortete: »Ich habe, um vergnügt zu sein, das Elend eines andern Menschen nicht vonnöten und habe kein Begehr nach trübseligem Reichtum, nach Noten und Scheinen, die bunt bedruckt sind wie Tapetenrollen mit all dem Leid und Elend, das du auf deiner Haut mir da zur Schau trägst.«

Was nun die Teufelin angeht, so müßte ich lügen, wollt' ich nicht zugeben, daß ich beim ersten Anblick einen ungewöhnlichen, seltsamen Charme an ihr fand. Wollte ich dieses Reizvolle näher erklären, so wüßte ich es mit nichts Besserem zu vergleichen als mit dem Reize der sehr schönen Frauen, die im Verblühen sind, dann aber nicht mehr altern, und deren Schönheit den eindringlich sprechenden Zauber der Ruinen bewahrt. Sie hatte einen gebieterischen und zugleich herablassenden Gesichtsausdruck; ihre Augen waren niedergeschlagen, gleichwohl jedoch von faszinierender Macht. Was mich am meisten überraschte, war das Sonderbare in ihrer Stimme, die in mir Erinnerungen an den schönsten Kontra-Alt wachrief und doch ein wenig von der Heiserkeit einer allzu oft von Branntwein durchspülten Kehle hatte.

»Willst du meine Macht kennen lernen?« fragte die falsche Göttin mit ihrer schönen, seltsam klingenden Stimme. »So höre!«

Und sie setzte eine riesenhafte Trompete an den Mund, die wie eine gewisse Art von rohrgeschnitzten Pfeifen mit den Titeln aller Zeitungen der Welt umdruckt war, und durch diese Trompete schrie sie meinen Namen, der mit dem Lärm von hunderttausend Donnern in den Raum hinausrollte und dann als Echo wiederkam, zurückgeschleudert vom entferntesten Planeten.

»Ei Teufel!« sagt' ich, halb überwunden, »das ist ja großartig!« Als ich das verführerische Mannweib aber aufmerksam betrachtete, kam es mir doch so vor, als erkenne ich sie wieder und hätte sie einmal mit ein paar Kerlen meiner Bekanntschaft kneipen gesehen; und der rauhe Ton des Kupfers erweckte in meinem Ohr eine unbestimmte Erinnerung an eine arg geschändete Trompete.

So antwortete ich denn mit meiner ganzen Verachtung: »Geh doch! Ich bin nicht dazu da, die Maitresse gewisser Leute zu heiraten, die ich nicht nennen will.«

Auf einen so mutvollen Verzicht konnte ich gewiß mit Recht stolz sein. Aber zum Unglück erwachte ich und meine ganze Willenskraft ließ mich im Stiche. »Wahrhaftig,« sagte ich zu mir selbst, »ich muß sehr tief geschlafen haben, daß ich so skrupulös gewesen bin. Ach, wenn sie zurückkehren könnten, jetzt, wo ich wach bin, ich würde nicht mehr so empfindlich sein!«

Und ich rief sie mit lauter Stimme, bat sie, mir zu verzeihen, und bot ihnen an, mich so oft zu prostituieren, als nötig sei, um ihre Gunst zu erwerben; aber ich hatte sie offenbar zu tief gekränkt, denn sie sind niemals wieder zu mir gekommen.

XXII

Die Abenddämmerung

Der Tag sinkt. Eine weite Ruhe breitet sich über die armen, von der Bürde des Tages ermüdeten Gehirne; und ihre Gedanken nehmen jetzt die zarten, verschwimmenden Farben der Dämmerung an.

Doch von dem Berggipfel herüber zu meinem Balkon, durch den nackten, durchsichtigen Glanz des Abends, kommt ein Geheul, ein durchdringendes Geschrei, das, von der Ferne umgestimmt zu einer traurigen Harmonie, dem Schwellen der Flut oder dem Tosen eines nahenden Sturmes gleicht.

Wer sind die Unglücklichen, denen der Abend keine Ruhe bringt und die den Eulen gleich das Kommen der Nacht als Zeichen für einen Hexensabbath nehmen? Dieses unheimliche Geschrei kommt dort von jenem düsteren Hospiz, das auf dem Berge ragt; und wenn ich abends rauchend die Ruhe des ungeheuren häuserbedeckten Tales mir betrachte, deren Fenster sagen: »Hier herrscht der Friede jetzt; hier wohnt das Familienglück!« — dann kann ich, wenn der Wind von dort herüberweht, meine erstaunten Gedanken nach diesem Spiel der Höllenharmonien wiegen.

Die Dämmerung erregt die Irren. — Ich erinnere mich zweier Freunde, die die Dämmerung ganz krank machte. Der eine mißachtete alsdann alle Freundschaft- und Höflichkeitbeziehungen und behandelte den Ersten-Besten, der ihm in den Weg kam, wie ein Wilder. Ich sah ihn einstmals ein ausgezeichnetes Huhn einem Hotelwirt an den Kopf werfen, weil er darin ich weiß nicht welche beleidigende Hieroglyphe finden wollte. Der Abend, der die tieferen Lüste kündet, verleidete ihm die nahrhaftesten Dinge.

Der andere, ein gekränkter Streber, wurde im gleichen Maße, wie der Tag verging, verdrießlicher, düsterer, nörglerischer. Nachsichtig und umgänglich bei Tage, wurde er Abends mitleidlos; und das nicht allein gegen andere: auch gegen ihn selber wütete seine abendliche Manie.

Der erste starb als Irrer, gänzlich unfähig, seine Frau und Kinder noch zu erkennen; der zweite trug die Unrast einer unheilbaren Krankheit in sich; und wäre er mit allen Ehren bedacht, die Republiken und Fürsten nur verleihen können: die Dämmerung hätte, glaub' ich, dennoch seinen brennenden Neid nach imaginären Auszeichnungen entzündet. Die Nacht, die ihre Finsternis in diese Geister überströmt, macht mir den meinen licht und klar; und obgleich man nicht selten dieselbe Ursache zwei entgegengesetzte Wirkungen hervorbringen sieht, bin ich dadurch immer gleichsam verwirrt und beunruhigt.

O Nacht! erquickendes Dunkel! du bist für mich das Signal zu einem inneren Feste, du bist für mich die Befreiung von einer Angst. In der Einsamkeit der Ebene, in den Steinlabyrinthen einer Hauptstadt, im Sterneschimmer, beim Laternengeflacker bist du das Feuerwerk der Freiheitgöttin!

Dämmerung, wie zart und lieblich du bist! Die rötlichen Lichter, die bald am Horizont versiegen — der Todeskampf des Tages unter der siegreichen Umschlingung der Nacht — das Licht der Kandelaber, das Flecken von einem durchsichtigen Rot auf die letzten Glorien des Schlafengehenden wirft, die schweren Draperien, die eine unsichtbare Hand über die Tiefe des Ostens zieht: sie alle verbildlichen die reich sich mischenden Empfindungen, die im Herzen eines Mannes in feierlichen Stunden seines Lebens kämpfen.

Auch könnte man dich mit dem wundersamen Kleide einer Tänzerin vergleichen, bei dem ein leichtmaschiger dunkler Gazeschleier nur gedämpft die Pracht eines glänzenden Unterkleides durchscheinen läßt, wie durch die dunkle Gegenwart die herrliche Vergangenheit uns leuchtet. Und die glitzernden Gold- und Silbersterne, mit denen es besät ist, sind die Funken der Phantasie, die einzig unter dem tiefen Trauergewande der Nacht sich entzünden.

XXIII

Die Einsamkeit

Ein philantropischer Zeitungschreiber erzählt mir, die Einsamkeit sei für den Menschen nicht gut; und zur Unterstützung seiner Behauptung zitiert er, wie alle Ungläubigen, Aussprüche der Kirchenväter.

Ich weiß, daß der Teufel gern die unfruchtbaren Orte aufsucht, weiß, daß der Geist des Bösen und der Geilheit in seltsamer Art sich in der Einsamkeit entzündet. Es ist jedoch möglich, daß diese Einsamkeit gefährlich nur für träge, unstäte Gemüter ist, die sie mit ihren Leidenschaften und ihren Grillen beleben.

Ein Schwätzer selbstverständlich, dessen höchste Wonne darin besteht, von der Höhe einer Kanzel oder einer Tribüne herab zu reden, riskiert auf einer Robinsoninsel tollwütig zu werden. Ich verlange auch nicht, daß mein Zeitungschreiber die mutigen Tugenden eines Krusoe besitze, aber ich verlange, daß er keine Anklage gegen die Freunde der Einsamkeit und des Geheimnisvollen schleudert.

Es gibt in unserer redseligen Rasse Wesen, die ohne großen Widerwillen die schwersten Strafen hinnehmen, sofern es ihnen erlaubt wird, von der Höhe des Schafotts einen großen Sermon hinabzusenden, und sie nicht zu fürchten brauchen, von den Trommlern Santerres*) vorzeitig das Wort sich abschneiden lassen zu müssen.

Ich beklage sie nicht, denn ich denke mir, daß ihr Redeerguß ihnen ein gleiches Vergnügen verschafft, wie andere es aus dem Schweigen und der Ruhe schöpfen; doch ich verachte sie.

Ganz besonders wünsche ich, daß mein vermaledeiter Zeitungschreiber mich nach meiner Art mich amüsieren lasse. »Empfinden Sie denn niemals die Notwendigkeit« — sagt er zu mir in einem sehr apostolischen Stockschnupfentone — »Ihre Genüsse zu teilen?« Da seht mir den schlauen Neidhammel! Er weiß, daß ich die seinigen verachte, und will sich in die meinigen eindrängen, der widerliche Störenfried!

»Das große Unglück, nicht allein sein zu können! . . .« sagt La Bruyère irgendwo, als wolle er in denen Schamgefühl erwecken, die

*) Claude Santerre, ein Pariser Brauer, berüchtigt in der ersten Revolution; gest. 1808. — Anm. d. Übers.

in der Menge sich zu vergessen suchen, gewiß aus Furcht, sie könnten sich selber nicht ertragen.

»Fast alle unsre Leiden kommen über uns, weil wir es nicht verstanden haben, zu Hause zu bleiben,« sagt ein anderer Weiser, Pascal. Ich glaube, er erinnerte sich dabei in seiner einsamen Zelle all jener Narren, die das Glück in der Bewegung suchen und in einer Prostitution, die ich »brüderlichkeitlich« nennen würde, wollt' ich die schöne Sprache meines Jahrhunderts sprechen.

XXIV

Die Pläne

Er sprach bei sich, als er in einem einsam großen Park spazieren ging: »Wie schön würde sie in einer reichen, prunkvollen Hoftoilette sein, die in der klaren Luft eines köstlichen Abends über die Marmorstufen eines Palastes herniederfließen würde, genüber samtenen Rasenflächen und weiten Wasserbecken: Denn eine fürstliche Art ist ihr natürlich!«

Als er aber dann ein wenig später durch eine Straße kam und vor einem Kupferstich-Laden stehen blieb, erblickte er in einem Karton einen Stich, der eine tropische Landschaft darstellte, und er sprach bei sich selber: »Nein! nicht in einem Palaste soll mir ihr teures Leben angehören. Wir wären dort ja nie ‚bei uns zu Hause'.« Auch würden diese goldüberladenen

Mauern mir für ihr Bildnis keinen Platz mehr lassen; in diesen feierlichen Galerien wär' nicht ein Winkel für Vertraulichkeiten. Entschieden: Dort ist es, wo ich wohnen möchte, um meines Lebens Träume treu zu hegen.«

Und er betrachtete den Kupferstich im einzelnen, und also fuhr er in Gedanken fort: »Am Ufer des Meeres eine schöne Hütte aus Holz, von allen jenen seltsamen, schimmernden Bäumen umhüllt, deren Namen ich nicht mehr weiß ...., in der Luft ein berauschender, unbeschreiblicher Duft ...., in der Hütte ein kräftiger Ruch von Rosen und Muskat ...., und ferne hinter unserm kleinen Heim die Spitzen von Masten, die auf den Wellen schwanken ...., das Zimmer durchschienen von einem Lichte, das rosig durch die Vorhänge sich siebt, geschmückt mit frischen Matten, berauschenden Blumen, o und mit seltenen Sesseln in einem portugiesischen Rokoko, geschnitzt aus einem schweren, dunklen Holze (in denen sich's so still, so leicht umfächelt ruhen müßte, wenn man ganz zarten Opiumtabak dabei rauchte) ...., und um uns her, von jenseit des Zimmers, von jenseit des Schiffsrumpfes herüberhallend, das Geschrei lichttrunkener Vögel und das Geschwätz von kleinen Negermädchen ...., und nachts, um meine Träume zu begleiten, der Bäume leis melodisch singende Klage, der melancholisch ächzende Keulenbaum! Ja in der Tat: das ist wohl die Umgebung, die ich suchte. Was hab' ich mit Palästen denn zu schaffen?«

Und als er dann weiter eine große Allee entlang ging, erblickte er ein sauberes Gasthaus, und aus einem freundlichen Fenster mit hellbunten Kattungardinen beugten zwei lachende Gesichter sich hernieder. Und allsogleich sprach er bei sich: »Meine Gedanken müssen wohl rechte Landstreicher sein, da sie so ferne suchen, was so in meiner Nähe ist. Das Glück und die Lust sind in der ersten besten Herberge eingekehrt, in der Herberge des Zufalls, an Wonnen so reich. Ein großes Feuer, helles Steingutgeschirr, ein leidliches Abendessen, ein herber Wein und ein sehr großes Bett mit etwas groben, aber sauberen Vorhängen: Was gibt es Besseres?«

Und als er allein zurück nach Hause kam, zu jener Stunde, da der Rat der Weisheit nicht mehr erstickt wird von dem Lärm des Außenlebens, sprach er bei sich: »Ich habe heute im Traum drei Häuslichkeiten gehabt, in denen ich die gleiche Wonne fand. Warum nun meinen Körper zwingen, den Platz zu wechseln, da meine Seele doch so mühlos wandert? Und warum Pläne in die Tat umsetzen, wenn schon der Plan allein mir köstlich ist?«

XXV

Die schöne Dorothea

Die Sonne überschüttet die Stadt mit ihren furchtbaren senkrechten Strahlen; der Sand blendet und das Meer ist spiegelglatt. Die betäubte Welt wird schlaff und träge und gibt sich der Ruhe hin, einer Ruhe, die eine Art köstlichen Todes ist, in dem der Schläfer mit halbem Bewußtsein die Wonne seiner Vernichtung kostet.

Unterdessen schreitet Dorothea, stark und stolz wie die Sonne, durch die verlassene Straße, als einziges lebendes Wesen in dieser Stunde unter dem endlosen Blau, ein scharfer schwarzer Fleck im Lichtmeere.

Sie schreitet dahin: wiegt die zarte Büste sich wohlig auf den breiten Hüften. Ihr eng anliegendes Seidekleid von heller, rosenroter

Farbe kontrastiert lebhaft mit dem Dunkel ihrer Haut und gibt genau die lange Taille, den schmalen Rücken und die spitzen Brüste wieder.

Ihr roter Sonneschirm, der das Licht durchsiebt, wirft auf ihr dunkles Angesicht die blutige Schminke seiner Reflexe.

Die ungeheure, fast blaue Haarlast zieht ihren zarten Kopf nach hinten und gibt ihr einen triumphierenden und trägen Ausdruck. Schwere Gehänge klirren leise an ihren hübschen Ohren.

Von Zeit zu Zeit kommt vom Meere ein Luftzug; der erfaßt dann einen Zipfel ihres wehenden Rockes und zeigt ihr glänzendes, superbes Bein; und ihr Fuß — den Füßen jener Marmorgöttinnen ähnlich, die Europa in seinen Museen wohl bewahrt — drückt in den feinen Sand sein treues Abbild. Denn Dorothea ist so ungemein kokett, daß das Vergnügen, sich bewundern zu lassen, bei ihr noch stärker ist als ihr venuspriesterlicher Hochmut, und darum geht sie, wenn auch eine Freie, barfuß.

So schreitet sie harmonischen Schrittes weiter, glücklich, zu leben, und das Gesicht von einem Lächeln überstrahlt, als suche sie irgendwo im fernen Raume einen Spiegel, der ihren Gang und ihre Schönheit wiedergibt.

Zur Stunde, da selbst die Hunde unter der tötlichen Sonne schmerzlich sich winden —

welch gewichtiger Grund mag wohl zu dieser Stunde die faule Dorothea, schön und kühl wie eine Bronze, ins Freie treiben?

Warum hat sie ihre kleine, so kokett eingerichtete Hütte verlassen, die durch ihre Blumen und Matten mit wenig Kosten den Eindruck eines Boudoirs ausmacht; wo sie so viel Vergnügen daran findet, sich zu kämmen, zu rauchen, sich fächeln zu lassen oder im Spiegel ihrer großen Federfächer sich zu betrachten, indes das Meer, das hundert Schritt von dort an die Küsten schlägt, zu ihren wirren Träumen eine mächtige, eintönige Begleitung spielt; wo der eiserne Kochtopf, in dem ein Ragout von Krabben in Reis und Safran brodelt, aus der Tiefe des Hofes ihr seine einsamen Düfte sendet?

Vielleicht hat sie ein Rendezvous mit irgend einem jungen Offizier von einer fernen Küste, der durch seine Kameraden von der berühmten Dorothea hat reden hören. Gewiß wird sie ihn bitten, das schlichte Geschöpf, den Ball der Opéra ihr zu beschreiben, und wird ihn fragen, ob man auch dorthin barfuß gehen kann, wie zu den Sonntagtänzen, bei denen gar die Caffrinen selber wildberauscht vor Freude werden; und dann wird sie noch fragen, ob die schönen Damen in Paris denn alle schöner sind als sie.

Dorothea wird bewundert und erwählt von allen, und sie würde vollkommen glücklich sein, müßte sie nicht Piaster auf Piaster häufen, um ihre kleine Schwester loszukaufen, die schon gut elf Jahre alt ist und schon reif ist und schön! Es wird ihr zweifellos gelingen, der guten Dorothea; der Herr des Kindes ist so geizig, zu geizig, um eine andre Schönheit zu verstehen, als die der Taler!

XXVI

Die Augen der Armen

Aha, Sie wollen wissen, warum ich Sie heute hasse. Es wird zweifellos für Sie wohl schwerer zu begreifen, als für mich zu erklären sein; denn Sie sind, glaub' ich, das schönste Beispiel weiblicher Begriffsstutzigkeit, dem ich je begegnet bin.

Wir hatten zusammen einen langen Tag verbracht — und wie kurz erschien er mir! Wir hatten uns bestimmt versprochen, daß alle unsre Gedanken uns gemeinsam angehören sollten, dem einen ebensogut wie dem andern, daß unser beider Seelen künftighin zu einer einzigen werden sollten; — ein Traum, an dem nichts Originelles ist, es sei denn: daß er von allen einst geträumt, von keinem je verwirklicht wurde.

Am Abend wollten Sie, ein wenig müde, an der Ecke eines neuen Boulevard sich vor ein neues Café setzen, das, obgleich noch voll von Mörtelresten, sich stolz in seiner unvollendeten Pracht repräsentierte. Das Café war erleuchtet. Das Gas selbst entfaltete den ganzen Eifer eines Debutanten und erhellte mit vollster Kraft die vor Weiße blendenden Mauern, die glänzenden Spiegelflächen, die Vergoldungen der Träger und der Gesimse; es erleuchtete rundwangige Edelknaben, die von gekoppelten Hunden gezogen wurden, lächelnde Damen, über den Falken auf ihrer Faust sich neigend, Nymphen und Göttinnen, die auf ihrem Haupte Früchte, Pasteten und Wildpret trugen, Heben und Ganymede, auf erhobenem Arme kleine Amphoren mit Sahnecreme oder den zweifarbenen, zuckerumsponnenen Eisobelisken haltend; kurz, die ganze Geschichte und die ganze Mythologie, hier in den Dienst der Schlemmerei gestellt.

Grad vor uns auf dem Fahrwege hatte ein Mann von ungefähr vierzig Jahren sich hingestellt, mit müdem Gesicht und ergrauendem Barte; er hielt an der Hand einen kleinen Knaben und auf dem andren Arme trug er ein kleines Geschöpf, das noch zu schwach war, um zu gehen. Offenbar versah er das Amt einer Kinderfrau und ließ die Kinder die Abendluft genießen. Alle trugen sie zerlumpte Kleider. Die drei Gesichter waren ungewöhnlich ernst, und die sechs Augen betrachteten das neue Café alle mit der gleichen Bewunderung, aber mit einem dem Alter entsprechend verschiedenen Ausdruck.

Die Augen des Vaters sagten: »Wie schön das ist! wie schön das ist! Man könnte meinen, daß alles Gold der armen Leute auf diesen Mauern angesammelt sei!« — Die Augen des Knaben: »Wie schön das ist! wie schön das ist! Aber in solch ein Haus dürfen nur Leute hineingehen, die anders sind als wir.« — Die Augen des Kleinen aber waren allzu sehr bezaubert, um etwas anderes auszudrücken als eine stupide tiefe Lust.

Die Dichter sagen, das Vergnügen mache die Seele gut und das Herz weich. Und die Dichter haben recht: mir ging es so an diesem Abende. Ich war nicht allein ergriffen durch diese Familie von Augen, sondern ich fühlte mich ein wenig beschämt über unsere Gläser und Karaffen, die größer waren als unser Durst. Und ich wandte meine Blicke zu den Ihren, o Geliebte, um meine Gedanken dort zu lesen. Ich senkte sie tief in Ihre schönen und so seltsam süßen Augen, in Ihre grünen Augen, in denen die Laune herrscht und die am Mondlicht sich berauschen. Und da nun sagten Sie zu mir: »Die Leute da sind mir unerträglich mit ihren sperrangelweit aufgerissenen

Augen! Könnte man den Besitzer des Cafés nicht bitten, sie von dem Platze zu entfernen?«

So schwer ist es, sich zu verstehen, mein teurer Engel, und so sehr fremd sind die Gedanken sich — selbst unter Menschen, die sich lieben!

XXVII

Ein heldenhafter Tod

Fancioulle war ein bewundernswürdiger Possenreißer und zählte fast zu den Freunden des Fürsten. Aber für Leute, die sich in ihrem Berufe der Komik widmen, sind gerade ernsthafte Dinge oft von einer verhängnisvollen Anziehungkraft, und mag es auch lächerlich erscheinen, daß Ideen von Freiheit und Vaterland mit unbezwinglicher Macht sich eines Komödiantengehirns zu bemächtigen vermögen: Eines Tages trat Fancioulle einer Verschwörung bei, die von einigen unzufriedenen Edelleuten angezettelt war.

Es gibt überall Leute genug, welche der Regierung jene unbotsamen Individuen verraten, die ohne weitere Umstände die Fürsten absetzen und den Staat umwälzen wollen. Die betreffenden

Persönlichkeiten, und Fancioulle unter ihnen, wurden festgenommen, und ein sicherer Tod war ihnen gewiß.

Ich möchte wohl glauben, daß es dem Fürsten sehr unlieb war, seinen Lieblingsschauspieler unter den Rebellen zu finden. Der Fürst war nicht besser noch schlimmer als irgend ein anderer; aber eine ungewöhnliche Empfindlichkeit machte ihn in vielen Fällen grausamer und despotischer als alle seinesgleichen. Ein leidenschaftlicher Liebhaber der Kunst, übrigens auch ein vorzüglicher Kenner, war er in der Tat in sinnlichen Genüssen unersättlich. Verhältnismäßig gleichgültig den Menschen und der Moral gegenüber, selbst ein wirklicher Künstler, kannte er nur einen gefährlichen Feind: die Langeweile, und die bizarren Anstrengungen, die er machte, um diesem Tyrannen der Welt zu entfliehen oder ihn zu überwinden, würden ihm gewiß von seiten eines strengen Geschichtschreibers den Beinamen des ‚Schrecklichen' eingetragen haben, wenn es in seinem Reiche erlaubt gewesen wäre, über etwas anderes zu schreiben, als einzig über das Vergnügen oder über die Verblüffung, die eine der feinsten Formen des Vergnügens ist.

Das größte Unglück dieses Fürsten war, daß er niemals eine Bühne hatte, die Raum genug für sein Genie bot. Es gibt junge Neros, die in zu engen Grenzen ersticken und von deren Namen und gutem Willen die Jahrhunderte nichts zu verzeichnen wissen. Diesem hatte die unvorsichtige Vorsehung Fähigkeiten gegeben, die größer waren als die Grenzen seiner Staaten.

Plötzlich ging das Gerücht um, der Herrscher wolle über allen Verschworenen Gnade walten lassen; und der Anlaß zu diesem Gerüchte war die Ankündigung eines großen Schauspiels, in welchem Fancioulle eine seiner ersten und besten Rollen spielen sollte und dem sogar, wie man sagte, die verurteilten Edelleute beiwohnen würden, ein sichtbares Zeichen (fügten oberflächlich Denkende hinzu) von den großmütigen Absichten des beleidigten Fürsten.

Bei einem sowohl seiner Veranlagung wie seiner Neigung nach exzentrischen Manne war alles möglich, selbst Tugend oder Milde, besonders wenn er hoffen konnte, ein unerwartetes Vergnügen dabei zu finden. Doch für diejenigen, die wie ich einen eindringlichen Blick in die Tiefen dieser seltsamen, kranken Seele hatten werfen können, war es unendlich wahrscheinlicher, daß der Fürst über den Wert des schauspielerischen Talentes eines zum Tode Verurteilten sich ein Urteil bilden wollte. Er wollte die Gelegenheit benutzen, um ein physiologisches Experiment von ganz besonderem Interesse zu machen und zu ergründen, bis zu welchem Grade die gewöhnlichen Fähigkeiten eines Künstlers geändert oder beeinträchtigt werden können, wenn er sich in einer außergewöhnlichen Lage befindet. Oder lebte in seiner Seele wirklich eine Absicht, die mehr oder weniger von Güte beeinflußt war? Das ist ein Punkt, der niemals hat aufgeklärt werden können.

Als der große Tag endlich kam, entfaltete der Hof all seinen Pomp, und man wird, ohne es gesehen zu haben, kaum begreifen können, was die bevorzugten Stände eines kleinen Staates bei ihren beschränkten Hilfsquellen für eine wirkliche Festlichkeit an Pracht aufzubringen vermögen. Und dieses war in doppelter Beziehung ein wahres Fest: einmal durch den Zauber des entfalteten Reichtums, dann aber auch durch das geheimnisvolle moralische Interesse, das sich damit verband.

Fancioulle glänzte vor allem in stummen oder wortkargen Rollen, den hervorragendsten oft in jenen Feen-Dramen, deren Gegenstand es ist, das Mysterium des Lebens symbolisch darzustellen. Er trat leicht und vollkommen ungezwungen auf die Bühne, was dazu beitrug, den Gedanken an Milde und Verzeihung in der adeligen Zuhörerschar zu befestigen.

Sagt man von einem Schauspieler: »Das ist ein guter Schauspieler,« so bedient man sich einer Ausdrucksweise, die besagt, daß unter der dargestellten Persönlichkeit noch der Darsteller selbst, d. h. die Kunst, die Anstrengung, der Wille sich erraten läßt. Wenn es nun einem Schauspieler gelingen sollte, der darzustellenden Persönlichkeit gegenüber das zu sein, was die besten, wunderbar beseelten, lebensvollen antiken Statuen, die uns anzublicken und entgegenzukommen scheinen, gegenüber den gewöhnlichen unklaren Begriffen von Schönheit sind, so wäre das ein besonderes, ganz überraschendes Ereignis. Fancioulle aber war an diesem Abende eine vollkommene Idealisierung, so daß es unmöglich war, in der Persönlichkeit dort auf der Bühne nicht etwas Lebendiges, Mögliches, Reales zu erblicken. Dieser Komiker kam, ging, lachte, weinte, wand sich, und dabei floß eine unzerstörbare Aureole ihm um das Haupt, eine für alle unsichtbare Aureole, in der sich in seltsamer Verquickung die Strahlen der Kunst und der Glorienschein des Märtyrertums vereinten. Fancioulle verstand es, ich weiß nicht durch welche besondere Anmut, selbst in die extravagantesten Späße etwas Göttliches, Übernatürliches hineinzubringen. Meine Feder zittert und die Tränen einer mir immer gegenwärtigen Ergriffenheit steigen in meine Augen, während ich versuche, diesen unvergeßlichen Abend zu beschreiben. Fancioulle bewies mir in unwiderleglicher, entscheidender Art, daß der Rausch der Kunst mehr als jeder andere geeignet ist, die Schrecken des Abgrundes mit einem Schleier zu verhüllen; daß das Genie am Rande des Grabes Komödie spielen kann, mit einer Wollust, die seine Blicke über das Grab wegleitet, in ein Paradies verirrt, das jeden Gedanken an Tod oder Untergang aus seinen Gefilden bannt.

Und das ganze Publikum, so oberflächlich und blasiert es auch sein mochte, unterwarf sich bald der Allmacht des Künstlers. Niemand dachte mehr an Tod, an Trauer noch an Strafe. Jeder überließ sich ruhevoll dem zur Erhabenheit gesteigerten Genuß, den uns ein Meisterwerk lebendiger Kunst erleben läßt. Ausbrüche der Freude und der Bewunderung ließen die Wände des Hauses mit der Heftigkeit eines anhaltenden Donners erbeben. Der entzückte Fürst selbst mischte seine Beifallsbezeugungen unter die seines Hofes.

Indessen, für ein tiefblickendes Auge war seine Begeisterung nicht völlig ungetrübt. Fühlte er sich besiegt in seiner despotischen Macht? gedemütigt in seiner Kunst, in Herzen das Entsetzen einzuflößen und die Gemüter mit Lähmung zu schlagen? oder betrogen in seinen Erwartungen und in seinen Vermutungen verhöhnt? Solche nicht unbedingt richtigen aber gewiß nicht ungerechtfertigten Voraussetzungen durchkreuzten mein Gehirn, während ich das Gesicht des Fürsten betrachtete, auf welchem zu der gewöhnlichen Blässe sich mehr und mehr noch eine neue Blässe gesellte, so wie der Schnee dem Schnee sich gesellt. Seine Lippen schlossen sich immer fester, und in seinen Augen leuchtete ein inneres Feuer, gleich dem der Eifersucht oder der Arglist, selbst während er die Talente seines alten Freundes so sichtbarlich beklatschte, des alten Possenreißers, der dem Tode einen so guten Possen spielte. In einem gewissen Augenblicke sah ich, wie Seine Hoheit sich zu einem hinter ihm sitzenden Pagen beugte und ihm etwas ins Ohr flüsterte. Der schelmische Gesichtsausdruck des hübschen Kindes verklärte sich zu einem Lächeln; und dann verließ es schnell die fürstliche Loge, wie um sich eines dringlichen Auftrags zu entledigen.

Einige Minuten später unterbrach ein anhaltender scharfer Pfiff Fancioulle in einem seiner besten Momente und zerriß plötzlich aller Ohren und Herzen. Und von der Stelle des Saales, an welcher diese unerwartete Mißbilligung hervorgestoßen war, stürzte sich ein Kind mit ersticktem Lachen in einen der Korridore.

Fancioulle, geweckt, aufgerüttelt aus seinem Traume, schloß zuerst die Augen, schlug sie alsbald wieder auf, unermeßlich vergrößert, öffnete den Mund, wie um krampfhaft Luft zu bekommen, schwankte ein wenig nach vorn, ein wenig nach hinten, und fiel dann starr und tot auf die Bretter.

Hatte der Pfiff, so scharf und schnell wie ein Schwert, den Henker in der Tat betrogen? Hatte der Fürst selbst die mörderische Wirkung seiner List vorausgesehen? Man mag daran zweifeln. Bedauerte er seinen teuren, einzigen Fancioulle? Es ist schön und nicht unberechtigt, das zu glauben.

Die schuldigen Edelleute hatten zum letzten

Male einer derartigen Aufführung beigewohnt. Noch in derselben Nacht wurde ihrem Leben ein Ende bereitet.

Seitdem sind manche mit Recht geschätzte Schauspieler aus verschiedenen Ländern an den Hof von *** gekommen; aber keiner von ihnen vermochte an die wunderbaren Talente Fancioulles auch nur zu erinnern, keiner, sich zu derselben ‚Gunst' erheben.

XXVIII

Das falsche Geld

Als wir uns aus dem Tabakladen entfernten, nahm mein Freund eine sorgfältige Durchsicht seines Geldes vor. In die linke Tasche seiner Weste ließ er kleine Goldstücke gleiten; in die rechte kleine Silberstücke; in die linke Tasche seines Beinkleids eine beträchtliche Anzahl großer Sous, und endlich in die rechte Hosentasche ein silbernes Zweifrankenstück, das er besonders geprüft hatte.

»Welch eigenartige, kleinliche Einteilung!« sagte ich zu mir.

Bald darauf begegneten wir einem Armen, der uns zitternd seine Mütze hinhielt. — Ich kenne nichts Beunruhigenderes, als die stumme Beredsamkeit solcher bittenden Augen, die für den feinfühligen Menschen, der darin zu lesen weiß, so viel Demut und so viel Vorwürfe enthalten. Er findet darin eine ähnliche Tiefe gemischter Empfindungen, wie in den traurigen Augen eines Hundes, den man schlägt.

Die Gabe meines Freundes war bedeutend größer als die meinige, und ich sagte zu ihm: »Sie haben recht; außer dem Vergnügen, überrascht zu werden, gibt es kein größeres, als jemandem eine Überraschung zu bereiten.« — »Das war das falsche Stück,« antwortete er ruhig, wie um seine Freigebigkeit zu rechtfertigen.

Aber in meinem elenden Gehirn, das immer bereit ist, sich unnötige Schwierigkeiten zu machen — diese lästige Eigenschaft hat mir die Natur zum Geschenk gegeben! — erwachte plötzlich der Gedanke, ein solches Benehmen meines Freundes sei nur entschuldbar durch den Wunsch, in dem Leben dieses armen Teufels ein Ereignis zu schaffen, trotzdem er vielleicht die verschiedenartigen Folgen kannte, verderbenbringende oder andere, welche die Entdeckung eines falschen Geldstückes in der Hand eines Bettlers nach sich zu ziehen vermochte. Konnte es sich nicht in gute Münze vervielfältigen? konnte es ihn nicht ebensoleicht ins Gefängnis bringen? Ein Wirt oder ein Bäcker zum Beispiel ließ ihn als Falschmünzer oder doch als Verbreiter falschen Geldes festnehmen. Und ebensogut wieder konnte das falsche Stück für einen armen kleinen Spekulanten der Keim zum Reichtum künftiger Tage sein. Und so nahm meine Phantasie ihren Flug auf den entlehnten Geistesflügeln meines Freundes und zog alle möglichen Folgerungen aus allen möglichen Hypothesen.

Er aber störte meine Träume jäh, indem er meine eigenen Worte wieder aufgriff: »Ja, Sie haben recht; es gibt keine süßere Freude, als einen Menschen zu überraschen, indem man ihm mehr gibt, als er hofft.«

Ich sah ihm scharf in die Augen und war überrascht, sie in ganz unbestreitbarer Aufrichtigkeit und Herzenseinfalt leuchten zu sehen. Ich sah nun klar, daß er zugleich wohltätig und geschäftsklug hatte sein wollen: vier Sous und zugleich noch Gottes Herz gewinnen; auf ökonomischem Wege das Paradies erreichen; endlich gratis den Schein der Mildherzigkeit erlangen. Fast hätt' ich ihm das Gelüst nach der verbrecherischen Freude, deren ich ihn in diesem Augenblicke fähig glaubte, — fast hätt' ich's ihm verziehen; ich hätt' es kurios und originell gefunden, wenn er sich damit amüsierte, die Armen in Ungelegenheiten zu bringen; niemals aber werde ich ihm die alberne Ungeschicklichkeit seiner Berechnung verzeihen. Man ist ja nie zu entschuldigen, wenn man schlecht ist; immerhin liegt aber doch ein gewisses Verdienst darin, wenn man weiß, daß man's ist; — und das unheilbarste aller Laster ist, Übles zu tun aus Dummheit.

XXIX

Der hochherzige Spieler

Gestern, inmitten der Menge auf dem Boulevard, fühlt' ich von einem mysteriösen Wesen mich gestreift, das ich schon stets gern hatte kennen lernen wollen, und das ich nun sofort erkannte, obgleich ich es mein Lebtag nicht gesehen hatte. ‚Er' hatte offenbar mit Bezug auf mich ein nämliches Verlangen, denn im Vorüberstreifen zwinkerte er mir bedeutsam mit den Augen zu, und ich beeilte mich, diesem Zwinkern zu gehorchen. Aufmerksam folgte ich ihm, und bald stieg ich hinter ihm in eine unterirdische, blendend schöne Wohnstatt hinab, darin ein Luxus prunkte, von dem keine oberirdische Wohnung in Paris einen auch nur annähernden Begriff zu geben vermöchte. Es schien mir seltsam, daß ich so oft an diesem wundervollen

Orte hatte vorbeigehen können, ohne den Eingang zu ahnen. Dort herrschte eine auserlesene, wenn auch betäubende Atmosphäre, die all die langweiligen Schrecknisse des Lebens im Nu vergessen machte; man atmete eine düstre Glückseligkeit, wie sie etwa die Lotosesser empfinden mußten, wenn sie an einer Zauberinsel landeten, die das Geleucht eines steten Nachmittages überflutete, und wenn sie dann bei dem einschläfernden Plätschern der ewig singenden Kaskaden in ihrem Innern das Sehnen erwachen und sich weiten fühlten: nie ihre heimischen Penaten wiederzusehen, nie ihre Frauen, niemals ihre Kinder — nie wieder hinauszufahren auf die Höhe des Meeres.

Dort sah ich befremdliche Gesichter von Männern und Frauen, gezeichnet mit einer verhängnisvollen Schönheit, und mir war, ich hätte sie alle schon einmal gesehen, zu Zeiten und in Landen, an die ich mich trotz allen Grübelns nicht mehr genau zu entsinnen vermochte, und sie flößten mir weit eher eine brüderliche Sympathie ein, als jene Furcht, die gemeinhin aus dem Anblick des Unbekannten sich gebiert. Wollt' ich versuchen, den sonderbaren Ausdruck ihrer Blicke in irgendeiner Weise wiederzugeben, so würde ich sagen: Nie sah ich Augen, in denen packender das Grauen vor der Langeweile und das unsterbliche Verlangen nach Lebensbewußtsein funkelte.

Mein Wirt und ich waren, als wir uns

setzten, schon alte, gute Freunde. Wir aßen, wir tranken maßlos von allen Arten außergewöhnlicher Weine, und — was nicht minder außergewöhnlich war — es schien mir nach mehreren Stunden, daß ich so wenig berauscht war wie er. Zwischendurch hatte das Spiel, dieses übermenschliche Vergnügen, verschiedentlich unsere reichen Trankopfer unterbrochen, und ich muß sagen: Ich hatte in einem Doppelspiel um meine Seele gespielt und sie mit heroischer Leichtherzigkeit und Unbekümmertheit verloren. Eine Seele ist ein so unfaßbares Ding, oft unnütz und nicht selten noch gênant, daß ich über diesen Verlust mich nicht mehr aufregte, als hätt' ich etwa auf einem Spaziergange meine Visitenkarte verloren.

Wir rauchten gemächlich mehrere Zigarren, deren unvergleichlicher Geschmack und Duft in der Seele Heimweh nach unbekannten Landen, nach unbekannten Glückseligkeiten erweckten, und berauscht von all diesen Wonnen, wagt' ich in einer Anwandlung von Vertraulichkeit, die ihm nicht zu mißfallen schien, wagt' ich, einen Kelch ergreifend, der voll bis zum Rande war, ihm zuzurufen: »Auf deine unsterbliche Gesundheit, alter Bock!«

Wir plauderten also vom Weltall, von seiner Schöpfung und seiner zukünftigen Zerstörung; von der großen Idee des Jahrhunderts, das heißt: vom Fortschritt und von der Vervollkommnung, und überhaupt von allen Formen der menschlichen Kindsköpfigkeit. Bezüglich dieses Stoffes konnte Seine Hoheit sich nicht genug tun in leicht hingeworfenen, unwiderleglichen Neckereien und drückte sich mit einer milden Lieblichkeit der Diktion und einer Ruhe im Scherzen aus, wie ich sie sonst auch bei den berühmtesten Plauderern der Menschheit nie gefunden habe. Er erklärte mir die lächerliche Absonderlichkeit der verschiedenen Philosophien, die bis heute vom menschlichen Gehirn Besitz ergriffen haben, und geruhte gar, mir im Vertrauen über einige Grundprinzipien Mitteilungen zu machen, — doch wäre es unschicklich, wollt' ich ihrer Segnungen und ihres Eigentumes irgend jemanden, wer es auch sei, teilhaftig machen. Er beklagte sich in keinerlei Weise über den schlechten Ruf, dessen er sich in allen Teilen der Welt erfreut, versicherte mir, daß er — Seine Hoheit selber — an der Ausrottung des ‚Aberglaubens' am stärksten interessiert sei, und gestand mir aufrichtig, daß ihm bezüglich seiner eigenen Macht nur ein einziges Mal bange geworden wäre, an dem Tage nämlich, da er einen Prediger, der feiner dachte, als seine Brüder, von der Kanzel herab voll Eifers verkündigen hörte: »Meine lieben Brüder, vergesset niemals, wenn ihr den Fortschritt der Erleuchtung preisen hört, daß es die feinste aller Listen des Teufels ist, euch einzureden, daß er nicht existiere!«

Die Erinnerung an diesen berühmten Redner brachte uns natürlich auf das Thema der

Akademien, und mein seltsamer Kumpan versicherte mir, daß er es in vielen Fällen nicht verschmähe, die Feder, das Wort und das Gewissen der Pädagogen zu beeinflussen, und daß er, allerdings unsichtbar, bei fast allen akademischen Sitzungen persönlich zugegen sei.

Ermutigt durch so viele Beweise von Güte, fragte ich ihn nach Neuem vom lieben Gott und ob er ihn kürzlich gesehen habe. Er antwortete mir — mit einer Sorglosigkeit, die doch leicht nuanciert war von einer gewissen Betrübtheit —: »Wir grüßen uns, wenn wir einander begegnen, wie zwei alte Edelleute, in denen eine angeborene Politesse doch die Erinnerung an alte Ränke nicht ganz verlöschen kann.«

Es ist zu bezweifeln, ob Seine Hoheit jemals einem gewöhnlichen Sterblichen eine so lange Audienz bewilligt hat, und ich fürchtete, diese Gnade zu mißbrauchen. Als schließlich das schauernde Morgenlicht die Scheiben bleichte, sagte zu mir diese berühmte Persönlichkeit, die besungen wird von so vielen Poeten und bedient von so vielen Philosophen, die zu ihrem Ruhme arbeiten, ohne es zu wissen: »Ich will, daß du mich in gutem Andenken behältst und will dir beweisen, daß ICH, von dem man so viel Schlechtes sagt, bisweilen doch ‚ein guter Teufel' bin, um mich einer eurer vulgären Redensarten zu bedienen. Um den unwiderbringlichen Verlust deiner Seele wieder auszugleichen, gebe ich dir den Einsatz, den du gewonnen hättest, wenn das Geschick für dich entschieden hätte, also die Fähigkeit, dein ganzes Leben lang jenes wunderliche Kranken am *ennui*, an der Langeweile, das die Quelle all eurer Leiden und all eurer elenden Fortschritte ist, bekämpfen und besiegen zu können. Niemals wirst du einen Wunsch bilden, den zu verwirklichen ich dir nicht helfe; du wirst herrschen über die Gewöhnlichen deinesgleichen; mit Schmeicheleien, mit Anbetung gar wird man dich umgeben; Gold, Silber, Diamanten, feenhafte Paläste werden zu dir kommen und um freundliche Annahme bitten, ohne daß du auch nur einen Handschlag darum tust, sie zu gewinnen; Vaterland und Wohnstatt wirst du wechseln, so oft es deiner Phantasie belieben wird; ohn' Ermatten wirst du wollustvolle Räusche feiern, in berückenden Ländern, wo ewige Wärme wallt und wo die Frauen duften wie die Blumen — . . und so weiter . . und so weiter . . . .« fügte er noch hinzu, und dabei erhob er sich und lächelte mich zum Abschied gutmütig an.

Hätt' ich vor einer so großen Festversammlung mich nicht zu erniedrigen gefürchtet, gern wär' ich diesem hochherzigen Spieler zu Füßen gefallen, um ihm für seine unerhörte Freigebigkeit zu danken. Doch ganz allmählich kehrte, nachdem ich ihn verlassen hatte, das unheilbare Mißtrauen wieder in mich ein; ich wagte an ein so wunderbares Glück nicht mehr zu glauben, und als ich zu Bette ging und im Rückstand einer einfältigen Gewohnheit mein Gebet verrichtete, wiederholte ich, schon halb im Schlafe: »Mein Gott! Mein Herr und Gott! Mach doch, daß der Teufel mir sein Wort hält!«

XXX

Der Strick

(Für Eduard Manet)

»Die Illusionen« — sagte mein Freund zu mir — »sind vielleicht ebenso zahlreich wie die Beziehungen der Menschen unter einander oder die Beziehungen der Menschen zu den Dingen. Und wenn die Illusion schwindet, d. h. wenn wir ein Wesen oder ein Ding so sehen, wie es an sich existiert, so lernen wir ein seltsames Gefühl kennen, das sich halb aus dem Kummer über das entschwundene Phantom, zur andern Hälfte aus angenehmer Überraschung über das Neue, über die wirkliche Tatsache zusammensetzt. Wenn es irgendwie ein auffälliges Phänomen gibt, ein Phänomen, das allgemein bekannt, sich immer ähnlich und von einer Art ist, über die sich zu täuschen unmöglich erscheint, so ist es die Mutterliebe. Es ist ebenso schwer, sich eine Mutter ohne Mutterliebe vorzustellen, wie ein Licht ohne Wärme; ist man nicht vollkommen berechtigt, alle Worte und Handlungen einer Mutter, die sich auf ihr Kind beziehen, der Mutterliebe zuzuschreiben? Nun hören Sie indes diese kleine Geschichte, in der ich in einer der natürlichsten Illusionen ganz eigenartig getäuscht worden bin.

»Mein Beruf als Maler treibt mich dazu, Gesichter und Physiognomien, die mir in den Weg kommen, aufmerksam zu beobachten; und Sie wissen, welchen Genuß wir aus dieser Fähigkeit schon geschöpft haben, die für unsere Augen das Leben lebendiger und bedeutsamer macht als für andere Menschen. In dem entlegenen Viertel, wo ich wohne und wo die Gebäude noch durch weite, grasbewachsene Zwischenräume getrennt sind, beobachtete ich oft ein Kind, dessen leidenschaftlicher, mutwilliger Gesichtsausdruck mich von Anfang an mehr als alle anderen bezauberte. Er hat mir öfter als einmal gesessen, und ich habe ihn dargestellt bald als kleinen Zigeuner, bald als Engel, bald als mythologischen Amor. Ich gab ihm die Violine des Vagabunden, die Dornenkrone und die Passionsnägel oder die Fackel des Eros zu tragen. Ich fand ein so lebhaftes Vergnügen an der drolligen Art dieses kleinen Gassenjungen, daß ich eines Tages seine Eltern, arme Leute, bat, ihn mir doch abzutreten gegen mein Versprechen, daß ich ihn gut kleiden, ihm einiges Geld geben und ihm keine andere Arbeit auferlegen wolle, als meine Pinsel zu waschen und meine Ausgänge zu besorgen. Dieses aus dem Schmutze gezogene Kind machte sich mit der Zeit ganz reizend, und das Leben, das er bei mir führte, schien ihm ein Paradies gegenüber dem, das er in seiner elterlichen Behausung zu ertragen hatte. Allein ich muß gestehen, daß der kleine Mann mich bisweilen durch seltsame Krisen und eine frühreife Traurigkeit in Erstaunen setzte, und daß er bald einen unmäßigen Geschmack für Zucker und Liqueur zeigte; so sehr, daß ich eines Tages, als er, meiner zahlreichen Ermahnungen ungeachtet, wieder einen Diebstahl dieser Art begangen hatte, ihm drohte, ich würde ihn wieder zu seinen Eltern schicken. Darauf ging ich aus, und meine Geschäfte hielten mich ziemlich lange außer Hauses.

»Wie groß aber war mein Schrecken und mein Entsetzen, als bei meiner Rückkehr nach Hause der erste Gegenstand, der mir ins Auge fiel, mein kleiner Mann, der fröhliche Gefährte meines Lebens, war, an der Verkrönung des Kleiderschrankes hängend! Seine Füße berührten fast den Boden; ein Stuhl, den er ohne Zweifel mit dem Fuße fortgestoßen hatte, lag umgestürzt neben ihm; sein Kopf war krampfhaft auf eine Schulter herabgebogen; sein aufgedunsenes Gesicht und seine weit offenen Augen voll ungeheurer Starrheit täuschten mir zuerst einen Schein von Leben vor. Die Abnahme war keine so leichte Arbeit, wie man wohl glauben könnte. Er war schon recht steif, und ich hatte eine unerklärliche Scheu davor, ihn hart auf den Boden fallen zu lassen. Man mußte ihn ganz mit einem Arme halten und mit der Hand des anderen den Strick zerschneiden. Aber als ich das getan hatte, war ich noch nicht am Ende. Das kleine Ungeheuer hatte sich eines dünnen Bindfadens bedient, der tief in das Fleisch eingedrungen war, und ich war gezwungen, mit einem kleinen Messer die Schnur zwischen den beiden geschwollenen Polstern aufzusuchen, um den Hals aus der Schlinge zu lösen.

»Ich vergaß Ihnen zu sagen, daß ich lebhaft um Hilfe gerufen hatte; doch alle meine Nachbarn hatten mir ihre Hilfe versagt, hierin den Gewohnheiten des zivilisierten Menschen getreu, der niemals — ich weiß nicht, warum — mit den Angelegenheiten eines Erhängten etwas zu schaffen haben will. Schließlich kam ein Arzt und erklärte denn, das Kind sei schon seit mehreren Stunden tot. Als wir ihn hernach zu entkleiden hatten, um ihn aufzubahren, war die Leichenstarre schon derart fortgeschritten, daß wir gar nicht mehr an ein Biegen der Gliedmaßen denken konnten und die Kleidungstücke aufreißen und zerschneiden mußten.

»Der Kommissar, dem ich den Fall natürlich

erklären mußte, sah mich schief an und sagte zu mir: »Das ist aber verdächtig!« Offenbar bewog ihn dazu ein eingewurzeltes Bestreben und eine ständige Gewohnheit, bei jeder Gelegenheit den Unschuldigen wie den Schuldigen Furcht einzuflößen.

»Blieb nun noch eine letzte Pflicht zu erfüllen — und schon der bloße Gedanke an diese Pflicht erregte in mir eine furchtbare Angst: die Eltern mußten benachrichtigt werden. Meine Füße versagten mir fast den Dienst auf dem Wege dorthin. Endlich hatte ich dann doch den nötigen Mut. Aber zu meinem großen Erstaunen blieb die Mutter unbewegt; nicht eine Träne blinkte in ihrem Augenwinkel. Ich schrieb diese Sonderbarkeit dem Entsetzen zu, das sie beherrschen mußte, und erinnerte mich des bekannten Wortes: ‚Große Schmerzen sind stumm.' Und der Vater nun seinerseits begnügte sich, halb träumerisch vor sich hinstumpfend zu sagen: »Schließlich ist es so vielleicht besser; er hätte doch mal schlecht geendet!«

»Indessen lag der Körper auf meinem Diwan ausgestreckt, und unter Beihilfe einer Dienerin beschäftigte ich mich gerade mit den letzten Vorbereitungen, als die Mutter in mein Atelier eintrat. Sie verlangte die Leiche ihres Sohnes zu sehen. Ich konnte sie wahrlich nicht hindern, an ihrem Harm sich zu berauschen, konnte diesen letzten, trübseligen Trost ihr nicht versagen. Sodann bat sie mich, ihr die Stelle zu zeigen, wo ihr Kleiner sich erhängt hatte. »O nein, liebe Frau« — entgegnete ich ihr — »das würde sehr schlimm auf Sie wirken.« Und als unwillkürlich meine Blicke sich zu dem unseligen Kleiderschranke wandten, bemerkte ich mit Abscheu, mit einem Gemisch von Entsetzen und Wut, daß der Nagel in der Holzwand stecken gelassen war, samt einem langen Stück des Strickes, das noch ein wenig baumelte. Ich stürzte eilig hinzu, um diese letzten Spuren des Unglücks fortzuschaffen, doch als ich ans offene Fenster trat, sie hinauszuwerfen, ergriff das arme Weib meinen Arm und rief mit unwiderstehlicher Stimme: »O mein Herr! lassen Sie mir das! ich bitte Sie darum! ich flehe Sie drum an!« Offenbar hatte ihre Verzweiflung (so schien mir's) sie derart überspannt gemacht, daß sie nun zärtliche Liebe für den Gegenstand empfand, der ihrem Sohn als Todesinstrument gedient hatte, und ihn als eine furchtbare, doch teure Reliquie bewahren wollte. — Und sie bemächtigte sich des Strickes und des Nagels.

»Endlich! endlich! war alles überstanden. Mir blieb nichts mehr zu tun als wieder an die Arbeit zu gehen, und zwar mit größerem Eifer noch als sonst, um nach und nach diesen kleinen Leichnam loszuwerden, der in den äußersten Winkeln meines Gehirnes umging und dessen Erscheinung mit ihren großen, starren Augen mich ermüdete. Jedoch am nächsten Morgen erhielt ich ein ganzes Paket Briefe; die einen waren von Mietern, die mit .mir im Hause wohnten, einige andere kamen aus Nachbarhäusern; der eine aus der ersten Etage, der andere aus der zweiten, der andere aus der dritten und so fort, die einen in halb scherzendem Tone abgęfaßt, um unter dem Anschein eines Ulkes die Ernsthaftigkeit der Bitte zu verbergen, die anderen dummdreist und orthographielos, alle aber von der gleichen Absicht diktiert: ein Stück von dem glückbringenden Todesstricke von mir zu erhalten. Unter den Unterzeichnern waren, ich muß es gestehen, mehr Frauen als Männer; aber glauben Sie durchaus nicht, daß alle den niederen, elenden Schichten des Volkes angehört hätten. Ich habe diese Briefe aufbewahrt.

»Und da ging plötzlich ein Licht in mir auf und ich begriff, warum der Mutter so sehr daran gelegen war, mir die Schnur zu entreißen, und durch welchen Handel sie sich zu trösten verstand.«

XXXI

Die Berufungen

In einem schönen Garten, in dem die Strahlen einer herbstlichen Sonne gern zu zaudern schienen, unter einem schon grünlich belaufenen Himmel, darüber Wolken von Gold wie reisende Kontinente glitten, saßen vier schöne Kinder, vier Knaben, wohl müde vom Spiel, und plauderten miteinander.

Der eine sagte: »Gestern hat man mich mit ins Theater genommen. In großen, traurigen Palästen, dahinter man das Meer sieht und den Himmel, sprechen Männer und Frauen, ebenso ernst und traurig, aber viel schöner und herrlicher gekleidet, als die, die wir überall sehen, sprechen mit einer Stimme, die klingt wie Gesang. Sie bedrohen einander, sie flehen sich an, sie sind verzweifelt, und oftmals stützen sie die

Hand auf einen Dolch, der tief in ihrem Gürtel steckt. O, das ist sehr schön! Die Frauen sind viel schöner und viel größer, als die, die uns besuchen, und wenn sie mit ihren großen, tiefen Augen und ihren flammenden Wangen auch etwas Fürchterliches haben, so kann man doch nicht anders — man muß sie lieben. Man hat Furcht, man möchte fast weinen, und doch ist man zufrieden . . . Und was dann noch viel seltsamer ist: man bekommt davon Lust, auch so gekleidet zu sein, dieselben Dinge zu sagen und zu tun und auch zu sprechen mit derselben Stimme . . .«

Das eine von den vier Kindern, welches seit einigen Sekunden nicht mehr auf seinen Kameraden hörte und mit einer wunderlichen Beharrlichkeit irgendwelchen Punkt am Himmel betrachtete, sagte plötzlich: »Seht doch, seht da hinten . . .! Seht ihr ihn? Er sitzt dort auf der kleinen vereinzelten Wolke, dort auf der kleinen feuerfarbenen Wolke, die sacht dahinschwebt. Auch er, so scheint es, auch er sieht uns an.«

»Aber wer denn?« fragten die andern.

»Gott!« antwortete er mit dem Ausdruck der vollkommensten Überzeugung. »O, er ist schon ganz weit; gleich könnt ihr ihn nicht mehr sehen. Ganz sicher reist er, um die Länder zu besuchen und zu sehen, was die Menschen überall treiben. Wartet, gleich wird er hinter der Baumreihe dort am Horizont vorüberkommen . . . und nun sinkt er hinter den Glockenturm hinab . . . O, man sieht ihn nicht mehr!« Und das Kind blieb lange Zeit nach jener selben Seite gewandt und blickte starr auf die Linie, die Erde und Himmel voneinander scheidet, und in seinen Augen leuchtete ein unsäglicher Ausdruck von Entrücktheit und von Bedauern.

»Ist er dumm, der da, mit seinem lieben Gott, den er allein nur sehen kann!« sagte da der dritte, dessen ganze kleine Person eine besondere Lebendigkeit und Lebensfülle zur Schau trug. »Ich will euch erzählen, wie mir etwas begegnet ist, was euch niemals begegnete und was ein wenig interessanter ist, als euer Theater und eure Wolken. — Vor einigen Tagen nahmen meine Eltern mich mit auf eine Reise, und da in der Herberge, in der wir abstiegen, nicht genug Betten für uns waren, so ward bestimmt, daß ich im selben Bette mit der Bonne schlafen sollte.« — Er zog seine Kameraden dichter an sich heran und sprach mit leiser Stimme. — »Ach hört, das tut so sonderbar, nicht allein zu schlafen und in einem Bett mit seiner Bonne zu liegen, wenn's dunkel ist. Da ich nicht schlief, unterhielt ich mich damit, indes sie schlief, mit meiner Hand über ihre Arme, ihren Hals und ihre Schulter zu fahren. Ihre Arme und ihr Hals sind viel dicker als bei allen anderen Frauen, und die Haut ist da so weich, so weich und fein, so fast, als wenn sie von Schreibpapier oder von Seidenpapier wäre. Ich habe mich so sehr daran ergötzt und ich würde noch lange damit fortgefahren sein, hätt' ich nicht Furcht gehabt — Furcht zunächst, sie aufzuwecken, und dann noch Furcht vor etwas — ich weiß selbst nicht. Und dann hab' ich meinen Kopf in ihre Haare geborgen, die ihr dicht wie eine Mähne vom Rücken herabhingen — und die dufteten so gut, kann ich euch versichern, wie die Blumen im Garten hier zu dieser Stunde. Versucht, sobald ihr's könnt, es auch einmal so zu machen wie ich, und ihr werdet sehen!«

Dem jungen Verkünder dieser wundersamen Offenbarung standen bei diesem Bericht die Augen weit offen in einer Art gebannter Erstarrung vor dem, was er jetzt noch empfand, und wie die Strahlen der untergehenden Sonne über die rostroten Locken seines zerzausten Haares glitten, so entzündeten sie dort eine schwefelfahle Aureole der Leidenschaft. Es war unschwer vorauszusehen, daß der sein Leben nicht damit verlieren würde, die Gottheit in den Wolken zu suchen, und daß er sie häufig anderswo finden würde.

Zuletzt sprach dann der vierte: »Ihr wißt, daß ich zu Hause nie Vergnügen habe; man führt mich nie ins Schauspiel; mein Vormund ist zu geizig; Gott beschäftigt sich nicht mit mir und meiner Langeweile, und ich habe keine schöne Bonne, um mich zu hätscheln. Oftmals hat mir's geschienen, als würde mein Vergnügen sein, nur immer gerade vor mich hinzugehen, ohne zu wissen, wohin, ohne daß jemand sich darum bekümmerte, und immer wieder neue Länder zu sehen. Ich bin wohl niemals nirgendwo, und immer glaub' ich, daß ich besser anderswo wäre, als wo ich bin. Nun gut; auf dem letzten Jahrmarkt im Nachbardorfe hab' ich drei Männer gesehen; die leben so, wie ich wohl leben möchte. Ihr andern, ihr habt nie auf sie geachtet. Sie waren groß, fast schwarz und sehr stolz, wenn auch in Lumpen, und sahen aus, als wenn sie niemand nötig hätten. Ihre großen, düstren Augen sind plötzlich leuchtend geworden, während sie Musik machten; — eine Musik, so überraschend seltsam, daß man bald Lust davon bekommt zu tanzen und bald zu weinen oder gleich beides auf einmal zu tun, und daß man wie von Sinnen kommen würde, wenn man sie allzulange hörte. Der eine schien, indes er seinen Bogen über seine Geige zog, von einem Kummer erzählen zu wollen, und der andere, der seinen kleinen Hammer über die Saiten eines kleinen Klavieres hüpfen ließ, das ihm an einem Riemen um den Hals hing, sah dabei aus, als machte er sich über die Klage seines Nachbarn lustig, während der dritte von Zeit zu Zeit mit ungewöhnlicher Heftigkeit seine Cymbeln schüttelte. Sie waren so zufrieden mit sich selber, daß sie noch fortfuhren mit ihren wilden Weisen, als sich die Menge schon ganz zerstreut hatte. Schließlich haben sie dann ihre Pfennige zusammengesucht, haben ihr Gepäck auf den Rücken genommen und sind aufgebrochen. Ich wollte wissen, wo sie wohnten, und darum bin ich ihnen von weitem nachgegangen, bis zum Rande des Waldes; da aber hab' ich dann eingesehen, daß sie nirgends wohnten.

Da hat der eine gesagt: ‚Müssen wir wohl das Zelt aufschlagen?'

‚Meiner Treu, nein!' hat der andere erwidert, ‚die Nacht ist ja so schön!'

Der dritte überrechnete die Einnahme und sagte: ‚Diese Leute hier haben keinen Sinn für Musik, und ihre Frauen tanzen wie Bären. Gottlob werden wir noch vor Monatsfrist in Östreich sein; da werden wir ein liebenswürdigeres Volk finden.'

‚Wir täten vielleicht besser, nach Spanien zu gehen, denn seht, die Jahreszeit rückt schon vor; wir sollten vor Regen und Nässe fliehen und nichts anderes naß werden lassen als unsere Kehlen,' hat einer von den anderen gesagt.

Seht, ich habe alles behalten. Dann haben sie jeder eine Tasse Branntwein getrunken und sind eingeschlafen, die Stirn zum Himmel gewandt, wo die Sterne schienen. Zuerst hatte ich Lust gehabt, sie zu bitten, mich mit sich zu nehmen und mich zu lehren, ihre Instrumente zu spielen; ich hab' es aber nicht gewagt, gewiß wohl, weil es immer schwer ist, sich zu etwas zu entscheiden, worauf gar nichts ankommt, und dann auch noch, weil ich Furcht gehabt habe, ich könnte wieder aufgegriffen werden, bevor wir außerhalb Frankreichs wären.«

Die ziemlich teilnahmlosen Mienen der drei anderen Kameraden brachten mich auf den Gedanken, daß dieser Kleine schon ein Unverstandener sei. Ich blickte ihn aufmerksam an; in seinem Auge und auf der Stirn lag irgendwie eine verhängnisvolle Frühreife, die meist die Sympathie fernhält, und die, ich weiß nicht warum, die meine erregte, derart, daß ich einen Augenblick die seltsame Idee hatte, ich könnte vielleicht einen mir selber unbekannten Bruder besitzen.

Die Sonne war zur Rüste gegangen. Und feierliche Nacht war überall. Die Kinder trennten sich; jedes ging, unbewußt, je nach Umständen und Zufällen, seiner Bestimmung entgegenzureifen, seinen Nächsten ein Ärgernis zu werden, dem Ruhm oder der Schmach sich zuzuneigen.

XXXII

Der Thyrsos

(Für Franz Liszt)

Was ist ein Thyrsos? Im geistigen und dichterischen Verstande ist es ein kultliches Wahrzeichen in der Hand der Priester oder der Priesterinnen, welche die Gottheit feiern, deren einzige Verkünder und Diener sie sind. Aber physisch genommen ist es nur ein Stock, ein einfacher Stock, ein Hopfenreis, eine Rebenstütze, trocken, hart und gerade. Um diesen Stock schlingen sich spielerisch in tollen, launischen Mäandern Stengel und Blüten, jene schlängelnd und flüchtig, diese hangend wie Glocken oder umgewandte Kelche. Und eine wunderbare Pracht strahlt üppig aus dieser Vielfalt von Linien und Farben, die zart sind oder von heftiger Schönheit. Ist's nicht, als mache die gewundene Linie und die Spirale der geraden Linie den Hof und umtanze sie in stummer Bewunderung? Ist's nicht, als führten all diese entzückend feinen Blumenkronen, all diese Kelche, aus denen Düfte strömen und Farben brechen, als führten sie einen mystischen Fandango auf um den hieratischen Stab? Und doch, wer ist der unkluge Sterbliche, der zu entscheiden wagte, ob die Blumen und die Weinranken für den Stab geschaffen sind, oder ob dieser nur der Vorwand ist, um die Schönheit der Ranken und der Blumen zu zeigen? Der Thyrsos ist das Sinnbild Deiner erstaunlichen Zwiefalt, Du mächtiger, verehrter Meister, teurer Bacchant der geheimnisreichen, leidenschaftlichen Schönheit. Niemals schwang eine Nymphe, vom unbezwinglichen Bacchus besessen, niemals schwang sie ihren Thyrsos über die Häupter ihrer schwärmenden Gefährten mit soviel Wucht und soviel Laune, wie Du Dein Genie über die Herzen Deiner Brüder. — Der Stab ist Dein Wille, gerade, fest und unbiegsam; und wie die Blumen um den Stab, so rankt sich Deine Phantasie um Deinen Willen; es ist das Ewig-Weibliche, das um das Männliche seine wunderbaren Pirouetten vollführt. Gerade Linie und Arabeske; Absicht und Ausdruck; Starrheit des Willens, weiche Biegsamkeit des Worts; Einheit des Ziels, Verschiedenheit der Mittel; allmächtige und unteilbare Verschmelzung im Genie —:

Welcher Analytiker wird den traurigen Mut haben, euch zu trennen?

Teurer Liszt, durch die Nebel, über die Flüsse hin, hin über die Städte, wo die Pianos Deinen Ruhm singen oder die Buchdruckerkunst Deine Weisheit übersetzt, — an welchem Orte Du auch seiest, im Sonneglanz der ewigen Stadt oder in den Nebeln der träumerischen Lande, denen Gambrinus Trost verleiht, aus Dir herausspinnend Gesänge der Labsal oder unaussprechlichen Schmerzes, oder Deine dunklen Gedankengänge dem Papiere vertrauend, Sänger der ewigen Wollust, der ewigen Angst, Philosoph, Poet und Künstler —: Ich grüße Dich in der Unsterblichkeit!

XXXIII

Berausche dich!

Man muß nur immer trunken sein: das ist es. Das ist das A und O der Weisheit; das ist die einzige Frage hier im Leben. Um die furchtbare Last der ‚Zeit' nicht zu empfinden, die dir die Schultern zerbricht, dich zu Boden duckt, mußt du dich immer berauschen — unablässig.

Jedoch womit? — Mit Wein, mit Poesie, mit Tugend; ganz je nach deiner Art: Berausche dich nur.

Und wenn du eines Tages — auf den Stufen eines Palastes, im grünen Grase eines Straßengrabens, in der dumpfen Einsamkeit deiner Kammer — wenn du erwachst; wenn dann dein Rausch schon schwächer wird, wenn er entschwand —: Dann frage den Wind, die

Woge oder den Stern, den Vogel frag, die Turmuhr, alles was flieht, was seufzt, was rollt, was singt, was spricht, — frag nach der Stunde. Und der Wind, die Woge, der Stern, der Vogel, die Uhr, sie werden erwidern: »Es ist die Stunde, um sich zu berauschen! Willst du nicht der Zeit gemarterter Sklave sein, berausche dich! Berausche dich ohn' Unterlaß! Mit Wein, mit Poesie, mit Tugend; ganz je nach deiner Art — berausche dich!«

XXXIV

Schon!

Hundertmal schon war die Sonne, strahlend oder betrübt, emporgesprüht aus dieser unermeßlichen Meereswanne, deren Ränder nur mühsam sich gewahren ließen; hundertmal war sie, gleißend oder verdüstert, am Abend wieder hinabgetaucht in ihr unermeßliches Bad. Seit einer Zahl von Tagen konnten wir die andere Küste am Firmament betrachten und das Himmelsalphabet der Antipoden entziffern. Und alle Passagiere seufzten und murrten. Es war, als steigere die Annäherung des Landes ihr Leiden aufs äußerste. »Wann endlich« — sagten sie — »wann endlich werden wir nicht mehr einen Schlaf schlafen, den die Sturzsee erschüttert, den ein Wind zerwirrt, welcher lauter noch schnarcht als wir selber? Wann werden wir in einem feststehenden Sorgenstuhl verdauen können?«

Da waren manche, die dachten an ihren Herd, die sehnten sich nach ihren treulosen, boshaften Frauen, nach ihrer schreihalsigen Nachkommenschaft. Alle waren vom Bilde des unsichtbaren Landes derart besessen, daß sie, glaub' ich, Gras gefressen hätten mit größerem Wohlbehagen als die Tiere.

Schließlich ward ein Gestade signalisiert; und da wir näher kamen, sahen wir, daß es ein prachtvolles, blendend schönes Land war. Die summenden, singenden Weisen des Lebens schienen in unfaßbarem Gemurmel von dort herüberzuwehen; es schien, als atmeten diese Küsten, so reich an Kräutern und Sträuchern aller Art, bis auf Meilen weit einen berauschenden Hauch von Blumen und von Früchten.

Im Nu war jeder vergnügt, von jedem ließ die üble Laune. Alle Mißhelligkeiten waren vergessen, alles wechselseitige Unrecht war vergeben; verabredete Duelle waren aus dem Gedächtnisse gestrichen, und alle Arglist und Tücke verflüchtigte sich wie Dampfgewölk.

Ich allein war betrübt, war unbegreiflich betrübt. Einem Priester gleich, dem man seine göttliche Weihe nimmt, vermocht' ich mich nicht ohne schmerzliche Bitterkeit von diesem so ungeheuerlich verführerischen Meere loszureißen, von diesem Meer, so unendlich mannigfach in seiner erschreckenden Einfachheit, das die Launen, die Todesängste und die Extasen aller Seelen, die je gelebt haben, leben und leben werden, in sich zu enthalten und darzustellen scheint durch seine Blicke, sein ganzes Gehaben, seinen Zorn und sein Lächeln!

Da ich von dieser unvergleichlichen Schönheit Abschied nahm, fühlt' ich mich niedergeschlagen bis zum Tode; und darum konnt' ich, als jeder meiner Gefährten »Endlich!« sagte, nichts anderes rufen als: »Schon!«

Und dennoch war es die Erde, die Erde mit ihrem mannigfachen Gelärm, mit ihren Leidenschaften, ihren Bequemlichkeiten, ihren Festen; es war eine reiche, war eine prächtige Erde, verheißungvoll, die uns einen geheimnissüßen Duft von Rosen und Muskat herübersandte, von der die Weisen des Lebens betörend, liebkosend, leise zu uns drangen.

XXXV

Die Fenster

Wer durch ein offenstehendes Fenster blickt, sieht niemals soviel Dinge, wie der, der ein geschlossenes Fenster betrachtet. Es gibt keinen tieferen, geheimnisvolleren, fruchtbareren, finstreren und blendenderen Gegenstand zum Sinnen, als ein von einer Kerze erleuchtetes Fenster. Was man im Sonnelicht sehen kann, ist immer weniger interessant, als was sich hinter einer Scheibe abspielt. In diesem schwarzen oder schimmernden Loche lebt das Leben, träumt das Leben, leidet das Leben.

Durch die Dämmernisse von Linnen hindurch gewahre ich ein reifes, schon runzeliges, armes Weib; stets sitzt sie über irgend etwas gebeugt; geht niemals aus. Aus ihrem Gesicht, aus ihrem Kleid, aus ihrer Haltung, aus fast nichts hab' ich die Geschichte dieser Frau, vielmehr ihre Legende mir zurechtgelegt, und bisweilen erzähle ich sie mir unter Tränen.

Wär' es ein armer alter Mann gewesen, ich hätte mir die seine genau so leicht zurechtgelegt.

Und ich lege mich nieder, stolz, daß ich in Menschen lebte und litt, die anders sind als ich.

Vielleicht wird man sagen: »Bist du denn sicher, daß diese Legende wahr ist?« Was kommt darauf an, ob die außer mir liegende Wirklichkeit nun so oder so ist — wenn sie mir dazu verholfen hat, zu leben, zu fühlen, daß ich bin und was ich bin?

XXXVI

Die Sehnsucht, zu malen

Unselig der Mensch vielleicht, doch gewiß unselig der Künstler, den die Sehnsucht verzehrt!

Ich brenne danach, sie zu malen, die mir so selten erschien, die so schnell entfloh, wie ein schmerzlich beklagtes Schönes, das der Wanderer hinter sich ließ — entführt in die Nacht. Wie lange ist es schon, daß sie entschwand!

Schön ist sie und mehr noch als schön: sie macht betroffen. Das Schwarze wallt in ihr über: und alles, wovon sie Träume weckt, ist nächtig und tief.

Ihre Augen sind zwei Höhlen, darinnen das Ewig-Geheime funkelt, und ihr Blick entzündet wie der Blitz: ein jäher Aufglanz in der Finsternis.

Einer schwarzen Sonne würd' ich sie vergleichen, sofern man das zu fassen vermöchte —:

Ein schwarzer Stern, der Licht und Güte strahlt. Doch eher noch gemahnt sie an den Mond; er zeichnete sie gewiß mit seinem furchtbaren Einfluß; nicht zwar der weiße Mond der Idyllen, der einer kühlen Jungvermählten gleicht, nein, jener düstre, trunken machende, hangend inmitten einer stürmischen Nacht, die jagende Wolken durchrütteln; nicht jener friedsam heimliche Mond, der den Schlaf der reinen Menschen heimsucht, sondern er, vom Himmel gerissen, besiegt und in Aufruhr, den die thessalischen Hexen rauh bezwingen, daß er tanze auf schaudernden Kräutern!

Hinter ihrer kleinen Stirn wohnt zäher Wille, wohnt die Liebe zur Beute. Und doch —: inmitten dieses beunruhigenden Antlitzes, wo nüsternde Nasenflügel das Unbekannte, das Unmögliche erwittern wollen — erstrahlt mit unaussprechlicher Anmut das Lachen eines großen Mundes, rot und weiß und voll Entzücken: man träumt vom Wunder einer stolzen Blume, die in vulkanischem Gelände sich erschloß.

Frauen gibt's, die wecken das Begehren, sie zu besiegen und mit ihnen zu spielen; doch diese füllt mit dem Verlangen an, dahinzusiechen unter ihrem Blicke.

XXXVII

Die Wohltaten Lunas

Luna — sie ist die Laune selber — blickte durchs Fenster, als du in deiner Wiege schliefst, und sprach bei sich: »Dies Kind gefällt mir.«

Und weichen Trittes stieg sie ihre Wolkenleiter nieder, und sie kam lautlos herein, quer durch die Scheiben. Nun dehnte sie sich über dir hin, mit der schmiegsamen Zärtlichkeit einer Mutter, und legte ihre Farben auf dein Antlitz. Darum sind deine Augensterne grün, darum die Wangen dir so seltsam bleich geblieben. Als du diese Besucherin gewahrtest, sind deine Augen so unglaublich groß geworden; und so zärtlich hat sie die Hand um deine Kehle gepreßt, daß dich's zeitlebens würgt, zu weinen.

Luna indes, in Wollust wachsend und schwellend, erfüllte die ganze Kammer, wie eine phosphortückische Atmosphäre, wie ein gleißendes Gift; und all dies lebendige Gleißen dachte und sprach: »Du sollst auf ewig dem Einfluß meines Kusses unterliegen. Du sollst schön sein nach meiner Art. Du sollst lieben, was ich liebe und was mich liebt: das Wasser, die Wolken, das Schweigen und die Nacht; das unermeßliche, das grüne Meer; das ungeformte, formenreiche Wasser; die Stätte, da du nicht sein wirst; den Liebenden, den du nicht kennen wirst; die ungeheuerlichen Blumen; die taumelschwangern Düfte; die Katzen, die auf den Pianos fast ersterben und seufzen wie die Frauen, mit einer rauhen, doch so linden Stimme!

»Und du wirst geliebt sein von meinen Liebhabern, und meine Höflinge sollen um dich buhlen. Du wirst die Königin sein der Männer mit den grünen Augen, deren Kehle ich ebenso umpreßte in meinen nächtlichen Liebkosungen; ihrer, die das Meer lieben, das unermeßliche, das stürmische, grüne Meer, das Wasser, ungeformt, so reich an Formen, die Stätten, da sie nicht weilen, das Weib, das sie nicht kennen, die unheildüstern Blumen, den Weihrauchkelchen einer unbekannten Religion vergleichbar, die Düfte, die den Willen wirren, und jene wollüstigen wilden Tiere, die Sinnbilder ihres Wahnsinns.«

Das macht's, verfluchtes, liebes, verwöhntes Kind, daß ich nun zu deinen Füßen lagere, in allem, was du bist, den Widerschein der füchterlichen Gottheit suchend, der Patin mit weissagender Seele, der gifteschweren Amme aller, die ‚am Monde siechen'.

XXXVIII

Welche ist die wahre?

Eine gewisse Benedicta hab' ich gekannt, die erfüllte die Atmosphäre mit Idealem, und ihre Augen strahlten um sie her die Sehnsucht nach der Größe, nach der Schönheit, nach dem Ruhme — nach allem, was Glauben weckt an die Unsterblichkeit.

Doch dieses wundersame Mädchen war zu schön, um lange zu leben; so ist sie denn gestorben, einige Tage nachdem ich ihre Bekanntschaft gemacht hatte, und ich selber habe sie begraben, an einem Tage, da der Frühling sein Weihrauchfaß bis in die Leichenhügel schwenkte. Ich war's: ich habe sie begraben, wohlverschlossen in einen Sarg von duftigem Holze, unverweslich wie die Truhen Indiens.

Und da meine Blicke auf die Stätte gehaftet

blieben, wo nun mein Kostbares entschwunden war, gewahrt' ich plötzlich ein kleines Wesen, das seltsam der Verblichenen glich; es stampfte und strampelte mit einer hysterischen und bizarren Gewaltsamkeit auf der frischen Erde und sagte, indes es in Lachen ausbrach: »Ich bin's, die wahre Benedicta! Ich bin es, ein ganz ausgesuchter Racker! Und zur Strafe für deine Narretei und deine Blindheit sollst du mich lieben, so wie ich bin!«

Ich habe, wütend, ich habe erwidert: »Nein! nein! nein!« Und um meiner Weigerung mehr Nachdruck zu geben, hab' ich so heftig die Erde mit meinem Fuß gestampft, daß mein Bein bis zum Knie in das junge Grab einsank, und daß ich, wie ein Wolf den das Eisen ergriff, — vielleicht für alle Zeit — gefesselt bleibe an die Gruft des Ideals.

XXXIX

Ein Rasse-Pferd

Sie ist recht häßlich. Sie ist dennoch entzückend!

Die Zeit und die Liebe haben sie mit ihren Krallen gezeichnet und haben grausam sie's gelehrt, was jede Minute und was jeder Kuß an Jugend und an Frische mit sich nehmen.

Sie ist wahrscheinlich häßlich; eine Ameise ist sie, eine Spinne, ja, meinetwegen ein Skelett sogar; ebensogut ist sie ein Hexentrank, ein Teufelskraut, ist Zauberei! Kurzum, sie ist 'was Auserlesenes.

Die Zeit vermochte nicht, die prickelnde Harmonie ihres Ganges noch die unzerstörbare Eleganz, mit der sie sich rüstet, zu zerbrechen. Die Liebe hat die Lieblichkeit ihres kindlichen Hauches nicht verändert; und nichts hat ihr die

Zeit von ihrem übervollen Haargewirr entrissen, daraus in fahlroten Düften die ganze hölleheiße Lebenskraft des französischen Südens haucht —: Nîmes, Aix, Arles, Avignon, Narbonne, Toulouse, Städte, gesegnet von der Sonne, von Liebe voll und mannigfachem Reiz!

Vergebens bissen sich mit schönen Zähnen die Zeit, die Liebe in ihr fest; nichts haben sie dem flüchtig feinen und dennoch ewigen Reiz ihrer knabenhaften Brust genommen.

Verbraucht vielleicht und dennoch nicht ermüdet, stets heldenhaft, gemahnt sie an jene Pferde hoher Rasse, die der Blick des wirklichen Liebhabers selbst noch vor einer Mietkutsche oder einem schweren Karren wiedererkennt.

Und dann ist sie so weich und so voll Inbrunst! Sie liebt, wie man in Herbstesmonden liebt; es ist, als entzünde vor dem nahenden Winter in ihrem Herzen sich ein neues Feuer, — und dienstbereit in ihrer Zärtlichkeit, ist sie niemals irgendwie ermüdend.

XL

Der Spiegel

Ein fürchterlicher Mensch tritt ein und beschaut sich im Spiegel.

»Warum beschauen Sie sich im Spiegel, da Sie doch nur mit Mißbehagen hineinblicken können?«

Der fürchterliche Mensch entgegnet mir: »Mein Herr, nach den unsterblichen Prinzipien von 89 sind alle Menschen gleich in ihren Rechten; also besitze ich das Recht, mich zu bespiegeln; ob mit Behagen oder Mißbehagen, geht einzig mein Gewissen an.«

Im Namen des gesunden Menschenverstandes hatte ich recht, ohne Zweifel; doch vom Gesichtspunkte des Gesetzes aus hatte er nicht unrecht.

XLI

Der Hafen

Ein Hafen ist ein reizvoller Aufenthalt für eine Seele, die matt ist von den Stürmen des Lebens. Des Himmels satte, reiche Tiefe, der Wolken leicht bewegte Architekturen, die wechselvollen Färbungen des Meeres, das Funkeln der Leuchttürme — das macht ein Prisma, wunderbar geeignet, die Augen zu erfreuen, ohne je zu langweilen. Die hochanstrebenden Gestalten der Schiffe mit ihrem komplizierten Takelwerk, die die Hohlsee in harmonischem Schwanken hält, sie müssen in der Seele den Hang zum Rhythmus und zur Schönheit wecken. Und dann vor allem liegt für jemanden, der nicht mehr Neugier hat noch Ehrgeiz, so etwas wie ein geheimnisliebes, aristokratisches Pläsier darin, auf der Aussichtplatte gelagert, oder den Ellenbogen auf das Wehr gelehnt, all das Tun und Treiben zu betrachten: derer, die abreisen, und derer, die heimkehren, derer, die noch die Kraft zum Wollen haben — das Verlangen, zu reisen — sich zu bereichern.

XLII

Porträts von Maitressen

In einem Herrenboudoir, das heißt also in einem Rauchzimmer mit einem Anflug von Ballhauseleganz, rauchten und tranken vier Männer. Sie waren nicht eben jung noch alt, nicht schön noch häßlich; aber ob alt oder jung, sie zeigten jene unverkennbare Distinktion der Veteranen der Lust, jenes unbeschreibliche Ich-weiß-nicht-was, jenen kalten und spottsüchtigen Trübsinn, der deutlich sagt: »Wir haben stark gelebt und suchen nun, was wir noch lieben und schätzen könnten.«

Der eine brachte das Geplauder auf die Frauen. Philosophischer wär' es gewesen, nicht davon zu sprechen; doch gibt es eben Leute von Geist, die, wenn sie getrunken haben, die banalen Unterhaltungen nicht verachten. Und man hört alsdann dem Sprecher zu, wie man einer Tanzmusik zuhören würde.

»Alle Männer« — so sagte dieser — »hatten einmal das Alter Cherubins: es ist die Zeit, da man in Ermangelung von Dryaden ohne Mißfallen den Eichestumpf umarmt. Das ist der erste Grad der Liebe. Beim zweiten Grade fängt man an zu wählen. Abwägen können — das ist schon eine Dekadenz. Entschieden sucht man alsdann die Schönheit. Ich meinerseits, meine Herren, ich rühme mich, seit langem bei der klimakterischen Epoche des dritten Grades angelangt zu sein, wo selbst die Schönheit nicht mehr genügt, wenn sie nicht durch das Parfum, die Schminke et cetera gewürzt ist. Ich will sogar gestehen, daß ich bisweilen, gleich wie nach einem unbekannten Glücke, nach einem vierten Grad die Fühler dehne — und der bezeichnet die absolute Ruhe. Mein ganzes Leben lang jedoch — das Alter Cherubins ausgenommen — war ich empfindlicher als jeder andre gegenüber der entnervenden Gansigkeit, der kribblig machenden Mittelmäßigkeit der Frauen. Beurteilen Sie also, wie sehr ich unter meiner letzten Geliebten habe leiden müssen.

»Sie war das uneheliche Kind eines Fürsten. Schön — das ist ja selbstverständlich; wenn nicht — warum hätt' ich sie dann genommen? Doch sie verdarb diese große Eigenschaft durch einen ungeziemenden, scheußlichen Ehrgeiz. Sie war ein Weib, das ewig den Mann spielen wollte. »Du bist kein Mann! Ah! wenn ich ein Mann wäre! Von uns beiden bin ich überhaupt der Mann!« Das waren die unerträglichen Refrains aus diesem Munde, dem nach meinem Willen nur Lieder hätten entschweben sollen. Galt es ein Buch, ein Gedicht, eine Oper, für die Bewunderung mich hinriß —: »Du glaubst wohl, das sei recht etwas Kräftiges?« hieß es dann bei ihr. »Bist du denn im Punkte der Kraft mit dir im Klaren?« Und sie argumentierte.

»Eines schönen Tages hat sie sich an die Chemie gemacht; so daß ich nun zwischen meinem und ihrem Munde fortan eine gläserne Maske fand. Bei alledem — äußerst spröde. Küßte ich sie bisweilen in einer etwas allzu verliebten Art, so zog sie sich zusammen wie eine verletzte Sensitive . . .«

»Wie ist es denn ausgegangen?« fragte einer von den drei andern. »Ich hätte Sie nicht für so geduldig gehalten.«

»Gott« — erwiderte er — »legte das Heilmittel in das Übel. Eines Tages fand ich diese Minerva, die also hungerte nach idealer Kraft, im Tête-à-tête mit meinem Diener, und zwar in einer Situation, die mich zwang, mich diskret zurückzuziehen, um sie nicht schamrot zu machen. Den Abend zahlte ich ihnen ihren vollen Lohn aus und verabschiedete sie alle beide.«

»Ich meinerseits« — begann der Unterbrecher wieder — »habe mich nur über mich selber zu beklagen. Das Glück kam, seine Stätte bei mir aufzuschlagen, und ich habe es nicht erkannt. Das Schicksal hatte mir letzthin die Annehmlichkeit eines Weibes zugedacht, das wohl das sanfteste, ergebenste, unterwürfigste Geschöpf der Erde war, und immer bereit! und ohne Enthusiasmus! »Ich will es gern, weil dir's Vergnügen macht.« Das war gewöhnlich ihre Antwort. Sie müßten dieser Mauer oder diesem Sopha hier schon mindestens die Bastonnade geben, wenn Sie ihnen mehr Seufzer entlocken wollten, als die Stürme der unsinnigsten Liebe dem Busen meiner Geliebten entlockten. Nach einem Jahre des Zusammenlebens versicherte sie mir, sie habe nie die Wollust kennen gelernt. Ich empfand Mißbehagen über dieses ungleiche Duell, und dies einzigartige Mädchen verheiratete sich. Später hatt' ich die Laune, sie wiedersehen zu wollen; und sie zeigte mir sechs schöne Kinder und sagte zu mir: »Nun wohl, mein teurer Freund, die Gattin ist noch ebenso jungfräulich, wie damals die Geliebte war.« Nichts hatte sich an ihr verändert. Bisweilen tut mir's leid um sie: ich hätte sie heiraten sollen.«

Die andern begannen zu lachen, und seinerseits sprach nun ein dritter:

»Ich, meine Herren, habe Freuden gekannt, die Sie vielleicht vernachlässigt haben. Ich meine da nämlich die Komik in der Liebe, und zwar eine Komik, die die Bewunderung nicht ausschließt. Ich habe meine letzte Geliebte mehr bewundert, als wie Sie, glaub' ich, die Ihren haben hassen oder lieben können. Und alle Welt bewunderte sie geradesosehr wie ich. Wenn wir ein Restaurant betraten, so vergaß nach Verlauf von wenigen Minuten jeder Gast zu essen — um sie zu betrachten. Selbst die Kellner und die Dame am Büffet spürten die Ansteckung dieser Extase, so daß sie oft darüber ihrer Pflicht vergaßen. Kurzum, ich habe eine Zeitlang ein Verhältnis gehabt mit einem lebendigen ‚Phänomen'. Sie aß, kaute, zermalmte, verzehrte, verschlang, doch in der spielendsten, sorglosesten Art von der Welt. So hat sie mich lange in atemloser Bewunderung gehalten. Sie hatte so eine sanfte, träumerische, anglo-romanische Art, die Worte zu sprechen: »Ich habe Hunger!« Und sie wiederholte diese Worte Tag und Nacht und zeigte dabei die reizendsten Zähne von der Welt, die Sie zugleich beängstigt und belustigt hätten. — Ich hätte mein Glück machen können, hätt' ich sie auf den Jahrmärkten als ‚polyphages Monstrum' gezeigt. Ich ernährte sie gut; und dennoch hat sie mich verlassen . . .« — »Und dafür zweifellos einen Lebensmittel-Lieferanten eingetauscht?« — »So etwas ähnliches — eine Art Intendantur-Beamten, der, wie sie wußte, sich Sporteln zu machen verstand und dem armen Kinde auf diese Weise die Ration für mehrere Soldaten lieferte. Das hab' ich wenigstens so angenommen.«

»Ich« — sprach der vierte — »habe grausame Qualen erlitten durch das Gegenteil von dem, was man gewöhnlich am weiblichen Egoismus auszusetzen hat. Ich finde es übel angebracht, wenn Sie allzureich beglückte Sterbliche über die Mängel Ihrer Geliebten sich beklagen wollen!«

Das sagte in sehr ernstem Tone ein Mann von angenehmem und gesetztem Äußern und einem fast priesterlichen Antlitz, das aber zum Unglück ein Paar Augen von klarem Grau erhellten, ein Paar jener Augen, deren Blick uns sagt: »Ich will!« oder: »Es muß!« oder auch wohl: »Ich gebe nie Pardon!«

»Wenn Sie, G . . ., nervös, wie ich Sie kenne, oder Sie beiden, K . . . und T . . ., lax und leicht, wie Sie nun sind, wenn Sie an eine gewisse Frau meiner Bekanntschaft gefesselt gewesen wären, Sie wären entweder davongerannt oder wären gestorben. Ich — habe überlebt, wie Sie sehen. Stellen Sie sich ein Menschenkind vor, unfähig, im Gefühls- oder im Verstandesleben je zu irren; denken Sie sich eine zur Verzweiflung bringende stille, stetige Ungetrübtheit des Charakters; eine Ergebenheit ohne Komödie und ohne Emphase; eine Sanftmut ohne Schwäche; eine Energie ohne Heftigkeit. Die Geschichte meiner Liebe gleicht einer endlosen Fahrt auf einer reinen, spiegelblanken Fläche von schwindelerregender Eintönigkeit, einer Fläche, die alle meine Empfindungen und Bewegungen mit der ironischen Exaktheit meines eigenen Gewissens widergespiegelt hätte, sodaß ich mir also nicht eine ‚unvernünftige' Bewegung oder Empfindung gestatten durfte, ohne sogleich den stummen Vorwurf meines unzertrennlichen Gespenstes zu gewahren. Die Liebe erschien mir wie ein Vormundschaftverhältnis. Welche Dummheiten hat sie mich auszuführen verhindert, die nicht begangen zu haben ich bedaure! Wie manche Schulden zahlt' ich wider Willen! Sie beraubte mich aller Segnungen, die meine persönliche launische Veranlagung mir hätte zukommen lassen können. Mit einer kühlen, unüberschreitbaren Regel verbaute sie mir all meine Capricen. Und das gräßlichste war: sie verlangte keinerlei Erkenntlichkeit, wenn die Gefahr vorüber war. Wie oftmals hab' ich mich zurückgehalten, um ihr nicht an die Gurgel zu fahren und sie anzuschreien: »Sei doch unvollkommen, Elende! Damit ich ohne Zorn und Bosheit dich lieben kann!« Während mehrerer Jahre hab' ich sie bewundert, das Herz von Haß erfüllt. Schließlich — ich bin's nicht, der an diesem Verhältnisse starb!«

»Ah!« — machten die andern — »sie ist also gestorben?«

»Ja! Das konnte so nicht weitergehen. Die Liebe war für mich ein erdrückender Alp geworden. Siegen oder sterben, wie die ‚Politik' sagt, das war die Alternative, vor die das Schicksal mich hier stellte! Eines Abends, in einem Gehölz . . . am Ufer eines Sumpfes . . .

nach einem trübseligen Spaziergange, während dessen sie in ihren Augen die Melancholie des Himmels widerstrahlte und mir das Herz verzerrt war wie die Hölle . . .«

»Was!«

»Wie!«

»Was wollen Sie sagen?«

»Es war unvermeidlich. Ich hatte zu sehr das Gefühl, daß es nur billig sei, einen untadeligen Diener zu schlagen, zu beleidigen und fortzujagen. Doch hieß es dies Gefühl in Einklang bringen mit dem Schrecken, den dieses Wesen mir einflößte; mich frei machen von diesem Wesen, ohne ihr gegenüber den Respekt zu verletzen. Was, meinen Sie, hätt' ich denn mit ihr machen sollen, da sie vollkommen war?«

Die drei Gefährten blickten den Sprecher mit etwas großen, schwimmenden, ein wenig dummen Blicken an, so etwa, als begriffen sie nicht recht, oder als wollten sie stillschweigend versichern, daß sie ihrerseits sich einer solch rigorosen, obgleich übrigens ausreichend erklärten Handlungweise denn doch nicht fähig fühlten.

Und dann ließ man neue Flaschen bringen, um die Zeit zu töten, die ein so zähes Leben hat, und um das Leben etwas anzutreiben, das gar so langsam, gar so langsam fließt.

XLIII

Der galante Schütz

Als der Wagen durchs Gehölz fuhr, ließ er ihn in der Nähe eines Schießstandes halten; denn, sagte er, es würde ihm angenehm sein, ein paar Kugeln zu verschießen, um die Zeit zu ‚töten'. Dies Ungeheuer töten — ist's nicht die gewöhnlichste und rechtmäßigste Beschäftigung eines jeden? Und galant bot er die Hand seinem teuren, entzückenden und abscheulichen Weibe, dieser geheimnisvollen Frau, der er so viele Lüste und so viele Leiden, vielleicht auch einen großen Teil seines Genies verdankt.

Mehrere Kugeln schlugen fern von dem gewollten Ziele ein; die eine bohrte sich sogar in die Decke des Zeltes; und da die charmante Kreatur wie närrisch lachte und über die Ungeschicklichkeit ihres Gatten sich mokierte, so wandte der sich brüsk nach ihr um und sprach zu ihr: »Gib mal auf diese Puppe acht, da unten rechts, die mit so erhabener Miene die Nase in die Luft reckt. Nun wohl! teurer Engel, ich stelle mir vor, das seiest du.« Und er schloß die Augen und schlug den Hahn an. Der Puppe war just der Kopf vom Rumpfe geschossen.

Drauf neigt er sich zu seinem teuren und entzückenden, zu seinem abscheulichen Weibe, zu seiner unvermeidlichen und mitleidlosen Muse, küßt ihr respektvoll die Hand und fügt hinzu: »O, mein teurer Engel, wie dank' ich dir für meine Geschicklichkeit!«

XLIV

Die Suppe und die Wolken

Meine kleine närrische Vielgeliebte trug mir das Mittagessen auf, und durch das offene Fenster des Speisesaales betrachtete ich die bewegten Architekturen, die Gott aus Wolkendünsten auferbaut, des Unberührbaren wundervolle Konstruktionen. Ich betrachtete sie und sprach dazu bei mir: »All diese phantastischen Gaukelbilder dort sind fast so schön wie die Augen meiner schönen Vielgeliebten, wie dieses kleine Ungetüm, die süße Närrin mit den grünen Augen.«

Und plötzlich erhielt ich einen heftigen Faustschlag in den Rücken, und ich hörte eine Stimme, rauh und charmant, eine Stimme, hysterisch und wie heiser vom Branntwein; die sagte: »Wirst du nun bald wohl deine Suppe essen, du dummer Tropf von Wolkenschieber du?«

XLV

Der Schiessplatz und der Friedhof

Zur Friedhofs-Aussicht, Kaffeeschänke. — »Seltsame Bezeichnung,« — sagt sich unser Spaziergänger — »aber recht geschaffen, um einen durstig zu machen! Ganz ohne Zweifel: der Besitzer dieser Schänke versteht Horaz und die Dichterschule des Epikur zu würdigen. Am Ende ist ihm gar das tiefe Raffinement der alten Ägypter bekannt, für die es kein rechtes Fest gab ohne Skelett oder ein Sinnbild für des Lebens Kürze.«

Und er trat ein, trank angesichts der Leichenhügel ein Glas Bier und rauchte gemächlich eine Zigarre. Und dann überkam ihn die Laune, einmal hinabzugehen in diesen Friedhof, darin das Gras so hoch und lockend stand und wo so reiches Sonnefluten herrschte.

In der Tat: da quoll es über von lauter Licht und Wärme; es war, als wälzte sich die Sonne berauscht in ihrer ganzen Länge auf einem Teppich wundervoller Blumen, die strotzten von der Nährkraft der Verwesung. Ein unermeßliches Brausen von Leben erfüllte die Luft — das Leben der unendlich Kleinen war es —, in regelmäßigen Zwischenräumen gleichsam durchschnitten vom Geknall der Flintenschüsse auf einem benachbarten Scheibenstande, die dahineinplatzten wie das Schnalzen von Champagnerpfropfen in das Gesumme einer abgedämpften Symphonie.

Und da nun — unter der Sonne, die ihm das Gehirn erhitzte, und in der Atmosphäre der brennenden Düfte des Todes — vernahm er das Geflüster einer Stimme unter dem Grabhügel, auf dem er saß. Und diese Stimme sprach: »Verflucht seien eure Scheiben und eure Büchsen, ihr unrastvollen Lebenden, die ihr um die Verstorbenen und ihre göttliche Ruhe so wenig euch sorgt! Verflucht sei euer ehrgeizbesessenes Streben, verflucht eure Berechnungen, ihr Sterblichen voll so viel Ungeduld, die ihr hierherkommt, um des Tötens Kunst zu lernen neben dem geweihten Orte des Todes! Wüßtet ihr, wie leicht der Preis zu gewinnen, wie leicht das Ziel doch zu erreichen ist, und wie alles Nichts ist, außer nur dem Tode, ihr würdet euch nicht also darum quälen, ihr arbeittollen Lebenden, und minder oft dann störtet ihr den Schlummer derer, die lange schon ins Ziel getroffen haben, in das einzige wahre Ziel des abscheulichen Lebens!«

XLVI

Die verlorne Aureole

»Ei seht doch: Sie hier, mein Lieber? Sie an einem verrufenen Orte?! Sie, der Quintessenzen-Schlürfer, der Ambrosia-Esser! Das nimmt mich wahrhaftig denn doch Wunder.«

»Mein Lieber, Sie kennen mein Grauen vor den Pferden und den Wagen. Soeben, als ich in großer Hast den Boulevard überschritt und über die kotigen Lachen hüpfte, quer durch dies kribbelnde Chaos, in dem der Tod von allen Seiten zugleich im Galoppe heransprengt — glitt meine Aureole bei einer scharfen Bewegung mir vom Haupte in den Schmutz des Makadam. Ich habe nicht den Mut gehabt, sie wieder aufzuheben. Mir schien es minder unangenehm, meine Insignien zu verlieren, als mir die Knochen zerbrechen zu lassen. Und dann hab' ich mir auch gesagt: Zu etwas ist ein Unglück immer gut. Nun kann ich incognito einherspazieren, kann niedere Handlungen begehen und mich gemein machen mit gemeinem Volke, ganz wie ein ganz gewöhnlicher Sterblicher. Und also: da bin ich, genau wie Sie selber auch, wie Sie wohl sehen.«

»Sie sollten diese Aureole zum mindesten durch Anschlag bekannt geben oder durch den Polizeikommissar danach forschen lassen.«

»Das werd' ich, meiner Treu, schön bleiben lassen. Ich fühle mich hier ganz wohl. Nur Sie allein haben mich erkannt. Übrigens langweilt mich die hohe Würde. Und schließlich macht mir der Gedanke Spaß, daß irgend ein schlechter Poet sie aufheben und schamlos sie sich auf den Schädel stülpen wird. Jemanden glücklich zu machen — welch eine Freude! Und vor allem, wenn mir der Glückliche zum Lachen Stoff verschaffen wird! Denken Sie an X, oder an Z —! Herrgott, wie drollig das sein wird!«

XLVII

Mademoiselle Bisturi

Als ich im Scheine der Gasflammen bis an das Ende des Faubourg gekommen war, fühlt' ich einen Arm, der sich mit sanfter Bewegung unter den meinen schob, und ich hörte eine Stimme, die mir ins Ohr sprach: »Sie sind Mediziner, mein Herr?«

Ich blickte auf: es war ein großes, robustes Mädel mit weit offenen Augen, leicht geschminkt; die Haare flatterten ihr mit den Schleifen ihrer Haube im Winde.

»Nein, ich bin kein Mediziner. Laß mich gehen.«

»O doch! Sie sind Mediziner. Ich sehe es wohl. Kommen Sie mit mir. Sie werden sehr zufrieden mit mir sein; nun bitte also!«

»Natürlich, ich werde zu dir kommen, aber später, nach der Medizin, zum Teufel! . . .«

»Ah! ah!« — machte sie, immer mir am Arme hängend, und brach in ein Gelächter aus — »Sie sind ein spaßiger Mediziner; ich habe mehrere von dieser Art gekannt. Kommen Sie.«

Ich liebe leidenschaftlich das Mysteriöse, da ich immer die Hoffnung habe, es zu entwirren. So ließ ich mich denn mitführen von dieser Gefährtin oder vielmehr von diesem unverhofften Rätsel.

Ich schenke mir die Beschreibung der Kabine; man kann sie bei mehreren wohlbekannten altfranzösischen Dichtern finden. Allein — ein Detail, das Régnier nicht bemerkt hat —: Zwei oder drei Porträts berühmter Ärzte waren an den Wänden aufgehängt.

Wie ward ich verhätschelt! Ein warmes Feuer, heißer Wein, Zigarren; und indes sie mir die guten Dinge bot und sich selber eine Zigarre anzündete, sagte das närrische Geschöpf zu mir: »Tun Sie ganz, als wenn Sie zu Hause wären, mein Freund; machen Sie sich's bequem. Das wird Sie an das Hospital und an die schönen Zeiten der Jugend erinnern. — Ach sieh! wo haben Sie sich denn diese weißen Haare geholt? So waren Sie damals noch nicht, es ist noch nicht gar so lange her, als Sie Interner waren bei L .... Ich erinnere mich, daß Sie immer bei den schweren Operationen assistierten. Ei ja, das ist ein Mann! Er liebt es, mit dem Messer ins Fleisch zu gehen, und trennt und schlitzt und schneidet! Und Sie reichten ihm die

Instrumente, die Seidefäden und die Schwämme. Und wenn die Operation beendet war — wie stolz er dann mit einem Blick auf seine Taschenuhr sagte: »Fünf Minuten, meine Herren!« — O, ich gehe überallhin. Ich kenne diese Herren gut.«

Einige Augenblicke später, als sie mich duzte, nahm sie ihre alte Idee wieder auf und sagte zu mir: »Du bist Mediziner, ist's nicht so, mein Kater?«

Bei diesem unverständlichen Refrain sprang ich auf die Beine. »Nein!« schrie ich wütend.

»Dann also Chirurg?«

»Nein! nein! es sei denn, um dir den Kopf abzuschneiden — — —!« Und ich setzte einen äußerst kräftigen Fluch dahinter.

»Warte,« begann sie wieder, »du sollst sehen.«

Und sie zog aus einem Schrank einen Stoß Papiere: es war nichts anderes als die Sammlung der Porträts der berühmten Mediziner unserer Zeit, von Maurin lithographiert, die man mehrere Jahre lang auf dem Quai Voltaire hat ausliegen sehen.

»Hier! erkennst du den?«

»Ja; es ist X. Der Name steht übrigens drunter; aber ich kenne ihn persönlich.«

»Ich weiß wohl! Hier! das ist Z., derselbe, der in seinem Kolleg über X. den Ausdruck gebrauchte: ‚Dieses Ungeheuer, das schon im Gesichte die Schwärze seiner Seele zeigt!' —

alles das, weil der andere in einer Angelegenheit mit ihm nicht einer Meinung war. Wie hat man damals in der Hochschule darüber gelacht! Du erinnerst dich? — Hier: K., der dem Gouvernement die Aufständischen angab, die er in seinem Hospitale pflegte. Das war in der Zeit der Meutereien. Wie ist's nur möglich, daß ein so schöner Mann so wenig Herz hat?! — Das hier ist W., ein namhafter englischer Arzt; ich habe ihn auf seiner Reise nach Paris erwischt. Er sieht aus wie ein Mädel, was?«

Und da ich an ein verschnürtes Paket rührte, das gleichfalls auf dem Tischchen lag, so sprach sie: »Warte ein wenig; das da sind die Internen, und dies Paket hier sind die Externen.«

Und fächerförmig breitete sie eine Menge photographischer Bilder aus, die wesentlich jüngere Gesichter wiedergaben.

»Wenn wir uns wiedersehen, gibst du mir dein Porträt, nicht wahr, Schatz?«

»Aber« — sagt' ich, auch meinerseits auf meiner fixen Idee bestehend — »warum hältst du mich denn für einen Mediziner?«

»Weil du so nett bist und so gut zu den Frauen!«

Seltsame Logik! sagt' ich zu mir selber.

»O! darin täusche ich mich nie; ich habe eine schöne Menge gekannt. Ich liebe diese Herren so sehr, daß ich zuweilen, obwohl ich nicht krank bin, zu ihnen gehe, blos um sie zu sehen. Manche sagen kühl zu mir: ‚Sie sind überhaupt nicht krank!‘ Aber andere — die verstehen mich, weil ich ihnen Mienen mache.«

»Und wenn sie dich nicht verstehen . . .?«

»Was weiter! Da ich sie ‚unnütz‘ bemühte, so lasse ich zehn Franken auf dem Kamin. — Sie sind so gut und so sanft, diese Männer! — Ich habe in der *Pitié* einen kleinen Internen entdeckt; er ist hübsch wie ein Engel, und er ist fein! und er arbeitet, der arme Junge! Seine Kameraden haben mir gesagt, daß er keinen roten Heller hat, weil seine Eltern arme Leute sind, die ihm nichts schicken können. Das hat mir Vertrauen gegeben. Alles in allem bin ich doch noch ein ziemlich hübsches Weib, wenn auch nicht übermäßig jung mehr. Ich habe zu ihm gesagt: »Besuch mich, besuch mich nur oft. Und bei mir brauchst du dich nicht zu genieren; Geld hab' ich nicht nötig.« Aber du begreifst wohl, daß ich ihm das auf tausenderlei Art zu verstehen gegeben habe; ich hab' es ihm nicht geradeheraus gesagt; ich hatte so Angst, ihn zu beschämen, den lieben Kerl! — Ach hör mal! kannst du dir denken, daß ich einen ganz närrischen Wunsch hätte, den ich ihm nicht zu sagen wage? — Ich möchte, er besuchte mich einmal mit seiner Instrumententasche und seiner Schürze, und es müßte sogar ein wenig Blut daran sein.«

Sie sagte das in völlig keuscher Art, wie ein empfindsamer Mensch zu einer geliebten

Schauspielerin sagen würde: ‚Ich möchte dich in dem Kostüme sehen, das du in jener berühmten, von dir kreierten Rolle trugest.‘

Ich aber fuhr hartnäckig fort: »Kannst du dich an die Zeit und die Gelegenheit erinnern, wo diese so seltsame Leidenschaft in dir erwacht ist?«

Ich hatte Mühe, mich ihr verständlich zu machen; endlich gelang es mir. Da aber antwortete sie mir sehr traurig und, soviel ich mich entsinnen kann, mit weggewandten Blicken: »Ich weiß nicht . . . ich erinnere mich nicht.«

Welche Seltsamkeiten findet man nicht in einer großen Stadt, wenn man spazieren zu gehen und zu betrachten versteht! Das Leben wimmelt von unschuldigen Ungeheuern. — Herr, mein Gott! Du, der Schöpfer, Du, der Meister; der Du das Gesetz gemacht hast und die Freiheit; Du, der König, der alles geschehen läßt, Du, der Richter, der Verzeihung übt; Du, reich an Beweggründen und an Ursachen, der Du vielleicht in meinen Geist den Hang zum Grauen legtest, um mein Herz zu bekehren, wie du die Heilung in die Spitze eines Messers legtest: Herr, erbarme Dich, erbarme Dich der Närrinnen und Narren! O Schöpfer! kann es denn Ungeheuer geben in Dessen Augen, der einzig weiß, warum sie existieren, wie sie ‚sich bildeten‘ und wie sie vielleicht sich nicht hätten bilden können?!

XLVIII

Any where out of the world

Einerlei wo außerhalb der Welt.

Dieses Leben ist ein Hospital, in dem ein jeder Kranker besessen ist von dem Verlangen, das Bett zu wechseln. Der eine trüge sein Leiden gern am Ofen, der andere glaubt, er würde an der Fensterseite Heilung finden.

Es scheint mir, daß ich immer gern dort sein möchte, wo ich nicht bin, und diese Wohnungwechselfrage ist eine von denen, die ich ohn' Unterlaß mit meiner Seele berate.

»Sage mir, meine Seele, meine arme, erkältete Seele, was dächtest du davon, in Lissabon zu wohnen? Es muß dort warm sein, und du würdest dann wieder munter werden wie eine Eidechse. Diese Stadt liegt am Ufer des Wassers; man sagt, sie sei in Marmor auferbaut, und das Volk habe dort einen solchen Haß gegen die Vegetabilien, daß es alle Bäume ausreißt. Nun, das ist doch ein Land nach deinem Geschmacke; eine Landschaft aus Licht und aus Steinen — und das flüssige Element, sie widerzuspiegeln!«

Meine Seele gibt keine Antwort.

»Da du so sehr die Ruhe liebst, vereinigt mit dem Schauspiel der Bewegung —: Willst du in Holland deinen Wohnsitz nehmen, in diesem gesegneten Lande? Vielleicht ergötztest du dich in dieser Gegend, deren Bild du so oft in den Museen bewundert hast. Was dächtest du von Rotterdam, da du so sehr die Mastenwälder liebst, und die Schiffe, verankert zu Füßen der Häuser?«

Meine Seele bleibt stumm.

»Batavia würde dir vielleicht verheißungreicher winken? Wir würden dort übrigens den Geist Europens finden, vermählt mit der Schönheit tropischer Lande.«

Kein Wort. — Sollte meine Seele . . gestorben sein?

»So bist du denn auf jenem Punkte von Erschlaffung angelangt, daß du nur noch in deinem Mißgeschick dich wohl fühlst? Wenn's so ist, laß uns in jene Länder fliehen, die fast dem Tode gleichbedeutend sind. — Ich führe unsre Sache, arme Seele! Wir werden unsre Koffer nach Torneo schicken. Laß uns noch weiter ziehen, bis an das äußerste Ende des baltischen Meeres; noch weiter fort vom Leben, wenn's möglich ist: wir wollen uns am Pol einrichten. Dort läuft der Sonne kräuselnd streifendes Licht nie anders als in schrägen Strahlen über das Land, und der langsame Wechsel von Licht und Nacht unterdrückt die Verschiedenheit und vermehrt die Monotonie, die schon das halbe Nichts ist. Dort können wir lange in Dämmernissen baden, indes, uns zu zerstreuen, das Nordlicht von Zeit zu Zeit uns seine rosenfarbenen Garben schicken wird, als wär's der Widerschein eines Feuerwerkes der Hölle!«

Endlich bricht meine Seele jach hervor, und die kluge, weise ruft mir die Worte zu: »Ganz gleich, wohin! ganz gleich, wohin! nur außerhalb der Grenzen dieser Welt!«

XLIX

Nieder mit den Armen!

Vierzehn Tage hindurch hatt' ich mich in mein Zimmer vergraben und mich mit Büchern umgeben, wie sie in jener Zeit — es ist nun sechzehn oder siebzehn Jahre her — in Mode waren; ich meine nämlich jene Bücher, in denen von der Kunst die Rede ist, die Völker binnen vierundzwanzig Stunden glücklich, weise und reich zu machen. Ich hatte sie also verdaut — verschlungen, will ich lieber sagen — alle die Elukubrationen all dieser Unternehmer, die in öffentlicher Wohlfahrt machen, derer, die allen Armen raten, sich zu Sklaven zu machen, und derer, die ihnen einreden, sie seien samt und sonders entthronte Könige. — Man wird es nicht überraschend finden, daß ich mich danach in einem Geisteszustande befand, der nahe an Schwindel oder an Stumpfsinn grenzte.

Es war mir dabei aber doch gewesen, als fühle ich, tief in meinem Intellekt verborgen, das dunkle Keimen einer Idee, welche all den Altweiberformeln überlegen war, deren Diktionär ich jüngst durchlaufen hatte. Das war jedoch nur die Idee einer Idee, nur etwas außerordentlich Unbestimmtes.

Und ich ging aus und spürte einen starken Durst. Denn der leidenschaftliche Hang zu schlechter Lektüre erzeugt ein entsprechendes Bedürfnis nach freier Luft und nach Erfrischungen.

Als ich nun just in eine Schenke treten wollte, hielt mir ein Bettler seinen Hut hin mit einem jener unvergeßlichen Blicke, die Throne niederschmettern würden, wenn der Geist die Materie bewegte, und wenn das Auge des Magnetiseurs Weintrauben zur Reife zu bringen vermöchte.

Zugleich vernahm ich eine Stimme, die mir ins Ohr flüsterte, eine Stimme, die ich sehr wohl erkannte; es war die eines guten Engels oder eines guten Dämons, der mich überall begleitet. Da Sokrates seinen guten Dämon hatte, warum sollt' ich nicht meinen guten Engel haben, und warum sollt' ich nicht, wie Sokrates, die Ehre haben, mein Narrheitdiplom zu erhalten, gezeichnet vom erhabenen Lélut und vom wohlunterrichteten Baillarger?

Zwischen dem Dämon des Sokrates und

dem meinen existiert der Unterschied, daß der des Sokrates sich jenem nur offenbarte, um zu verwehren, zu benachrichtigen, zu verhindern, und daß der meine zu raten, zu suggerieren, zu überreden geruht. Der arme Sokrates hatte nur einen zurückhaltenden Dämon, der meine ist ein Dämon der Aktion, ein Dämon des Kampfes.

Nun, seine Stimme flüsterte mir dieses: »Der allein ist einem andern gegenüber ‚seinesgleichen‘, der es beweist; und einzig der ist der Freiheit wert, der sie zu erobern versteht.«

Im Augenblick stürzt' ich mich über meinen Bettler. Mit einem einzigen Fausthiebe verkeilte ich ihm ein Auge, das binnen einer Sekunde dick wie eine Kugel wurde. Ich zerbrach mir einen Nagel bei dem Versuche, ihm zwei Zähne auszuschlagen, und als ich mich nicht stark genug fühlte — da ich von feiner Geburt bin und im Boxen wenig Übung habe — nicht stark genug, um diesen Alten auf der Stelle niederzuhauen, ergriff ich ihn mit einer Hand beim Rockkragen, mit der anderen packte ich mir seine Gurgel und begann, ihm kräftig den Kopf gegen eine Mauer zu stubsen. Ich muß gestehen, daß ich zuvor mit einem Blicke die Umgebung gemustert und mich überzeugt hatte, daß ich mich hier in dieser öden Gegend im Weichbilde der Stadt für eine ziemliche Zeitlang außerhalb des Bereiches jedes Polizeiagenten befand.

Ich versetzte ihm nun einen Fußtritt in den Rücken, energisch genug, um ihm die Schulterblätter zu zerbrechen, und nachdem ich solchergestalt diesen schwächlichen Greis niedergemacht hatte, ergriff ich einen dicken, zur Erde niederhangenden Baumzweig und schlug auf ihn ein mit der hartnäckigen Energie eines Koches, der ein Beefsteak klopft.

Da plötzlich — o Wunder! o Freude und Wonne des Philosophen, der die Vorzüglichkeit seiner Theorie erhärtet! — sah ich dies alte Gerümpel sich umwenden, sich aufrichten mit einer Energie, die ich in einer so seltsam verschrobenen Maschinerie mein Lebtag nicht vermutet hätte, und mit einem Hassesblicke, der mir von ‚guter Vorbedeutung' schien, warf sich der altersschwache Straßenräuber auf mich, schlug mir meine beiden Augen braun und blau, zerbrach mir vier Zähne im Munde, und mit demselben Baumzweig schlug er mich weich wie Gyps. — Durch meine energische Kur hatt' ich ihm also den Stolz und das Leben wiedergegeben.

Ich machte ihm darauf mit Anstrengung Zeichen, um ihm begreiflich zu machen, daß ich die Diskussion als geschlossen betrachte, und mit der Genugtuung eines Sophisten von der Stoa mich erhebend, sagt' ich zu ihm: »Mein Herr, Sie sind meinesgleichen! erweisen Sie mir, bitte, die Ehre, meine Börse mit mir zu teilen; und erinnern Sie sich, wenn Sie ein wirklicher Menschenfreund sind, daß bei allen Ihren Mitbrüdern, wenn sie Sie um ein

Almosen angehen, die Theorie in Anwendung zu bringen ist, die ich den Schmerz gehabt habe, auf Ihrem Rücken zu erproben.«

Er hat mir gelobt, daß er meine Theorie begriffen habe und daß er meinem Rate folgen werde.

L

Die guten Hunde

(Für Joseph Stevens)

Niemals, selbst vor den jungen Schriftstellern meines Jahrhunderts nicht, bin ich wegen meiner Bewunderung für Buffon errötet; doch heute ist es nicht die Seele dieses Malers der pompösen Natur, die ich mir zur Hilfe rufen will. Nein.

Weit lieber wendete ich mich an Sterne und sagte zu ihm: »Steige vom Himmel herab oder komm zu mir von den Elysäischen Gefilden, um mich zu einem Lobgesang auf die guten Hunde zu begeistern, einem Gesange, der Deiner würdig sei, Du empfindsamer Spaßvogel, Du unvergleichlicher Hansnarr! Komm rittlings auf dem allberühmten Esel, der immer im Gedächtnis der Nachwelt Dich begleitet; und daß der Esel mir ja nicht vergesse, entzückend zwischen seinen Lippen hangend seine unsterbliche Makrone zu tragen!«

Nieder mit der akademischen Muse! Mit dieser Zierpuppe hab' ich nichts zu schaffen. Die häusliche, die städtische, die alllebendige Muse rufe ich an, daß sie mir helfe, die guten Hunde, die armen Hunde, die schmutzbedeckten Hunde zu besingen, die Hunde, die jedweder meidet als verpestet und verlaust — bis auf den Armen, dessen Gefährten sie sind, — bis auf den Dichter, der sie mit brüderlichem Blick betrachtet.

Pfui über den schönlichen Hund, pfui über diesen Quadrupeden, den Dänen, den King-Charles, Carlin und Wachtelhund, der von sich selbst so eingenommen ist, daß er sich indiskret dem Besucher zwischen Beine und Knie drängt, als sei er sicher, daß er gefallen werde, aufgeregt und immer beschäftigend wie ein Kind, dumm wie eine Lorette, bisweilen mürrisch und aufsässig wie ein Domestike! Und pfui vor allem über diese Schlangen auf vier Beinen, die frösteln und müßig liegen — Windspiele nennt man sie — und die in ihrer Schnauze nicht einmal so viel Witterung besitzen, um der Spur eines Freundes folgen zu können, noch Intelligenz genug in ihrem flachen Schädel, um Domino zu spielen!

In die Ecke mit all diesen langweiligen Schmarotzern! Mögen sie doch ja in ihr sorglich gepflegtes, flockseide-überhegtes Nest zurückkriechen!

Ich singe den schmutzigen Hund, den armen Hund, den Hund ohn' Obdach und ohn' Unterkunft, den straßendurchtrottelnden Hund, den Seiltänzerhund, den Hund, dessen Instinkt — wie der des Armen, des Zigeuners und des Komödianten — so wunderbar verschärft ist durch die Not, diese gute Mutter, die wahre Schutzheilige der Intelligenzen!

Ich singe die unheilgeschlagenen Hunde, seien es die, die einsam in den gewundenen Gossen der unermeßlichen Städte irren, seien es jene, die zu dem verlassenen Menschen mit blinzelnden und geistdurchleuchteten Augen gesprochen haben: »Nimm mich mit dir und aus unseren beiden Miseren werden wir vielleicht eine Art von Glück machen!«

»Wohin gehen die Hunde?« — so sagte ehedem Nestor Roqueplan in einem unsterblichen Feuilleton, das er zweifellos vergessen hat und des nur ich und etwa noch Sainte-Beuve bis auf den heutigen Tag uns erinnern.

Wohin die Hunde gehen, fragt ihr, wenig aufmerksame Menschen? Sie gehen ihren eigenen Affären nach.

Affären-Rendezvous und Rendezvous der Liebe. Durch den Nebel, durch den Schnee, durch den Schmutz, in der verzehrenden Hundstaghitze, unter dem Strömen des Regens gehen sie, kommen sie, trotteln sie, drängen sie sich unter den Wagen einher, angestachelt durch die Flöhe, durch die Leidenschaft, die Notdurft oder die

Pflicht. Wie wir sind auch sie am frühen Morgen aufgestanden, und sie suchen ihren Lebensunterhalt oder laufen ihren Vergnügungen nach.

Da gibt es welche, die in einer Ruine des Weichbildes wohnen und die jeden Tag zur fest bestimmten Stunde kommen, an der Tür einer Küche des Palais-Royal sich ihre kleine Sportel einzuholen; andere laufen im Trupp mehr als fünf Meilen weit, um das Mahl zu teilen, das ihnen die Mildtätigkeit gewisser sechzigjähriger Jungfern bereitet hat, deren unbeschäftigtes Herz sich den Tieren ergab, weil die dummen Menschen nichts mehr von ihm wissen wollen; dann sind noch andre, die, wie kastanienbraune Neger, von Liebe betört, an gewissen Tagen ihre Wohnstätten verlassen, um in die Stadt zu kommen und eine Stunde lang eine schöne Hündin zu umschwänzeln — mag sie in ihrer Toilette auch etwas vernachlässigt sein, so ist sie aber doch stolz und ist erkenntlich.

Und sie sind alle sehr pünktlich, ohne Merkbücher, ohne Notizen und ohne Portefeuilles.

Kennt ihr das träge Belgien, und habt ihr wie ich all jene kraftvollen Hunde bewundert, die vor den Karren des Fleischers, der Milchfrau oder des Bäckers gespannt sind, und die durch ihr triumphierendes Gebell das stolze Wohlgefallen bekunden, das sie über ihre Nebenbuhlerschaft mit dem Pferde empfinden?

Und nun noch zwei, die von noch zivilisierterem Range sind! Gestatte mir, Leser, dich in das Gemach des abwesenden Jahrmarktgauklers einzuführen. Ein Bett aus bemaltem Holze, keine Vorhänge, unordentlich herumliegende Decken, von Wanzen beschmutzt, zwei Korbstühle, ein gußeisener Ofen, ein oder zwei verbrauchte Musikinstrumente. O Gott, was für ein trauriges Mobiliar! Doch sieh dir, bitte, diese zwei intelligenten Persönchen an, in Kleidern, zugleich verschlissen und prächtig, frisiert wie Troubadours oder schmucke Soldaten, die mit der Aufmerksamkeit von Kräuter kochenden Hexen das ‚namenlose Werk' da überwachen, das auf dem angezündeten Ofen langsam kocht, und in dessen Mitte ein langer Löffel aufragt, wie einer jener luftigen Masten aufgepflanzt, die verkünden, daß die Maurerarbeit vollendet ist.

Ist's nicht gerecht, daß so eifrige Komödianten sich nicht auf den Weg machen, ohne ihren Magen mit dem Ballast einer mächtigen, soliden Suppe ausgenistet zu haben? Und würdest du ein wenig Sinnlichkeit diesen armen Teufeln nicht zugute halten, welche Tag für Tag der Gleichgiltigkeit des Publikums die Stirn zu bieten haben — und den Ungerechtigkeiten eines Direktors, der sich stets den Löwenanteil nimmt und für sich ganz allein mehr Suppe ißt, als vier Komödianten zusammen?

Wie manchmal hab' ich sie mit betrübtem Lächeln betrachtet, all diese Philosophen auf vier Beinen, gefällige Sklaven, unterworfen oder ergeben, die der republikanische Wortschatz ebensogut als ‚Offiziöse‘ bezeichnen könnte, wenn die Republik, allzu beschäftigt damit, den Menschen ihre Bürde zu nehmen, Zeit hätte, den Hunden ihre Würde zu geben.

Und wie manches Mal hab' ich gedacht, ob es vielleicht nicht irgendwo — wer weiß es denn schließlich? — um so viel Mut, so viel Geduld und Arbeit zu belohnen — ob es nicht ein besonderes Paradies für die guten Hunde geben könnte, die armen Hunde, die schmutzigen, trostlosen Hunde. Swedenborg versichert fest, daß es eins für die Türken und eins für die Holländer gibt!

Die Hirten Virgils und Theokrits erwarteten zum Lohne ihrer wechselseitigen Gesänge einen guten Käse, eine Flöte vom besten Schnitt oder eine Ziege mit schwellendem Euter. Der Dichter, der die armen Hunde sang, hat zur Belohnung eine schöne Weste erhalten; ihre Farbe ist reich und verschollen zugleich und gemahnt an die Sonne des Herbstes, an die Schönheit der reifen Frauen, und an den Sankt-Martins-Sommer.

Keiner von denen, die in der Schenke der Straße Villa-Hermosa zugegen waren, wird je vergessen, mit welchem Ungestüm der Maler sich seiner Weste entkleidete zu Ehren des Dichters: so wohl hat er begriffen, daß es gut und ehrenhaft ist, die armen Hunde zu besingen.

So bot ein prachtliebender italienischer Tyrann der guten Zeit dem göttlichen Aretin, sei's einen reich mit Steinen ausgelegten Dolch, sei's einen Mantel für den Hof, zum Tausche für ein herrliches Sonett oder für eine köstliche satirische Dichtung.

Und jedes Mal, so oft der Dichter die Weste des Malers anzieht, muß er an die guten Hunde denken, an die philosophischen Hunde — an den Sankt-Martins-Sommer — und an die Schönheit der sehr reifen Frauen.

Epilog

Den Berg erstieg ich mit zufriedenem Sinn,
die Blicke weidend an dem Häusermeere
für Kranke, Huren, Heilige, Mörder, — drin

das Ungeheure wächst in trächtiger Schwere.
Du, Satan, Schutzherr meiner Seelenqual,
du weisst: ich weinte keine eitle Zähre;

nein: wie ein alter Lüstling wohl einmal,
wollt' ich berauscht sein von der Riesendirne,
die mich verjüngt um Tage sonder Zahl.

O, ob du schläfst, vom Morgen feucht die Stirne,
rheumatisch, finster, schwer, — ob du gelassen
in Schleiern ruhst, bestrahlt wie Alpenfirne:

verruchte Stadt, o nie kann ich dich hassen! —
Banditen, Dirnen, so viel beut ihr Lust,
die doch gemeine Geister niemals fassen.

Inhalt